有一种力量，叫文学；

有一种美好，叫回忆；

有一种感动，叫青春；

有一种生命，在鲁院！

鲁迅文学院·百草园文集

紫杉棺木

张遂涛 ◎ 著

ZISHAN GUANMU

直接并不是粗陋，
写微妙之下的韵味，
让你禁不住品味再三，
然后暗自击节赞叹。

知识出版社

图书在版编目（CIP）数据

紫杉棺木/张遂涛著. --北京：知识出版社，
2017. 1

（鲁迅文学院百草园文集）

ISBN 978-7-5015-9370-5

Ⅰ. ①紫… Ⅱ. ①张… Ⅲ. ①短篇小说–小说集–中
国–当代Ⅳ. ①I247. 7

中国版本图书馆 CIP 数据核字（2017）第 009479 号

紫杉棺木

出 版 人	姜钦云	
责任编辑	易晓燕	
装帧设计	游梽渲	
出版发行	知识出版社	
地　　址	北京市西城区阜成门北大街 17 号	
邮　　编	100037	
电　　话	010-88390659	
印　　刷	北京一鑫印务有限责任公司	
开　　本	787mm×1092mm　1/16	
印　　张	14.25	
字　　数	280 千字	
版　　次	2017 年 2 月第 1 版	
印　　次	2020 年 2 月第 2 次印刷	
书　　号	ISBN 978-7-5015-9370-5	

定　　价　39.00 元

C目录
ontents

寻人启事

那一年我去绍兴旅游，逛完鲁迅故居，在咸亨酒店，我叫了一碟茴香豆，又要了一壶黄酒，找了一张靠窗的座位坐下。我在中学课本里学过《孔乙己》这篇文章，知道孔乙己就喜欢这样喝酒，不过他是站着且穿长衫的唯一的一人。我不穿长衫，却可以坐下慢慢就着茴香豆喝酒。说实话，我并不是很喜欢喝黄酒，茴香豆的味道也没有我想象中那么好，我这么做，只是想混在人群中驱除那一点寂寞。

选择这样一个场所确实是最合适不过，鲁迅故居早变成一个热闹的旅游景点，游人来来往往，成群结队，给人的感觉，像是置身一个热闹的菜市场。咸亨酒店里人也不少，大多可能也是读了鲁迅先生的文章要来体验一下做孔乙己的感觉。我进去的时候，桌子已经全部坐满了，我正在彷徨，刚好有一桌人起身，才给我让出一个位置。我在座位上坐下，刚打开酒瓶，倒出一杯酒，正端起要喝，突然一个背着双肩包的年轻人过来问我，"请问这里有人吗？"他指着我对面的位置。我说没有。他说谢谢，把双肩包放下，算是暂时占住了那个位置。我冷眼瞅他，他看起来比我小几岁，一副风尘仆仆的样子。脸上没有惯常游客的那种喜庆，反倒显得疲惫和忧伤。

我问他，"你也是一个人？"

他回头看我，"是。"

我说，"要不，这样吧，我也是一个人，咱们两个就拼桌吧，我请你喝酒。"

他眼睛亮了一下，忙不迭地说，"好啊，那我再去买几个菜。"

他又去点了两个小菜，我们两个就相对喝了起来。

他问我，"你怎么也是一个人？"

我说习惯了，"我喜欢一个人到处乱跑。你呢？也是一个人旅游？"我反问他。

谁知我的话音刚落，他的眼泪就流下来了，"扑哒"一声滴在他面前的酒杯里，他也不去管。

我一下子有点不自在，不知他遇到了什么伤心事，有点后悔不该自作多情。一个人在外面，我是尽量避免麻烦的。

"怎么回事？你说说。"我试图劝解他。

他又默默流了一会儿泪，慢慢地眼泪止了。他擦擦眼睛，看着我说，"我不是来旅游的，我是来找我女朋友。我女朋友家在这里，可是她家里人不让她见我。我已经在这里待了几天了，她现在连我电话也不接了。我正犹豫着是不是回去。"

"你是哪里人？"我问他。

"福建福鼎。"

"哦，那个地方我知道，有个著名的景点叫太姥山。我在电视广告里看到过。"

我对他表示同情，但是除此之外，我不知道该说些什么。我举起酒杯，示意他碰一下，他木然地举起酒杯，跟我碰了一下。

"干了"，我说，"大丈夫何患无妻。"说完，我一仰脖干掉了。

他也把酒杯放到了唇边，可是不知是我的话触动了他，还是想到明日就要伤心离开，他的眼泪又流了下来。为了掩饰，他也一仰脖，把他那杯掺着眼泪的酒喝光了。

然后他原原本本地把他和那个绍兴女孩子的恋爱故事讲给我听。在我听来，他的故事跟大多数年轻男女的恋爱故事并没有两样，但是在他眼里，似乎格外不同。我边喝酒边听，中间我打断了他几次，又去买了几瓶酒，他想抢着去买，我拦住了他。我们把买的酒全部喝光了。等到我们摇晃着出门时，都已有几分醉意。

在门口我跟他握手再见。他请我有空去福鼎玩，他可以陪我去爬太姥山，带我去白水洋。我也请他有空到甘肃，我会带他看看著名的敦煌莫高窟。然后我们就分手了。分手之后我才想起，我们都没有留电话，我甚至连他叫什么都不知道。不过，我不在乎。

回到酒店，我晕晕乎乎地爬上床，中间醒过来两次，一次是口干想喝水，一次是头疼，去卫生间吐了一次，结果除了胆汁，什么也没吐出来。只觉得胃里恶心，但就是吐不出来。头又晕又疼。我发誓以后再也不喝黄酒了。

我最后一次醒来，感觉好受了一点，看看时间，已经是半夜十二点多了。我却再也睡不着。我掏出手机，打开相册，满满当当全是陈雨雁的照片。我一张一张划拉着看，她每一张都笑靥如花，很多都是在鼓浪屿海边拍的，我越看心里越难受，终于抑制不住抱头痛哭起来。

她离开我后，我半夜里哭过很多次，但都没有那天晚上那么痛快、那么彻底。哭到后来，我听到隔壁有人在敲墙壁，"半夜三更哭什么哭，让不让人睡觉！"我没有想到酒店的隔音那么差。

我和陈雨雁是在厦门打工时认识的。在此之前，我谈过几个女朋友，都是打工时认识的，一个是在东莞，一个在惠州，还有一个是在中山。我离开甘肃老家，先去的就是广东，在那边我有很多老乡，一个工作干得不如意，就换一个地方，连带的连女朋友也换了。这并不是因为我花心，而是我们的关系本就不牢靠。我们都是以解闷的态度在处的。在惠州认识那个，她在老家已经有男朋友了，过完年就不再来了，说是要结婚生子。一开始我并不知道这些，她对我隐瞒了，当她发现我是认真的时候才对我说。我知道后痛苦过一段时间，但还是原谅了她。我们又接着相处了一段时间，她过年回家的火车票也是我熬夜排队帮她买的。我把她送上了火车，然后永远告别了。在东莞认识那个是在服装厂打工，长得很漂亮，我认识她不久她就辞职了。我问她辞职之后干什么，她回答得闪烁其词。一会儿说再想想看，一会儿又说先回家歇一段时间再出来找工作。我承诺她回家时一定去火车站送她，可是我再也联系不上她。过了很长一段时间，才有人告诉我她去夜总会当小姐了。听到这个消息之后我很痛苦，但是很快也就忘记了。

我不停地跳槽，除了我自身的原因之外，还因为我打工那些工厂动不动就破产、裁员。最倒霉的一次是，已经到了月底，正要领工资，第二天早上，突然发现老板带着老板娘全部蒸发了。我在广东打了几年工，除了往家寄的钱之外，几乎什么也没存下。我对广东这个地方越来越失去兴致，就在我意兴阑珊，再不走就要出事时，一个中学时要好的同学不知从哪里打听到我的 QQ 号，给我留言，让我跟他联系。我按照他留的电话号码给他打过去，原来他在福建厦门。他问了我毕业后这些年的情况，我如实说了。我也问他，他说他也是换过很多地方，最后觉得还是厦门不错，于是就在那里长久干下去了。他说得我心里痒痒的，我让他也帮我留意一下，如果有合适我的岗位，我也过去。他二话没说就爽快地答应了。过了没多久，他就打过来电话，说帮我找到一个工作，让我赶快过去。我说给一起打工的几个老乡听，他们都劝我不要过去，他们说现在工作哪里那么好找，小心是传销。他们的提醒让我心里咯噔了一下，不是没有这种可能，但是我实在不愿意继续在广东待下去，我愿意冒这个险。所以我还是把工作辞了，卷了铺盖，连夜买了一张去厦门的汽车票。

那个同学在车站接我。我见他的第一句话，就是问他："你说的不是传销吧？是传销我可不干。"那个同学捶我一拳，笑道，"老同学了，我会坑你？看你警惕心大的。"确实不是传销，但是那个工作并不是很适合我，干了一段时间，我瞅准一个机会，就又跳槽了。

相比广东，厦门的工资不算高，但是强度也没有广东那边大。更重要的是，厦门这个慢节奏的小资城市适合我。第一天，我那个同学就带我去了环岛路海边，在白城我看到了我向往已久，据说是全中国最漂亮的大学——厦门大学。高考填志愿，我连着三年第一志愿报的都是厦门大学，可是三次我都落榜了。我的语文老师最为我可惜，因为在他眼里，我算是一个才子。我的语文成绩在全校都算高的，可是我的英语和数学实在太差。

在厦门大学门口，我拍了好几张照片，盘算着该给谁寄去一张。

虽然没能读厦门大学，到厦门大学看过也算是了了我一个心愿。

工作之余，我会一个人去海边逛逛，有时也约上我那个同学。在厦大旁边，还有好几家不错的书店，如晓风书屋、琥珀书店，没事时我也会去逛逛，买几本打折的文学书。有一次，我又到琥珀书店，看到门口有一个小黑板，上面写着二楼正在举行读书会，有兴趣的读者可以免费参加，还有免费的饮品和点心享用。虽然不是冲着饮品和点心，但我还是上去了。上去一看，围坐着一群人正在听一个头发有点卷、个子矮胖的中年男人高谈阔论。我找了一个角落坐下，不敢发出一点声音。一个女店员过来给我倒了一杯果茶。我把茶捧在手心，木然地听了半天才听明白，他们是在谈论《2666》。这是一部厚厚的分成好几个故事的长篇小说。我听说过，但是没有读过。听他们讲，似乎写得很有意思。还有一个微胖、戴着眼镜、据说是个作家的人也谈论了半天。他谈起来也滔滔不绝，真想象不出他们怎么会那么有学问。我感觉真是眼界大开。我一直听到结束，听说他们还要聚餐，我才赶快溜了。到楼下，我问了店员，知道每个月这个时间都会组织一次，每次都围绕一本新书，下一次要讨论的是马尔克斯的《百年孤独》。这并不是一本新书，但是因为刚刚出了新版，所以准备组织重读一遍。

我心中暗暗窃喜，我刚好读过《百年孤独》，而且读过不只一遍。这是我最喜欢的书之一。我还是在高中时读的，那时候能读得懂这本书的人寥寥无几。那本书是我从语文老师那里借的，借的时候他还有点舍不得，一再嘱咐我不要弄丢弄脏了。我去还书时，语文老师不相信我真的看完了，也不相信我能看得懂。他抽问了我几个细节，我都答出来了，他才相信。他笑着说，"我就说嘛，这本书也没有那么难懂，你看你不就能看懂？"因为这本书，语文老师对我刮目相看。后来我在一个旧书摊上看到一本封皮有点破损的《百年孤独》，和我借老师的那个版本一样，我就买了下来。我于是重读了一遍。后来我又买到一个不同的版本，据说这个版本比我原先读到的那个版本翻译得要好，我就又读了一遍，而且两本对照着读，但是读完，我觉得还是原先读的那个版本要好一些。

为了参加这次读书会，我又到书店买了一本新出版的《百年孤独》，利用业余时间重读了一遍。几年之后重读，仍感觉新鲜，读到精彩的地方，仍让人激动难捺。我是有点迫不及待等着读书会的到来了。到了那天，刚好休息，我早早就去了。我在楼下盘桓了半天才看到陆续有人进来上楼，我一直等到楼上快坐满了才上去。我又找到上次坐的那个角落，仍静静地旁听，但是我的心里很紧张，我在想我其实也是可以谈谈我的看法的。仍是上次那一群人，围坐在前面的都是一个个知识分子的模样。但是听了他们的介绍，才知道也并不都是作家、教授，有的是中小学老师，有的是公务员，有的是报社记者、编辑，还有的是开公司做生意的，竟然还有一个是警察。听了介绍，我心里的忐忑才稍微平息一点。但是没想到坐在后排的也要自我介绍，一个个介绍过去，到我旁边，一个长得清秀文静女孩子说她在一个公司打工，我不由多看了她一眼，她的脸放着光，透着一股干练。轮到我了，我说我也是打工的。我注意到她也斜过眼看了我一眼，但是很快就转过去了。

仍是坐在前面的人先讲，他们的口才都很好，谈起马尔克斯像是在谈他们的邻居、朋友，可以看得出他们对《百年孤独》都很熟。其中一个报社记者谈到他一个作家朋友，曾经把这本书从头至尾抄过一遍。他的这段话引起一阵惊呼。还有一个作家谈到了他和另外一个作家因为《百年孤独》产生的缘分，他在旧书店买到一本破旧的《百年孤独》，打开扉页，是那个作家签给他大学时女友也就是他现任妻子的赠言。后来他把这本书拿给了那个作家朋友，想物归原主送给他，结果那个作家朋友看后，笑着说也许留在你那里比留在我这里意义还要大一些。他们的谈话赢得了一阵又一阵掌声。但是我感觉他们并没有谈到这本书本身，他们更多谈论的是围绕这本书产生的逸闻趣事。前面的人基本上都谈过了，那个卷头发的主持人问还有没有人想发言，大家都你看我我看你，那个主持人正想说要是没有人再谈我们就结束，我突然举起手要求发言。大家都吃惊地看着我，然后换上一副带着期许的微笑。我谈了我的看法，因为激动，我有点语无伦次，脑子里想得好好的，等到要表达时才发现表达起来那么困难。这使我更佩服那些坐在前面口才好的人了。我主要想说的是《百年孤独》中所谓的魔幻现实主义，正如许多论者已经提到的，我们所谓的魔幻现实主义，在拉丁美洲其实就是现实主义，并不存在为了魔幻而营造的魔幻。其实这种魔幻现实主义在中国也源远流长，远的比如说《西游记》，近一点的比如说《聊斋志异》，其实都可以算的。有人说莫言是受拉丁美洲特别是马尔克斯《百年孤独》的影响，其实也可以说他是受他的山东老乡蒲松龄的影响。我想说的就是这些。但是简单的几句话被我分割得零零碎碎。讲完之后我尴尬地站在那里，等着他们的反应。我不知道他们听明白了没有，也许听明白了，为了不使我太尴尬，主持人顺着我的话评论了几句，但是我感觉他对我的观点并不以为然。很快读书会就散了。我正想离去，那个文静的自称在公司打工的女孩子叫住我，说，"你刚才讲得很好。"我的脸立刻红了，忙挥舞着手说，"哪里，哪里，讲得不好。"

"确实讲得很好，跟我想的一样。"

"真的？"我有点受宠若惊。

"你也是打工的？"她问。

"是啊。"

"我也是打工的。"她说。

"我知道。"

"我想这里面可能就我们两个打工的吧？"她笑着说。

"你要去跟他们吃饭吗？"她指着那群已经下楼的人。

"我不去了。"我挠着头说。

"我也不去。跟他们在一起吃饭总觉得有点尴尬。我什么也不会说，只会听。"

"哪里会？"

"真的。我不像你那么会讲，还敢讲。让我讲，我会吓死的。"她笑着说。

"我其实也很紧张。"我说。

"看不出来呀，我觉得还蛮好的。"她是欣赏的口吻。

"你也不去，那……我请你去吃饭好吗？反正我也是一个人，挺无聊的。"我突然大着胆子说。

"好啊，可是哪里能让你请客，我们 AA 制吧。我也不想一个人吃饭。"她说。

我们去找了一家面馆，每人点了一碗面。我本想找一家好一点的，她不肯，说我们都是打工的，赚得不多，吃碗面就好了。我只得依了她。要买单时，她抢着要付她自己的，我不肯，抢着买了。出来时她嗔怪地看着我，笑着说，"没想到你还挺大男子主义的。"

"怎么了？"我被她闹了个脸红，不知哪里得罪她了。

"非要抢着买单呀。我觉得朋友之间 AA 制挺好的。"

其实我也觉得 AA 制挺好，但是我怎么好意思第一次就跟她 AA 制呢？

在读书会介绍时她说的是网名，她说她是上网看到读书会的信息才过来的。吃饭时她告诉了我她的真实名字，陈雨雁。

"你的名字谁起的？挺好听。"

"你的也不错呀，张一行，听起来像是个僧人的名字，呵呵。"她打趣我。

我有点尴尬，"是呀，很多人都这样说。你记不记得，中学历史课本上有个唐朝和尚，就叫僧一行，测量了子午线长度那一个，当时很多同学就叫我僧一行。"

"当然记得。你读大学了吗？"她问。

"没有。"我沮丧地说，"考了三次都没考上，数学英语太烂了。你呢？"

"我也没上。"

"对了，你在哪个公司打工？"

她说了一个公司名，我没听说过。问她，她说我不会知道的，其实就是几个人的一家小公司，她在那里也是做一些简单的工作，工资不高，但是够她一个人用了。她想再干几年就回老家。

"干嘛回去？"我问她。

她怪怪地看了我一眼，没说话。

我知道我问到了她不想回答的问题，就岔开话头。"你老家在哪里?"我问她。

"湖南衡阳。"

"可是你的普通话一点也听不出口音。"

"我出来久了嘛。"

"你能听出我是哪里的吗?"我问她。

"不是陕西就是甘肃。"她说。

"你真厉害。"我说。

"我身边有甘肃人嘛,一听就听出来了。"

那天我们又聊了很久,最后才分手。我们约定下次还一起去参加读书会。后来我们又参加过几次读书会,慢慢觉得没意思了,主要是有些书我们都没读过,听又听不懂,插也插不上话。有些书读起来跟听起来也很不一样,比如上次他们讨论的那本《2666》,后来我找了一本读,结果读了不到五分之一就读不下去了。问她也一样。我们两个就约着去海边玩。我们经常去环岛路海边,去白城沙滩,去珍珠湾、玩月坡。我们还去鼓浪屿,在海边,我用手机给她拍了很多照片,每一张她都笑靥如花,看了让人有亲一亲的冲动。

但是我们从来没有坦露过心迹。

一次她跟我谈起,她之所以愿意跟我在一起玩是因为我身上那股书生气吸引了她。"你不知道,在我身边,想找个人聊聊读书实在太困难了。"她向我抱怨。

"我身边更是。"我说。

"所以说我们两个是臭味相投。"她说着突然把一捧沙子撒在我身上。

我反应过来,也急忙捧起一把沙子去追。

我们在沙滩上你追我跑,一恍惚我真觉得我们就是一对情侣,就像我和在广东结识的那几个女朋友一样。可是我们又与她们不同,她们中间没有一个喜欢读书的,每一个谈到读书都觉得发困,只有韩剧和娱乐明星的八卦新闻才对她们的胃口。也许正是因为如此,离开她们我才不会觉得那么可惜。

她不一样。她跟我以前认识的打工妹都不一样。也许是因为她是在公司，而不是工厂的缘故？但是我想原因不会这么简单。

后来她曾经带我去过她们公司一次，那已经是我们谈恋爱的时候了。她们公司确实不大，给我的感觉像是一个文印店。她让我在门口等她，我就老老实实待在门口没有进去。看着门口进进出出衣着光鲜的人流，我突然为她感到心酸。我那时就发誓，如果我能娶到她，我一定要赚到足够多的钱，让她衣食无忧，可以真正像白领那样生活。

可是怎么赚钱呢？

我们是什么时候真正在一起的，我也说不上来，感情是慢慢培养的，很难找到一个标志性的节点。如果非要找一个，那就是她生日那天。她本来没有告诉我她的生日，是我从她的 QQ 资料里看到的，我不敢确定那是不是真实的，比如我，QQ 资料里填写的就都是假的——除了性别，年龄我写 120 岁，那是我希望自己能活到的年龄；生日我写 12 月 25 日，那是圣诞节，我希望自己是个圣诞老人；学历我写大学本科，我想这是现代社会对一个年轻人的起码要求；毕业学校我写厦门大学，这样至少可以稍微弥补一下我没有考上的遗憾。我看她的资料，学历写的是高中，性别写的是小魔女，年龄写的是 23 岁，都与她的真实情况相符，我就断定她不是一个会撒谎的人。在她生日那天，我给她买了一个生日蛋糕，在准备生日礼物上我不是很在行，我想还是老老实实买个蛋糕好。我去向阳坊订了一个 12 寸的蛋糕，花了我一百多块钱，其实两个人根本吃不了这么大的，但是为了让她高兴，我还是买了个大的。等到我把蛋糕捧到她眼前时，她的眼睛突然亮了，一刹那间我看到她的眼里在闪闪发光，我知道那是泪水。她忙不迭地问我，"你怎么知道今天是我的生日？"

"我做梦梦到的。"我骗她。

"你骗人。"她娇嗔着说。

"我本来想今年的生日还是一个人过呢，你看，生日蛋糕我自己都准备好了。"说着她从包里掏出巴掌大的一个小蛋糕。"每年我都是这样过的，自己给自己过，我身边的人都不知道，也没人关心。我自己给自己点蜡烛，然后吹掉，心里知道自己又老了一岁。然后我给我妈打个电话，问我妈记不记得今天是我的生日，可是我妈有时也会忘掉。"

"我小的时候，每个生日我妈都会记得，都会给我煮个鸡蛋。"
她又说。

"我也是。"我说。

"真的？"

"真的。"

我们去找了个餐馆，先吃饭，吃完饭她问我去哪里吃生日蛋糕。
我很想带她去我住的地方，可那是个集体宿舍，我没钱自己租房子，
她也一样，她跟别人合租。幸好厦门的夏天格外长，那时还不冷，我
说要不我们去海湾公园吧，海湾公园很漂亮，还可以看到海，离我们
吃饭的地方也不远。她说："好啊，我还没去过呢。"我喜滋滋地带
她去了。在海边，我们坐在台阶上，听着海浪一下又一下拍打着海
岸，看着远处海面上亮着点点灯光的轮船，感觉世界是那么静谧。我
们把蛋糕打开，把蜡烛点上，等她许完愿，我们一起吹掉。

"你许的什么愿？"切蛋糕时我问她。

"不告诉你。"她说。

"你不告诉我我也知道。"

"你知道？"

"我也不告诉你。"

"呵呵呵……不行，你要告诉我。"

"你肯定是希望我成为你男朋友。"

"你想得美！"

我们沉默了，直到蛋糕切好，开始吃起来，才再次有了笑声。

"说真的，你许的什么愿，能不能偷偷告诉我？"我说，我很
好奇。

"人家说许的愿说出来就不灵了。"她说。

"真的？"

"真的。"

我不再问。然而她却忍不住了，还是告诉了我。

"我希望每年的生日都能像今晚这样快乐……"

"这么简单?"我有点意外。

"还有，就是能和自己喜欢的人一起过……"

我的眼泪突然冒出来了。我伸过去拉她的手，她的手缩了一下，没有再往回收，我把她的手握在手心里。我感觉她的身子开始颤抖，手上在冒汗，我以为她冷，靠过去，把她搂在了怀里。

那天晚上我们在海边坐到了很晚，直到路上几乎一个人也没有了，我们才回去。在海边，我们就一直搂抱在一起，我亲吻了她的嘴唇、她的舌头，她的舌头是那么有滋有味，怎么品尝也品尝不够。

从那天晚上起我们开始以恋人的身份出现。我们像其他热恋中的人一样有空就凑在一起，只是我们没有钱，我们没有能力去那些需要花钱的场所，我们就去免费的海边、公园。幸好这个美丽的城市不用花钱的地方还不少，我们有时还一起去看免费的展览、听免费的讲座，为了纪念我们的初识，我们还又去了一次琥珀书店，参加仍在继续的读书会。

可是我们不能谈到婚姻，一听到这个话题她的头就大了，她说她家里人不会同意她找一个外省人的。她父母已经好几次让她回老家了，说她已经老大不小，不能再这样在外面漂，该回去找个人嫁了。

"你没跟他们说你已经找到男朋友了?"我急了。

"我哪里敢?我要是说了，他们肯定立刻就把我叫回去了。"

我听了很沮丧。

"你家里呢?你家里同意你娶一个外地的?"

"他们管不了我，我自己做主。"我气哼哼地说。

她沉默了。

我也没有说话，其实我心里也在打鼓。我父母以前也曾警告过我不要找一个外地的，"生活习惯不一样也还罢了，现在都是独生子女，你去人家那边还是她跟你?人家跟你她父母同意不同意?你去人家那边你爹娘谁养?"以前这些话我听了也就听了，并没往心里去，因为那时还没遇到这样具体的问题。虽然在广东有交过几个女朋友，但都还没到谈婚论嫁的地步，只有面对陈雨雁，我才迫切地感觉到这就是我一辈子孜孜以求、想找的那个女人。现在我不能不承认父母的担心并不是没有道理的，可是我并不会那么轻易屈服。

"嫁给外地人怎么了？实在不行，我们就在厦门安家……"

"在厦门安家？你疯了，你知道现在的房价是多少钱吗？我们干几辈子都买不起，除非一辈子租房……"

"租房就租房。"我赌气。

"租房也租不起……"

我不知道为什么在这个事情上她总是说丧气话。一开始我还觉得她蛮能干，是个挺有主见的女孩，交往越深，我越发觉，从本质上，她还是一个心性不那么成熟的小女孩。

"那你说怎么办？"我把问题推给了她。

她再一次沉默了。

自从这个话题抛出来，每次在一起，到最后总会纠缠到这个问题上去，每次都谈得不欢而散。于是我们决定不再谈这个问题，但是回避并不是办法，在心里我还总是忍不住会去想，越想我越觉得绝望。

"办法总会有的，不要着急。"她看我心事重重，安慰我说。

"我怎么能不着急，很快就要春节了，我希望这个问题在春节里能够解决。"

"春节怎么解决？除非你不想过年了。"她急了。

"那你的意思就是一直拖着啦？"

"我哪里是那种意思……"她急得想掉泪。

我们最后商定的结果还是趁春节回家，把这个事情跟父母讲了，争取父母的理解和支持，如果父母实在反对，那只好不管不顾，自己在外面安家了。等到生米煮成熟饭，想必他们不接受也只能接受了。主意打定之后，我们松了一口气，我们决定在春节回家之前不再谈论这个话题，好好享受这一段美好的时光。

时间过得真快，很快春节就要来临了。我陪她去超市买了些鼓浪屿馅饼，自己也买了一些，准备带回去给家人吃。在送她上火车前，我又一次叮嘱她，一定要顶住压力，记住我们的约定，随时保持联系。我告诉她，我这边一定没问题，关键是她。

她点点头，说："嗯。"

"记住了？"我不放心。

"记住了。"

可是我还是有点不放心，再一次叮嘱她，"不管结果怎么样，一定每天至少打一个电话。"

她说："嗯。"

我这才放她上车。可是她一离开我，我就感到一阵巨大的失落，仿佛这一别就再也见不到面一样。我想追上去，可脚上像生了根。我的目光紧紧黏在她的背上，直到看不见她。等车离开，我走出车站，站在浩大的广场上，突然一阵悲伤袭来，我忍不住哭了。就在这时，我的电话响了，我一看是她的。刚接通，就听见她热乎乎的气息，她说："我已经在想你了。"

我哽咽着说，"我也是。"

她说："你哭了？"

我说："没有"。可是眼泪还在脸上爬。

那边沉默了。过了一会儿她才又说，"你保重。"

我说："嗯，你也是。"

她又说，"我刚才在想一件事，很可怕……"

"什么事？"我急忙问。

"你说万一要是我爸妈不同意，不让我再去厦门怎么办？"

我感觉像是被雷突然轰了一下，几乎是歇斯底里地喊道，"那你逃也要逃出来。"

她像是被我的声音吓坏了，嗫嚅着说，"我只是说万一……好的……"

挂掉电话，我越想越觉得不安。我想再给她回拨过去，却发现手机已没电了。回到宿舍，我像是要死去了一样。我躺在床上一觉睡到了天黑。晚上醒来，我看看手机电已充满，我给她打电话，问她到哪里了。听到她的声音，我的心情才慢慢好转过来。她给我解释，安慰我，说她一定会努力说服父母。没事的，一定没事的，她一再向我保证。

我们直打到她的手机快没电才挂掉。

那天晚上我一直翻来覆去睡不着，或许是白天睡得太多了。我像过电影一样把我们认识以来的每个画面都过了一遍，不时嘿嘿地笑笑，室友听不过去了，说："张一行，你发神经了？"我仍旧嘿嘿笑笑，一点都不在意。

　　等我上火车时她已回到家了。在火车上我不时拨打她的电话，她一开始还很有耐心，但每次刚说几分钟就跟我说，"不说了，我妈在旁边，先挂了。"说着就挂了。听着电话里嘟嘟嘟的忙音，我心里总要失落半天。但是我并不怪她。

　　回到家我小心寻找时机想把这件事提出来，可是爹妈一直不给我机会。刚回去那几天，亲戚朋友络绎不绝地来拜访我，问我在外工作怎么样，有没有合适的工作也给他们的孩子介绍介绍。我被这些事弄得很烦。我问陈雨雁，她说她也还没找到合适的机会。

　　"快点找。"我们相互打气。

　　我终于找到了一个跟妈单独相处的机会，我把这件事说了。我刚说完，她的眼睛就瞪大了。她说："啥，你找个湖南的？湖南哪里的？"我说衡阳的。"衡阳在湖南哪里？"我手头没地图，无法给她指出准确的位置，只好告诉她："反正就在衡阳，说了你也不知道。"

　　"你小子才喝了几天墨水，就看不起你妈了？"她呵斥我。

　　"不是。"我无奈地辩驳。

　　"离咱这儿有多远？"

　　"得有几千里地吧？"我说，其实我也不清楚。

　　"到底几千里？"妈问得很细。

　　"我也不清楚。"

　　"不清楚你还找那么远的人。"妈又斥责我。

　　"这跟多少里地有什么关系？"我觉得妈在胡搅蛮缠。

　　"关系大了，"妈说，"那么远串趟亲戚都难。"

　　"串什么亲戚？"我嘟囔着说。

　　"你看你这孩子！"妈又气了。

　　"姑娘多大？"妈又问。

　　"二十三。"

"比你小两岁，倒是刚好。"

"那你是同意了？"我惊喜道。

"我又没说我同意，"妈说，"人家家里几个孩子？"

"就她一个。"

"哦。"妈沉思了。

"你到底同意不同意呀？"我急了。

"这事我说了不算，跟你爹说去。"妈说。

我气得转身就走。谁知道妈背后还有话，"我劝你最好不要去找骂，你爹肯定不同意。"

我还是去找了爹，爹果然不同意，说："咱这儿没有女娃吗？你找那么远？"

我说我爱她。

爹说："我才不管你爱不爱，我就是不同意。"

"你不同意也得同意，"我说，"我铁定了心了，这一辈子就娶她，别的谁我也不要。"

"行啊，你出去打了几年工，翅膀硬了，爹的话也不听了。"爹气得想拿扫帚打我。

我站在那里一动不动，梗着脖子，等着他打。我的眼里充满了委屈和愤怒。我说我不是孩子了，我现在是大人，我有权利自己做主。我妈看势不对，上前夺了爹手里的扫帚，劝爹，"又不是孩子了，还说打就打？"

爹说，"他就算再长二十岁，也是我生的娃，我还打不得了？他除非不认我这个爹。"说着气哄哄出去了。

晚上我没有吃饭。我妈给我端过来我看都不看。我爹骂我妈，"你不用管他，饿死他！"

妈看看我又看看爹，暗暗责怪我，"你这个孩子，就不知道顺着你爹。你爹也是为了你好。"

我梗着脖子说："我不用他为我好。"

我妈一听，叹口气，不理我出去了。

我给陈雨雁打电话，把我这边的情况跟她说了，她一直默默地听着。我安慰她，没关系，"我爹就这脾气，我早料到了，他最后肯定还是会听我的。你那边呢？说了没有？"

"还没呢。"过了片刻她才回答。

"怎么还没说？"我有点急了。

"你也得让人找到合适的机会呀！"她说。

我无语了。"那你快点，假期眼看就要结束了。"

"嗯，"她说，"不说了，挂了，我妈在看我呢。"说完电话就挂掉了。

挂完电话我心里有点不是滋味，既为自己发愁也为她发愁。我又跟爹冷战了几天，我仍然绝食，说爹不答应我就不吃饭。妈急得头发都白了一片，央告这个央告那个，求我，说："我的小祖宗，你倒是先吃饭呀，吃完再好好商量，身体饿坏是一辈子的事。"我仍坚持，"他不同意我就不吃。"爹气得勃然大怒，骂我，"不用管他，饿死他，只当我没生这个儿子。"没有几天，我就饿得身体开始发飘，头晕，我觉得前心开始贴后背，肚子里咕噜噜乱叫。特别是一开始，特别难忍受，但是忍过一段时间就好了。

爹终于妥协了，但是前提条件是陈雨雁要来我们家。我虽然心里打鼓，但仍同意了。当即我就给陈雨雁报告了这个好消息，但是她听了似乎并没有我想象中那么兴奋，当她听说我是用绝食赢得的胜利时，哭了，说："你这个大傻瓜！"

我兴奋地说，"饿几天算什么，值了。"

我又问她，"你呢？你那边怎么样了？说了吗？"

她犹豫了一下，说，"还没说……"

"怎么还没说？你要拖到什么时候？"我当即急得跳了起来。

"我明天就说……"她有点吞吞吐吐。

"好，我等你的好消息。"我说。

好不容易等到第二天晚上，我给她打电话，却没人接。过了一段时间我再打，还是没人接。我猜想她是不是电话没带在身上，还是不方便接。到了更晚一点，再打过去，电话却关机了。我的心猛地一下凉了。我再拨一次，确实是关机。既然关机就说明她有看到我的电话，她为什么不给我回，还把电话关机？难道是……我想到肯定是她跟她父母说了，她父母不同意，还把她手机收起来了。肯定是这样。我越想越觉得只有这一种可能。没有她的电话，我就没办法跟她联系。第二天、第三天，再给她打，仍是关机。我上 QQ，看到她也不在线上。我给她留言，她也没回。

就这样一连过了好几天，她的电话仍然关机。眼看假期结束了，我和她约定过回去的日期。联系不上她，我只好先回厦门。到厦门，刚放下行李，我就去了她工作的地方，想看看她是否已回来。在路上我想象了很多次，我刚到她们公司门口，就见她喜盈盈地站在门口接我。可是那注定是一场梦。她还没有回来。他的老板也在找她，给她打电话。也是关机。

我只得一个人落寞地回到住的地方。我感到自己快要发疯了。

在接下来的时间里我不住地给她打电话、发短信，在 QQ 上给她留言。不住地往她公司打电话，问她回来没有。可每次总是失望。我干起活来越来越无法集中注意力，好几次差点出事故，主管批评过我好几次，最终一次把他惹恼了，他说："你要是再这样不用心，就不用来了。"

我确实不想再做下去了，我要去找她。可是直到这时我才发现我没有她家的具体地址。我只知道她是湖南衡阳的，衡阳哪里却不清楚。我从来没有想过有一天我会找不到她。我去她公司问，同事们都说不知道，也是只知道她是衡阳的。他们让我去问公司老板，看看他那里有没有登记。我找到他，他一开始不肯查，说那是员工的个人隐私，不适合给别人。我说我是她男朋友。

"可是我不认识你。"他说。

"我以前跟她一起来过你们公司。"

"我没见过你。"

"你行行好吧。"我差一点要给他跪下了。

"我们公司有规定的……"他为难地看着我。

我千求万求，他总算答应了，但是查了半天，却告诉我没有登记她的详细地址。

"怎么可能？"

"不好意思。"

那天我晕晕沉沉地回到宿舍，我抱着侥幸心理再次给她打了一个电话，结果被告知这个号码已经停用了。我欲哭无泪。我思想斗争了半天，结果一把拽过行李包，胡乱塞进几件衣服，就出了宿舍。我本想坐公交车去火车站，等了几分钟，没有等到，直接招手叫了一辆出租车。到火车站，我买了一张最近去湖南衡阳的火车票。在候车室候车时，我突然感到一阵茫然，不知道到了衡阳去哪里找她。

在火车上我基本上都是在发呆。我想起我们在一起时的情景，现在想起来感觉那像是很久远以前的事情。我掏出手机，打开，扑面就是陈雨雁的照片，照片上她正在冲我快乐地笑，可是我看了直想哭。我把相册打开，里面都是我为她拍的照片，一张都没删，都保留着，我一张一张看过去，情不自禁地用手摸着她的脸，流泪。对面一个小女孩吃惊地看着我，她妈妈把她揽过去，把她的头强扭到一边，不看我。

出了衡阳火车站，我不知道该往哪里走。最后我只好走到哪里算哪里。看到陌生人，我都想问问他们是否认识一个叫陈雨雁的女孩？但是每一张脸都那么冷漠，让我张不开口。天黑下来时我住进一个小旅馆。放下行李我又出去乱走，在一个小酒馆前我停住脚步，我进去叫了一瓶啤酒，又叫了两个炒菜，一个人慢慢地喝。喝完又叫了一瓶，又叫了一瓶，到最后我都不知道我究竟喝了多少瓶。我只记得那个又黑又胖的男老板一直坐在我旁边盯着我看，店里客人不多，他显得有点无所事事。后来他又给我递啤酒时就跟我搭讪，问我，"小兄弟，你是外地人吧？"

我说是，说着又喝下一杯。

"老家是哪里的？"他又问。

"甘肃庆阳。"

"哦，离这里蛮远的。是来旅游？"

"不是，找人。"

"找人？找什么人，找到了吗？"他显得很好奇，顺势在我对面坐了下来。

"没有。"我又倒了一杯啤酒，顺手也给他倒了一杯，"来，也喝一杯，我请你。"我说。

"谢谢。"他举起杯子跟我碰了一下，又冲里面喊了一声，"炒个班椒炒麻拐"，然后站起来取了一副碗筷。过了一会儿，一盘热菜又上来了。

"这盘菜算我的。"他说。

我没说话，又跟他碰了一下，仰脖一口干掉了。

"你说你来衡阳找人，找什么人？"他又问。

"女朋友。"

"怎么？找不到了？"

我本不想告诉他，但不知怎的，就像打开了龙头的水管一样，一下子控制不住，从头到尾原原本本全告诉他了，还把手机打开，把陈雨雁的照片翻给他看。说到后来我开始哭，鼻涕混着眼泪，一抹一大把。

不知什么时候他老婆也站在旁边听，看我哭成那个样子，扯过一条手纸递给我，嘴里叹气，说，"唉，这个女孩子可也真是的。"

那个男老板劝我，"你这样盲目地找也不是办法，衡阳虽然不算大，但是没有地址去找一个人，怕也如海里捞针。"

他说的我都清楚，我仍在忍不住抽噎。

"要不你去电台试试，"她老婆突然插嘴，"经常在电台里听到寻人启事，你不如去试试。"

"对呀，这个倒是可以试试。"男老板一拍腿，也说。

那天晚上我忘了是怎么回到小旅馆的，睡到第二天早上头还在疼。我努力回想昨天晚上发生的事，想了很久，才慢慢回忆起来。第二天我又出去乱走，我试着问了几个人，他们都摇头说没听说过这么个人。到傍晚，我又想去那家小酒馆，却怎么也找不到了。我循着记忆，但找来找去，总不对。到后来我就放弃了寻找。

我又盲目找了几天，看着口袋里的钱越来越少，只得抱着破釜沉舟的态度去了电台。我在电台门口等了很久，说了半天，才有人放我进去。又问了半天，才有人帮我领到一个房间。有一个女主持人模样的人问了我一些话，她好像也被我感动了，眼眶有点红，鼻子一吸一吸的。她安慰了我半天，劝我先回去，说晚上会安排播出。等到晚上，我躺在小旅馆里，用手机找到她说的那个频道，一个节目一个节目地听下去，终于听到了。但是很短，只有几句话而已。她留了我的手机号码。但是一直没有人给我打电话。

等到我口袋里的钱只够买回老家的车票时，我只好离开了衡阳，这个既让我恨又让我眷恋的地方。回到老家，我像是大病了一场。我妈看到我吓了一跳，她说，"我的乖，你从哪里回来的？怎么瘦成这样？是不是病了？"她伸手要摸我的额头。我有气无力地挡住了她的手。我摇摇晃晃地进了我的房间，把自己扔到床上，就再也不肯起床了。

我在床上一直躺了近半个月。每天都是我妈给我端饭。我爹气得在院子里大骂。我不回应，任他骂。我妈劝他，"少骂一点吧，孩子都这个样子了。"我爹说，"都是被你娇惯的，一点出息都没有。"

我承认我没有出息，但是我就是这样一个人，你把我杀了烧了我还是这样。我在心里想。想到陈雨雁，我的身体又是一阵子哆嗦，我用手抓着床单，拼命控制着自己不哭，但是没用，眼泪还是露珠一样滚落下来。

我妈已经知道我的事了。我边给她说边大哭，哭得泣不成声，我妈把我的头放在她的肩膀上，用手抚着我的背，安慰我，"不哭，不哭，咱不哭。"

我在家待了半年多没有出门。后来我终于可以出门了，但是见谁都爱理不理。我爹总忍不住叹气，想骂我又憋住，换成了不住摇头。我后来又说要去打工，我妈不让，说"就在家待着，你妈养得起你。"我说"我想出去散散心。"我妈迟疑了一下，说，"那你去打工就老老实实打工，可千万不要再去找她。"

我说我不会再去找她。但实际上我还是想去衡阳找她。

后来我真的又去了衡阳一次，结果还是跟上次一样。但是这次我没有回家，而是又接着去打工。我已经不在厦门待了，这是个让我想起来就落泪的城市。那里的一山一水、一草一木都烙下了我们两个的印迹，我一个人去，我怕连那里的大海也会感觉孤单。

我后来又去过很多地方，但是从来没有再交过女朋友。我不是没有想过，重新开始一段恋情，也许就会抚平旧日的创伤，但是我怎么也无法开始。

忍不住的，我还是会经常想起她，陈雨雁，这个刻在我心里的名字。在绍兴遇到那个失恋的男孩之后，我决心把这段故事写下来。等我快写完时，我才意识到我为什么想把它写下来，我其实是在写一个寻人启事呀：

陈雨雁，女，28 岁，湖南衡阳人，具体地址不详，婚姻状况不详……

写到这里我泪如雨下。陈雨雁，如果你看到这则寻人启事，请你联系我，电话号码不变。

我求求你了！

紫杉棺木

鼠　患

　　早上起来，刘素娥照镜子，眼圈黑黑的，又做了一晚上的梦。梦里她还住在旧房子里，好像是清晨，她还年轻，起床，脚下踩到一个软软的东西。低头一看，不由一声尖叫，然而很快就平静下来了。她出去找把铁锨，将地上的死老鼠一个个铲起来——这个活本应是张建兴干的，但在梦里由她亲自做了——铲了一大锨，还没铲完。她本想将死老鼠倒进沤粪池，突然想到村里陈秉义家收死老鼠，就将它撂在了墙根处。她连着铲了三四锨，终于铲完。放下铁锨的时候，她心中充满了得意，看来这次买耗子药买对了。耗子药是几天前赶集时买的，一个外地人骑着一辆破永久车，车头挂着一只塞满了东西显得鼓鼓囊囊的老鼠皮。她本不想多买，那个外地人嘴实在能说，把药效夸到了天上，说得她心动了，想到家里老鼠多，就多买了几包存着，想着反正也多花不了几毛钱。

　　最近她一直做这个梦，不知何故。她给建兴讲，建兴没有兴趣听，脸上明显露着不耐烦。她发了一通脾气，索性就不讲了。她后来自己想，可能是这几晚住在临时搭盖的棚子里，又听到了老鼠扑腾的声音。早晚放药把你们都药死。刘素娥想，心底流过一丝得意的笑。

　　因为没睡好，心情就格外烦躁，一个早上都是在打骂声中度过的。她骂张建兴，骂两个孩子，还骂婆婆。除了孩子哼唧了两声，其他被骂的人都不作声，仿佛没有听到，任由她一个人骂得满街都是回声。吃完饭喂猪时，她用棍子敲猪的头，骂它光吃食不长膘，留着啥用，不如直接杀了。婆婆正坐在旁边洗衣服，听了脸色酱紫，但是仍没有吭声。

　　上午工地仍没来人，建兴昨晚去叫了，都说会来，但都没来。建兴知道还是钱的事。房子已经建到一半，没钱了，很多东西都赊欠着。钱不够就开始盖房，仍是刘素娥的主意，建兴一开始就不同意，怕的就是出现今天这种情况，但是他拗不过妻子。他知道刘素娥坚持盖房是为了跟大哥大嫂赌气，但她没想想大哥一年四季在外地打工，存下了钱。自己凭什么盖？这话他不敢讲，这是他的软肋。刘素娥骂他骂得最多的就是窝囊废，没出息——看看你哥！其实他哥也不容易，建兴知道，他曾跟他哥出去打过一段时间工，也是在一个工地，虽然钱不少，但活重，他身子瘦弱力气小，干不了。干了不到半年就回来了。为了这事，刘素娥差点跟他离婚。

　　刘素娥说她其实一开始就不该跟他。这话可能没错。她是个有大本事的人，与张建兴刚好相反。按说她应该生为男人。建兴那被她活活气死的爹生前多次说过这样的话，俺这儿媳妇不简单，俺家建兴这辈子少不了要受她辖制。建兴他爹之所以会说出这种话，主要是因为当时换表记谈礼金时是刘素娥自己出来跟他谈的。在他的经验里，还是第一次遇到这种事，要是发生在别人家，非被他笑掉大牙，可出在自己家，他只能打掉牙齿往肚里咽。当时他就觉得这门亲事不能成，这个媳妇不是他们家建兴能够使唤得了的。但是回来跟建兴说，建兴却不吭气，他就知道坏了，这个傻小子没见过世面，见到的第一个姑娘就把他的心迷住了。

　　其实张建兴并不是被刘素娥迷住了，而是那时他格外想结婚，跟他同龄的人有的都有孩子了，他却仍是光棍一条。他知道自家的条件，说个满意的媳妇并不容易，既然对方不反对，他就觉得自己没有理由反对。然而等到成亲那天，他才发现自己的想法有多么幼稚。从来没有听说过，迎接新媳妇的车已经到家门口了，新媳妇却不上车，非要再多送一台洗衣机。那时洗衣机还金贵，一开始没谈到这个，现在突然张口要，迎亲的人都感觉很气愤。僵持了一段时间，迎亲的都是本家的，鼓噪着说没遇到这样的人，不行就不娶了。这当然是气话，也是看热闹的人说的话。建兴他爹虽然气愤，但想到已经送出去的彩礼，再想想如果因为一台洗衣机新媳妇娶不回来，传出去得多丢人，就急急凑了一笔钱，去镇上将洗衣机买回来了。

这还不算，新媳妇到家，当晚就跟张建兴干了一仗，当着众多客人的面与张建兴对骂。张建兴那时还年轻气盛，没真正领教刘素娥的厉害，当着那么多人的面，就一句还一句地与刘素娥对骂，直到他爹闻声而至。建兴他爹过来一看，当即明白发生了什么事，他气得浑身哆嗦，但是到最后他却狠狠给了张建兴一个耳光。就是这个耳光让事态暂时平息了，围观的人都在劝解，建兴他爹似乎止住了怒气，但仍骂张建兴是个没用的东西。张建兴被爹打得眼泪直冒，心里充满了委屈。刘素娥明白那一巴掌的含义，转身趴倒在床上，哭天抢地，说张家人欺负她。围观的人却直笑。

那天晚上刘素娥就要回娘家，虽然建兴他爹他娘一百个不高兴，仍千方百计把她劝住了。然而第二天早上她还是回娘家了，一回去就不肯回来。建兴没有告诉他爹，他爹知道了骂他，建兴回嘴："这样的婆娘不要也就罢了。"建兴他爹骂他："你早些时干啥吃去了，现在明白了。"建兴羞愧得无话可说，只得在爹的支使下，硬着头皮去叫了几次，每次都被羞辱得灰溜溜地回来。建兴他爹听完仰天长叹，恨自家多灾多难。就在他也发狠准备让张建兴放弃时，刘素娥不知道怎么想明白了，突然在一个晚上由人通知让张建兴把自己请回来了。回来后她装出若无其事的样子，该怎样怎样，就像什么事都没发生过。建兴他爹虽然觉得奇怪，但也不打算再追究，他猜想应该是她娘家有什么明白人说服了她，这个人很有可能就是刘素娥她娘。

建兴他爹见过刘素娥她娘几次，从说话上，觉得这个亲家母还算是通事理的人，只是不知怎么会养出这样不讲道理的闺女。刘素娥还有两个姐姐，一个就嫁在邻村，听人说也不是个善茬。建兴他爹劝建兴看好老婆，少让她跟她姐来往，据他推测，刘素娥受她那两个姐姐的影响可能比受她妈的影响还要大些。但是张建兴哪里有能力管住刘素娥的腿。

上午又去叫了叫，总算有几个工人答应下午来。刘素娥一肚子怒气，她不是生工人的气，而是生张建兴的气，连带生建兴他哥他嫂的气。建兴在城里打工不行，又跑回了村子，今天在这里干一点，明天在那里干一点，一个月赚不了几个钱，两个孩子跟着他，像是要饭的。大哥建国家的房子眼看着就竖了起来，还学着时兴，建了两层，下层四间，上层两间。上层那两间并不住人，放了麦子。麦子收完，直接背到房顶晾晒，晒干装袋，就直接放到了隔壁两间粮仓，看着惹人艳羡。房子的外墙也贴了白色的瓷砖，门楼建得跟二楼房顶差不多同高了，也贴着红色的瓷砖。大门是两扇铁门，完全打开，可以容汽车进出。那段时间，街人在她面前张口闭口都是建国家的房子多气派，问她进去看过没，屋里那摆设，也是按城里人的。她不接口，脸色难看，可街上的人似乎总视而不见，仍唠叨个没完。她觉得他们是成心气她。同样一个娘生的，为什么建国就盖得起房子，建兴就仍得住那破旧的老房子。

刘素娥觉得自从建国家的房子盖起来，建国媳妇的小尾巴就翘到天上了。见到她，总让她往家里坐。往家里坐什么呀，不过就是炫耀罢了。不过那还是以前的事，两人还说话，自从闹了几次别扭，现在见面就跟个仇人似的，连话都不说了。刚才路过建国家门口，建国媳妇正坐在门口喂孩子吃饭，孩子不吃，手里却拿着一根棒棒糖。见到她，脸一别，像没看到。她也装作没看到，要走，儿子看到了建国儿子手里的棒棒糖，突然要，刘素娥看到建国媳妇的脸上似乎掠过一丝嘲笑，但是她仍拉扯着儿子要喂饭，就像根本没听到建兴儿子的话一样。刘素娥心里一阵发狠，啪，一耳光就打在儿子脸上：

"要什么要，不怕毒死你！"

建国媳妇一听，脸色一变，站起身拉着儿子进家去了。两扇大红门在刘素娥面前咣当关上，像是在跟她示威。

"牛什么牛！"刘素娥往地上吐唾沫，顺手又给了哭哭啼啼的儿子一巴掌。

建国媳妇跟刘素娥不说话，归根到底还是在房子上，但闹到最后却是因为建兴他爹的死。建国的新房子盖好，就从老房子里搬了出去，留下那两间老房空着，建兴他爹跟建国商量，空着也是空着，不如就让建兴先住。建国没说二话，媳妇其实并不愿意，但最后也退让了。建兴他爹就把这个意思跟建兴说了，建兴自然高兴，谁知回头跟素娥说，素娥却一下子把脸拉了下来，骂他，"你也就配住人家不要的破房子，人家把痰吐到你脸上你还笑呢。"把建兴骂得晕头晕脑，不明白素娥为啥会不高兴。建国没盖新房子时，素娥一直谋算着人家那两间房子，现在人家让他们住，她却又不高兴了。

　　虽然不高兴，但还是住进去了，毕竟现实条件摆着。住进去，明显宽敞了许多，但素娥的心仍憋屈着。她张口闭口就是破房子，仿佛对这房子多嫌恶似的。但是因为这房子，刘素娥的心变大了，她想把建兴他爹他娘也逼出去，在这六间房的地基上盖新房子。这话她不能跟建兴说，建兴肯定不会同意，她就骂，天天把两个老人骂得跟小孩子一样。两个老人就在建国面前诉苦，建国孝顺，说："要不你们搬到我家来住吧，反正房子也住不完。"建国媳妇听了不乐意了，说："凭什么，他们住那两间房还是我们的。"就上门去要。两家人就干起来了。干完也就罢了，刘素娥发了狠，在院子中间砌了一道墙，把建兴他爹他娘还有建国的房子都砌在了里面，连个路都不留。建兴他爹一看，当即一口气憋了过去，救过来之后就病恹恹的了，拖了一年多，还是死掉了。

　　两家人的仇就这样结下来了。

　　建兴他爹死后，刘素娥就催促着张建兴盖新房。张建兴很作难，说着好听，怎么盖？盖房不是过家家，去哪里找钱？一千两千找找人还可以借来，这几万块去哪里借？就算有人有，凭他们这样的为人，也没人肯借给他们。

　　但是有一天他们突然就开始准备盖了。村里人都传言说建兴盖房子的钱是刘素娥讹诈来的。说是刘素娥在县城被一辆汽车擦了一下，她就躺倒在地上不起来，非要人家给她看。那是个城里人，有钱，送她去了医院，一检查，啥事都没有。她不行，非说受了内伤，万一将来伤了残了，非要人家赔钱。人家也同意了，掏了两千块钱给她。她不接，嫌少。后来就天天抱着小儿子去人家家里吃住，该吃饭了，人家做完饭她先盛，晚上睡觉就睡到人家床上。更恶心的是，还故意让儿子拉到人家的床上，让人家去洗。这样过了一段时间，那家人受不了了，叫警察来也解决不了，只得掏钱解决了事。具体掏了多少钱，说法不一，但总之不少，要不她哪里来钱盖房。关于这个说法，刘素娥气得在街上跳着脚骂，诅咒那些嚼舌根的，全家不得好死。

"我们的钱就不是钱？我这都是跟我姐借的。"刘素娥跟一个平时来往较多的妇女说。那个妇女听了，笑笑，但并不相信。

钱终究还是不够，盖到一半就没钱了。刘素娥让张建兴去借。张建兴转了一圈没借到。刘素娥骂他，"你是不是男人，连个钱都借不到？"话题就又转到建国身上。说来说去，还是建国夫妻俩狗眼看人低，瞧不起他们，这下没钱了，可不被他们笑掉大牙。建国媳妇见到她，确实笑过几次，眉眼里带着嘲笑。刚才被孩子那一吵，更要被她笑到屁眼里，说起来似乎是连个棒棒糖都买不起！

想到这些，刘素娥就气。还没到家看到婆婆正出门，见到她就又躲回去了，心里就更气。看婆婆那鬼鬼祟祟的样，就知道是要去建国家。婆婆偏心，不就是建国从城里回来给她买了个电热毯吗？一直挂在嘴上。公公死后，墙就拆了。婆婆不敢走，仍住在旧屋里。旧房拆掉建新房，也没敢过去跟建国一家住，也住在棚里，有共患难的意思。建兴看不过去，劝她也不听，只一个劲儿抹泪。就这儿刘素娥仍有闲话，说的意思是棚子这么小，也没个眼色，不知道让个位置。婆婆听到了，跟建兴诉苦，说，"我这是左右不是人呀。"建兴听了不吭声，只一个劲抽烟。娶过媳妇才几年呀，孩子还那么小，建兴仿佛就老了，背也驼了，头发也白了，脸也皱了，身上的衣服穿得破破烂烂的，远看，就像个小老头，实际上算起来，也不过刚刚三十出头。

建兴他娘知道说这些给孩子听只会给他添堵，啥事也解决不了。不想跟他讲，但又忍不住会讲。她说，"再不说，就把你娘憋死了。"她指着自己的心口偷偷跟建兴说。

下午总算来了几个工人，正在忙，突然街上小脚的刘三奶奶气喘吁吁跑来了，一跑一颠，几次差点崴倒。跑到近处，她仰脸冲着站在脚手架上的建兴说，"建兴，你娘呢？"建兴还没来得及回答，她又说，"不得了了，你快去看看吧，你哥家的黑蛋出事了！"建兴停住手里的活，弯下腰问，"出啥事了？"

刘三奶奶说，"黑蛋犯病了，嘴里吐沫子，你嫂子吓得成啥……"

刘三奶奶的话还没说完，建兴一耸身就跳下了脚手架。刘素娥拉他没拉住，叫他，"你干啥去，不盖房了？"建兴犹豫了一下，说，"我过去看看，一会儿就回来。"说着跟着刘三奶奶就去了。

刘素娥想喝住他，想了想，却没说话。等到他远去，却一脚把一个装水泥的搪瓷盆子踢到了地上，盆子在地上的砖瓦间转了半天，才咣啷一声躺下。

等了半晌，建兴才回来，脸色黑黑的，回来转了一圈又要出去。刘素娥叫住他，"咋样？"建兴像是没听到，过了一会儿才嗡声嗡气地回应，"死了。"

"咋死的？"

"不知道。"

刘素娥没再问，仿佛早料到了。"我早说过他们家早晚得绝后。"刘素娥突然说。张建兴听了没有言语，但是等她再张口时，他突然发疯了一样冲她喊道，"闭上你那×嘴吧。"刘素娥一下子呆住了，等她明白过来，大吼一声就冲张建兴扑了过去，双手胡乱扑打，张建兴手忙脚乱地应对，还是被刘素娥抓出了几道血痕。

那天晚上刘素娥没有做饭，孩子也不管。到第二天早上，她起床后洗罢脸就骑车出门了。张建兴看到，拦住她，问她去哪儿？刘素娥让他让开。张建兴让开了条路，眼睁睁看着刘素娥骑远。

刘素娥是要回娘家。走到半路，想了想拐到了邻村的姐姐家。到门口，看到姐正要出门，姐看到素娥了，说，"我正要去叫你，你倒跑来了。"刘素娥问什么事？姐说："咱妈快不行了。"刘素娥哼了一声，说："好几次都说快不行了，最后不还是没事？"姐说，"这次怕是真不行了，咱大哥刚刚给我打的电话。"

两个人就骑车去了娘家。推开门，看到爹正在院里忙活着准备后事，一个棺材迎面放在堂屋里，刚油过漆，乌黑发亮。爹看到她俩，也没说话，点点头算是打过了招呼。刘素娥问："俺娘咋样了？"爹说刚才差点过去，看来是在等你俩，现在好点了。进屋，看到屋里都是人，围着床头。素娥和姐挤进去，看到娘正头转向里面，像是在跟谁说话。素娥问，"娘这是咋了？"大嫂说："谁知道，这几天一直这样，是跟鬼在说话。"素娥就趴过去，在娘的耳旁叫娘。娘听到了，把脸转了过来，看到是素娥，倒清醒，说，"娥，你来了？"又说，"我跟你大娘正说你的事哩。"刘素娥心里一惊，问，"哪个大娘？"娘说，"你忘了，就是你新民哥他娘。"刘素娥想起新民哥他娘已死去十几年了，是得厌食症死的，就吓了一跳，问，"你跟她说啥呢？"

"还不是说你？"

"说我啥哩？"

"你这个死娃子呀，你咋恁心狠哩？"

"我咋心狠了？"

"咦，你想着人家都不知道？那边的人都知道了，你大娘让我给你捎话呢。"

"娘你胡说啥哩，她让你给我捎啥话哩？"

"她说她看见你头上冒着仨洞眼，都往外边流血哩……你看你这个死娃，咋恁心狠哩！"

刘素娥听了浑身发冷，回头看大姐大嫂，正好姐嫂也都在看她。看她转过头，大嫂就劝她，"别听咱娘胡说，没看她那是在说鬼话，你知道她刚才怎么说？"

"怎么说？"

"说你下药把你哥家的娃毒死了……"

"胡说！"

"可不是胡说嘛。她这么长时间没下过地她知道啥？"大嫂说。

刘素娥没听，她的心在娘那儿。娘又把头转过去了，嘴里又说起话来，声音越来越大，渐渐压住了大嫂的声音。大嫂把话头停住了，转过头去看娘，只见娘像是和人在吵架，听了半天，听出是为素娥在吵架。只听娘说，"你别血口喷人，俺素娥不是那种人，俺自己的闺女俺不知道……俺素娥是争强好胜，但俺素娥心实好，你别诬赖人……俺素娥以前杀个鸡子都不敢，她会下去那毒手……"

大嫂说，"你看咱娘又不知跟谁在吵架呢，这几天动不动就吵。"说着过去扳娘的肩膀，扳了半天，娘才转过身。大嫂问，"娘，你又跟谁吵呢，也不知道歇一会儿。"

娘说，"跟谁吵呢，还不是娥他老公公，那个死老头见我就跟我说是咱娥毒死了他孙子……"

大姐听了，回头看素娥，说："娥，不会真是你毒死的吧？"

刘素娥没有回答大姐，抓住娘的手，惊恐地说，"娘，你说我该咋办？"

娘瞅瞅她，没吭声，突然眼里露出一丝惊恐，叫道，"老鼠，老鼠……"众人回首，问在哪里？再看，娘已然气绝了。

依法执行

　　我坐在楼下等了一会儿，有人让我上去。进了我上次来过的那个房间，接待过我的那个警官正坐在一台电脑后面，他看到我进来了，就站起来，满脸堆笑地冲我走过来，还跟我握了一下手，让我有点局促。他让我在一张椅子上坐下，又倒了杯白开水给我。我把水杯接过来，但没有喝，就那么举着。我一直沉默着，不知该说什么。

　　是他通知我来的。我已经在家等了一个多月。在这一个多月里，我几乎什么都没干。理发店的门早已关了，只有进出的时候才会打开。如果有另外一个门可以进出，我真不想看到这扇门。可一开始来到这个城市的时候，我还以为这是一个不错的生存之道。

　　还是那个警官先开口了，他先问我最近生活怎么样？我不知道该怎么说，只好冲他笑笑，但是笑容刚绽开，就又痛苦地皱结在了一起。我实在笑不出来。我猜想他看到的肯定是一个苦笑。

　　他还东拉西扯了几句，但我都没怎么在意，我关心的是复议结果。越听他闲扯，我的心越往下沉，我知道肯定是结果不好他才会这样。上次在分局法制科，也是这样。我本来是要去分局法制科复议的，他们告诉我要去市局。

　　警官站起来又要给我倒水。这时我才意识到，不知不觉中我竟然把杯子中的水喝光了。我尴尬地站了起来，但又被他按下去了。给我的杯子中倒满水后，他才沉重地叹了一口气。我的心立刻就凉了。

　　"老张，"他又叹口气说，"你第一次来的时候我就跟你讲过……"

我竖着耳朵听着，听到后来果然是维持原判。他显得很无奈，他告诉我他对我也很同情，但是没办法，法律就是这样规定的……

"法律规定人犯了罪可以不用关？那我明天去杀个人是不是也不用枪毙？"我愣怔过来了，激动起来。

"话不是这样说……"那个警官仍然显得很有耐心，他的鼻梁上架着个眼镜，手不时要去扶一下，似乎眼镜随时会掉下来。他看起来很年轻，一副有知识的样子。

他斟酌着，似乎在挑选词语。我等待着看他会怎么解释。真是没有天理了，按他这么说，我女儿妮妮就白白被小黄毛糟蹋了。

"话不是这样说，"他仍然这样说，手又扶了一下镜架，"公安机关其实已经对他作出处罚了……"

"不关进去也叫处罚？"我大声质问。

他似乎被我问得没话说了，站起身，走到一排书架前，从里面抽出一本书又走回来。我看着他的背影，想弄清楚他葫芦里在卖什么药。结果他翻到一页给我看，"你看，法律就是这样规定的，已满十六周岁不满十八周岁，初次违反治安管理的，行政拘留不予执行。法律就是这样规定的，我们也没办法。"

我顺着他的手指，确实看到了这样一句话。其实这句话在分局法制科，那个秃顶的科长已经给我看过，但是我气不过，我说这是什么狗屁法律，为什么就知道保护罪犯，不知道保护受害人？

那个科长说，"这不是什么狗屁法律，这是《治安管理处罚法》。"

"什么法我不懂，我初中没上完就毕业了。出来后一直打工，好不容易赚了点钱，觉得可以自己开家理发店了，就把老婆和女儿带了出来。没想到理发店才开了不到半年，就出了这种事。"

"我不管，"我对那个戴眼镜的警官说，"你们不把他抓起来我就不服。我女儿不能白白被他糟蹋。你知道吗？你们不抓他，他还跑到我们家威胁我……"说着，我的声音就哆嗦起来，我控制不住就又哭了。

在哭声中，我威胁那个警官，"你们不抓他，我就还去告。"

我说我还要去告，也不过是顺嘴那么一说。当我走出公安局的大门，那股底气就没了，感觉心里空空的，慌得很。看着街上蚂蚁堆一样的人群，我不知道该往哪边走。人那么多，可每个人我都不认识，这个外表繁华的城市让我心生恐惧。

在外打工这么多年，可我对城市从来没有生过好感。城市总让我感觉自己肮脏、贫穷。走在城市干净的街道上，我总感觉直不起腰，就像背上压着个磨盘，重得我总想瘫软在地上。城市人的眼光更毒，看你的眼神像是把磨得锋利冒着冷气的镰刀，恨不得把你割成一段一段的。与城市相比，我更喜欢城乡结合部，那里更像农村，但是比老家的农村热闹。如果老家的农村有那么热闹就好了，我们就不用背井离乡跑这么远了。理发店开起来时，我还兴致勃勃地想过，如果真赚到钱了，妮妮在这里有地方上学，我们就把家安顿到这里。这个想法我还没有好好跟秋花计划过，没想到就出事了！

恍惚了半天，我认清了来时下车的方向。从那个车站坐车，再转两次车，下车后坐三块钱"摩的"就可以到我住的地方了。我就住在理发店。那是一个小小的店面，上下隔成了两层，下面理发，上面是我们一家三口睡觉的地方。地方很小，下面可以放两张椅子，上面只能放一张大床，妮妮还小，还可以跟我们睡。如果等她大了，就得找个地方大点的店面。就这么大点地方，一个月的租金也要上千块，理个发才十块钱，得理多少个头才够付租金呀。难怪那么多人不相信我们只理发。在镇上，经常有不三不四的人过来问有没有小姐。我老老实实告诉他们没有，他们不信，嘿嘿笑，说现在哪个发廊没小姐，没小姐你赚啥钱？我说确实没有，我们是做正经生意的。有人听了就走了，有人不信，还要探头往里看，等看到除了秋花真没有别的女人才死心塌地地走了。

秋花是我老婆，她虽然还年轻，但长得一点都不漂亮。我这是实话实说。当然面对她时我是不会这样说的。但是就是这样，竟然也有人把她误当成小姐。那是一个已经可以当爷爷的糟老头子，我还以为他是来理发的，谁知他也色眯眯地给我打暗语，我弄了半天才弄明白他的意思，直截了当回复他，"没有，我们这里没有。"他不死心，竟然指着秋花说，"那个不是？"

我当时真想一耳光扇到他脸上，但听到他普通话带出的本地腔，我就忍住了。我们是外地人，惹不起本地人。但是当我把这件事告诉秋花时，秋花不仅不生气，反倒哈哈大笑起来，似乎还很得意。我真不知道这些女人都是怎么想的。

现在秋花就在理发店里等着我的消息。我真不忍心把这个结果告诉她。出事后她就完全傻了。秋花虽然在老家村里开过理发店，但到底是个没见过什么世面的女人，跟她娘一样胆小，跟她爹一样怕事。出事后她就只知道哭，还有就是责怪我，怪我不该让她千里迢迢跑来开这个什么破理发店。她说，"你要是还好好打工，我在家开理发店，哪里会出这种事？"

她说得没错，我也经常后悔，但我还不是想着一家人能够在一起团聚？我受够了一个人在外打工的生活。每天晚上一个人睡觉，我就想起在家的秋花和妮妮，就想得心疼，想得直掉眼泪。我承认自己没出息，跟我一起打工的很多就不想，但我就是控制不住会想。很多次我都想心一横，不干了，干死干活是为个啥，还不是为了日子过得好点，可现在倒好，结了婚跟没结一样，一年回不了一趟家，回趟家跟打仗一样，好不容易回到家，还没歇几天，还没亲热几回，就又该走了。每次离家时我都特别难受，提前难受，难受好几天，见不得妮妮，见不得秋花，一见就想到离别时的情景。我就跟秋花说不出去了。秋花倒好，比我心还硬，说："你不出去，家里靠啥过日子？就靠我理发赚那几个钱？"秋花说得是，在家不好找活干，找到了工资也低。在外累点，工资确实高不少。想了想，心硬硬，就又走了。可是现在，秋花怪我为什么出来！

我知道秋花说的是气话，但我听了总感觉心痛。这种痛又不能跟她说，跟她说就得吵。我只能一个人憋在肚里。有时我也在恨自己，真不该开这个理发店，没这个理发店啥事也没了。况且，为了开这个破理发店，我几年打工的积蓄差不多全挖空了。

最关键的是招来一个祸患。

小工我没敢请，小黄毛是自己找上门的，我本不想请他，看他的样子就有点流里流气，好好的头发，生生染成了一撮黄毛。可是店里确实需要一个小工，他的要求又不高，我就留下了他。谁知就留下一个祸患。

想到这里，我气得直想撞头。我当时要是能拒绝他就好了，就不会有后面这些事了。可是……

小黄毛一开始表现得还蛮好，虽然玩心大了点，但还听话，让他干什么都会干。有时我们夫妻忙，他还会帮着带下妮妮。时间长了，我们就对他放心了，当成自己家人看，谁知这竟然是只披着人皮的狼。

那天我出门办事，回来时没有看到妮妮，只有秋花一个人在理发店。我问："妮妮呢？"秋花正在给一个人理发，她四处看看，说："刚才还在呢，是不是跟小黄毛出去玩了？"我就没再往心里去。忙完事情，看看时间，已不早了，可妮妮还没回来，我的心就有点打鼓。我问秋花，"小黄毛没说带妮妮去哪里了？"

秋花说，"没有。你不问我也没注意他们出去了。"

我有点生气，"你就老是不上心。"

秋花也生气了，"她天天跟他玩，能出什么事呀？"

我想想，确实也是。但是我还是有点不放心。正想说我出去找找，小黄毛就带着妮妮回来了。小黄毛见到我还笑。我问他带着妮妮去哪儿了？他说，"没去哪儿，村子里有人在唱戏，妮妮要看，我就带她过去看，路上还给妮妮买了个棉花糖。"

我看看妮妮手里确实拿着个棉花糖，吃得满嘴脏兮兮的。事情本来就这样过去了。可是那天晚上秋花给妮妮洗澡的时候，突然嘀咕了一声，又叫我进去。我说："干什么？"我有点不想过去，我正躺在床上看一个电视连续剧。

"你进来看看怎么回事？"秋花仍叫。

我只好过去了，结果看到她正冲着妮妮脱下来的衣服上的一块污渍发呆，又把那块污渍拿到鼻子前面闻了闻，看到我进来了，就把衣服递给我，让我也闻一闻。我被她弄得有些莫名其妙。

"你看看那是什么东西？"

"什么东西？"我接过来，瞅瞅，又学她的样子闻了闻，结果闻到一股鱼腥味。但是又感觉不像鱼腥味，味道很熟悉，但一时想不起来。我又闻闻，仍然想不起来。

我茫然地看着秋花。

"什么味？"我问，感觉很熟悉，就是想不起来。

"你说，"秋花显得有点迟疑，"会不会是那种脏东西？"

"哪种脏东西？"我问。

"就那种嘛。"秋花说。

我突然明白了。哦，是的，就是那种味道，我说怎么那么熟悉。有几次我体外射精，射到秋花肚皮上，用卫生纸揩后就是那股味。

"她衣服上怎么会有那种东西？"我吃惊道。

"我也在纳闷。"秋花污浊着脸说。

问了妮妮，她一开始不肯说，但当我威胁不说就把她关到门外时，她终于说出来了。我们越听越心惊，秋花已经开始哭了。我嘴里骂着禽兽、禽兽。

秋花问我"怎么办？"

我说"还能怎么办？报警呗。"

"那要是传出去……"

"那你说怎么办？"

秋花没有办法。我们最后还是报了警。警察当即就来了。我们带他们到小黄毛住的地方，小黄毛还在上网。看到小黄毛，我的眼中喷着怒火，但是当着警察的面，我什么也没做，我只是说就是他。小黄毛似乎明白了，乖乖地跟着警察走了，但是经过我身边时，他突然回过头，威胁我，"你给我等着。"

我一下子发作了，我骂他，"你他妈的就是禽兽！禽兽还不如！"

那天晚上我也带着妮妮去了派出所，警察给我们做了笔录，笔录做完，还让我们按了手印。我问警察，"像小黄毛这种情况，会坐牢吗？"那个警察说，"他这只是猥亵，不是强奸，所以坐不了牢。"

我的心立刻疼了，我说："他这样还坐不了牢，那什么情况才要坐牢？"

那个警察似乎不想跟我多讲，只是说，"我们要按法律办事。"

"法律规定坏人强奸小女孩不用坐牢？"我叫道。

"我跟你说了，他那不是强奸，是猥亵。"那个警察说，"好了，你们回家等着吧，我们会给你一个结果的。"

我们就回家了。后来确实给了我们一个结果，可那是一个什么样的结果呢？我拿着行政处罚决定书发了半天呆，上面的字我基本上都认得，可是看了半天也没看明白，"什么叫行政拘留十日但并不送交拘留所执行？"我问那个给我决定书的警察，他说，"就是说虽然决定处罚他行政拘留十日，但并不送到拘留所执行。"这话基本上跟决定书上说得一样，我还是不明白。

"那怎么样？"

"什么怎么样？"那个警察似乎不明白我的意思。

"我是说你们怎么处罚小黄毛？"

"这不是已经写得很清楚了吗？"那个警察用手指指点着决定书上的那几行字，行政拘留十日但并不执行。

"不执行是什么意思？"

"就是不送到拘留所里。"

"那就是把他放掉了？"

那个警察笑了一下，没说话，但我感觉他是默认了。

"你们怎么能这样不处罚就把他放掉？"

"我们并没有不处罚，我跟你说过了，你也看得很清楚，我们决定对他行政拘留十日……"那个警察似乎有点不耐烦。

"那为什么不执行？"

"这里写得很清楚，根据法律规定，已满十六周岁不满十八周岁的人第一次违反治安管理，行政拘留不予执行，他刚好不满十八周岁……"

"谁能证明他是第一次违反……"

"我们没有查到他的前科。"

"那……"我找不出话来。"那，那也不该就这样白白把他放掉呀!"

我的声音呜咽了。

根据警察告诉我的情况，那天小黄毛把我女儿妮妮带到了一个破旧的空房子里，他先把我女儿的裤子褪了下来，摸她的下体，然后当着我女儿的面自慰，最后把精液射在了我女儿的身上。我从妮妮这里听到的情况跟警察告诉我的差不多。

我问妮妮，"他有没有骑到你的身上?"

妮妮问，"怎么骑? 像骑马那样吗?"

我不知道该怎么跟她解释。我只能比手画脚地胡乱解释了半天，她仍然没有听明白，只是不断说，哥哥一直在玩弄尿尿的鸡鸡，然后尿在了她的衣服上。

她竟然还叫他哥哥!

我气急败坏，"那你回来怎么不说?"

"哥哥不让说。"

"他怎么不让你说?"

"他说说了就打我，下次也不再给我买棉花糖。"

"他这样……尿……在你身上有几次?"

妮妮低着头想了半天，最后说，"我不知道。"

"那……以前有过吗?"我换了种问话的方式。

"有。"

我才知道原来小黄毛还不止一次。我的心里又是一阵撕痛。这难道能算第一次违法吗? 我以此质问那个秃顶的分局法制科科长，谁知科长说这也算是第一次，只要以前没有被处罚过，都算第一次。

"法律都是你们说了算。"说到后来，我实在忍不住又露出了哭腔。

我看到行政处罚决定书上写着如果对处罚决定不服可以申请行政复议或者提起行政诉讼。我问，"复议是什么？"那个法制科长说，"复议就是要求重查一次，看处罚得对不对。"我说："要交钱吗？"他说："不要，诉讼要。"我说："那我要求复议。"法制科长说，"你要复议得去市局，我们没这个权力。"

谁知道复议了一个多月，最后还是这样一个结果。我质问那个戴眼镜的警官，"你们复议既然没有用，还让我们复议干什么，这不是折腾人吗？"

戴眼镜的警官语调很平静，他说，"复议并不是说一定能够得到你满意的结果。我们要尊重事实，尊重法律。"

"法律，法律，又是法律！"我听到法律这两个字头都要大了！"法律有个狗屁用，只会保护坏人。"我冲着他叫。

"请你冷静点。"他说。眼睛在镜片后面直视着我。

我不怕他，我迎着他的眼神，说，"法律要是不保护坏人，为什么不把小黄毛抓进去！"

"我跟你说过多少次了！"他露出一副无可奈何的神情。"法律之所以这样规定，是为了保护未成年人……"

"那我女儿是不是未成年人？"我截断他的话。

他明显迟疑了一下，说，"是，可是……"

"什么可是？那法律就只保护他，不保护我女儿？"

"不是不保护，是……"

我不想听他解释下去。我又问他，"按你这样说，要是我女儿杀了他，也可以不坐牢不枪毙？"

"从理论上来说是这样的。"没想到他竟然这样回答。

"好啊，那我回去就让我女儿杀了他……"

"但是你作为成人，教唆他人杀人是要负刑事责任的。"他又说。

"谁知道是我教唆的？呵呵，我不教唆，我女儿自己就会去杀掉他……"我没想到我能笑出来，但我可以想象得到，我的笑肯定很狰狞。

"我劝你千万不要做傻事。"那个警官的脸越来越冷。

"那你让我怎么办!"我收住笑,忍不住冲着他咆哮起来。

虽然那样说,但是我知道我不会让我女儿杀掉小黄毛。我承认在脱口而出一刹那我确实动过这样的念头,但是我很快就意识到我女儿根本没有能力杀死小黄毛。如果我有一个儿子就好了。我也想过完全可以自己动手,但是当我想到我被枪毙后秋花和妮妮该如何生活,我就下不去决心了。

根据那个戴眼镜警察的指点,我如果对复议结果不服还可以去法院起诉,但是我打听了一下之后就打消了这个念头——我耗不起那个时间。一个多月没开店,我明显感觉经济紧张起来。这个店我实在不想再开下去,每次想到那件事,我的心里就像吃了个蛆虫一样恶心难受。秋花跟我一样,只有妮妮还好一点,但是她也从我和秋花身上感觉到了那件事的严重,开始变得沉默寡言起来,而以前她是很爱笑爱闹的女孩。

我和秋花商量的结果是既然打不赢官司那就先回老家,等心情好一点再想下一步。我们只能走一步看一步了。再说了,待在这里我们也害怕。那天我回到家,秋花告诉我小黄毛又来威胁她了。

"他说什么了?"我又愤怒又紧张。

"他说我们只要敢再待在这里,他就找人砸了我们的店,打断你的腿。"

"他敢!"我说,"谅他也没那本事。"

我虽然这样说但心里仍在发虚。我没有想到小黄毛看着挺老实的一个人现在也敢这么横。自从那件事发生后,他就像完全变了一个人,变成了一个泼皮流氓,一副死猪不怕开水烫的混样子。

他也曾当面威胁过我,身边跟着几个小年轻,也是一副小流氓的装扮,头上也都染着一撮毛。只不过有的是红毛,有的是绿毛。面对他的威胁,我表现得毫不示弱,但是只有我自己心里知道,我其实还是胆怯的,我这辈子还没跟人红过脸,更不用说打架。所以我们对骂了几句,我就赶忙转身离开了。

我和秋花决定早日离开这个让我们伤心的是非之地,但是让我没有想到的是，就在我收拾好东西准备离开时，突然有一个警察找到了我，我以为他还是要讲那件事，我不知道还有什么好讲的，难道他们改变主意了？

没想到他问我的第一句话是"听说小黄毛经常威胁你？"

我说是。

"他怎么威胁你？"

我说了。

他说好，你再跟我到派出所做个笔录。

我不知道为什么还要做笔录，难道派出所连这种事也管。但是管了又有什么用，我女儿被糟蹋那么大的事他们都关不了他，这种事他们还能怎么样。

我不想去，但经不住那个警察劝说，最后还是去了。但是我没有想到，才过不到一天，那个警察就又通知我去所里了，到了派出所，他递给我一张纸，我一看，又是一张行政处罚决定书。我看完，满脸疑惑。抬头看那个警察。那个警察笑笑，说，"看清楚了吗？看清楚了就在送达证上签个名。"

我迟疑着不敢签。我说："这就把他拘留了？"

"可不是。"他说。

"就凭他威胁我那几句话？"

"是啊。"

"这次能关吗？"

"当然能。"

"不是还没满十八周岁？"

"但他这已不是第一次违法了……"

我心中突然感觉亮堂了，像太阳冲破了乌云，射出了万道金光，世界突然亮了。

想象悲伤漫过荒野

　　时间还早，墙上钟表的时针刚刚指到九点的位置。咖啡馆空荡荡的，进门时只看到几个女服务员在忙活，可能是在做营业前的准备。林筱岚径直向靠里窗边的一个位置坐下去，从窗口望出去，刚好可以看到她停在咖啡馆门口的红色宝马车。红是她嘴唇上涂着的那种鲜艳的红，透着一股亮，像一滩血液，也像一颗活蹦乱跳的心脏。

　　一个女服务员立刻放下手中的活计，跟了过来，看她坐定，才把手中的价目单摊在她面前的玻璃桌面上。"请问您要点什么？"女服务员用一口不太标准、明显可以听得出外地口音的普通话问她。林筱岚随便翻看了一下，扫了一眼，指着一个说，"就来这个，摩卡。"女服务员说了声好的，收了单子转身离开了。

　　虽然进来时那几个女服务员声响不大，但总还有点生气，现在有了她这个客人，咖啡馆里立刻鸦雀无声了，那几个服务员也不见了踪影。突然的寂静让林筱岚感觉有点不大真实。但是她没有多想，她把目光再次移到窗外，越过她那辆醒目得让人几乎无法回避的红色宝马，她看到了街对面"红星超市"几个招牌大字。与其他招牌相比，"红星超市"这几个字并不算大，因为破旧，甚至显得有点暗淡。但就是这几个不起眼的字，在林筱岚眼里却格外刺目。看它一眼，她的心里就是一阵刺痛。

　　"你的咖啡。"

　　林筱岚把目光收回来，看到刚才那个女服务员正把一杯冒着泡沫的咖啡放在她面前。林筱岚微微点了点头。

"请问您还有其他需要吗？"

"不用了。"

"好的，您慢用。"女服务员说着离开了。

看着女服务员的背影，林筱岚突然一阵恍惚，她的眼睛一红，眼泪差点流出来。她突然从这个女服务员的背影看到了自己当年的影子。但是她迅速回过神来，稳了稳情绪。她端起咖啡，轻轻抿了一口，有点烫，她又放下了。

她突然感觉背后有点火辣辣的，回头一看，几个人头迅速隐退了。她心中略有点不快。那几个服务员肯定在议论她。也是，这么早，谁来喝咖啡？而且还是一个人。看她的样子，似乎也不是在等人，还开着那么招摇的一辆宝马车。

她努力拂去这种不快，端起咖啡，又抿了一口，目光忍不住又移向窗外。那个超市门开着，半天没有看到人进出。看来生意也不怎么样。不过，也许是因为时间还早，谁这么早跑去买东西。街上的人倒是蛮多的，急匆匆的，都像是在赶路，只有自己如此悠闲，大清早坐在咖啡馆里喝咖啡。虽然仅仅隔了一层玻璃，但林筱岚感觉自己跟街上那些行人像是处于不同的两个世界。

但是她真的悠闲吗？也许一刻钟之前还是。那时她刚出门，她和朋友约好了去一家美容店保养皮肤。但是车开出小区不久，她接到了那个朋友带着歉意的电话，说她去不了了，因为一件紧急、突然的事。她表示抱歉，主动表示改天请她吃饭，以恕罪过。林筱岚心中很不舒服，但是她并不是那种小肚鸡肠的人。她嘴里说着没关系，她一个人去也可以。挂掉电话，林筱岚却已失去了继续去美容的兴致。她本想掉头回家，但是开了一段，突然决定随便走走。于是信马开过去。其实那时她心里已经有所预感，但自己并不肯定。等到她看到"红星超市"那个招牌时，才感觉心里轰然倒塌了一大片。

她勉强在路边停了车。坐在车里，她犹豫了良久。直到后面有人按喇叭，她才迅速做出了决定。她看到旁边有一家咖啡馆，就把车开过去停好，然后进屋选了个靠近窗口的位置。这个位置刚好可以很清楚地看到"红星超市"那几个大字。

但是除了那几个字，以及黑洞洞的门口，超市里面的情况她却什么也看不到。超市还挂着帘子。但是她想都可以想得出里面什么样子——如果没有改变的话。在看到"红星超市"那几个字之前，她还幻想过也许这个超市早就不存在了。一切烟消云散，就像从来没有存在过。或者仍然存在，但早换了主人，改了招牌。但是当她一眼看到那几个字时，她就知道一切都没有变。店主人肯定还是那个店主人，老板娘也还是那个老板娘。

想到这里林筱岚感觉身子一阵发冷。回过神来，她才意识到自己刚才一直处于失神的状态。她完全可以想象得出自己刚才的样子：瞪着眼睛，双眼空洞无神，面色惨白，浑身微颤。她一紧张时就是这个样子。她甚至可以看得到几年前的那个自己也正是这个样子。

那时她还是那个超市的一名营业员，但是很快就不是了。那个腰身肥胖、长着一张油饼脸的老板娘已向她发出通牒："滚！赶快滚！"

她的眼里满是泪水，但是她很倔强，仰着头，不肯让泪水滚落下来。她怕眼泪一落下来，她就会完全崩溃，在老板娘的淫威下彻底败下阵来。

她跟老板娘顶嘴："凭什么让我滚？我要走可以，你把我这个月的工资发给我！"

"工资？"老板娘哼了一声，冷笑了一下，"你还有脸要工资？"

"为什么没脸要？我应得的你就要给我。"她仍硬撑着，但是她知道她快撑不下去了。

"你这个骚货，我一开始就知道你不是个好东西……"

"你说什么！"她终于撑不下去了，眼泪哗哗地往下流，羞愧得直想死。她心里喊，"我凭什么要哭，我没错，我凭什么要输给这个女人！"

老板娘仍在骂骂咧咧，但是她已经听不进去了。她彻底陷入了号啕大哭的世界，仿佛只有眼泪才可以洗清这个肮脏的世界。

那个面貌猥琐、干瘦如吸毒鬼的老板不在店里。他可能故意躲出去了。那时她来这个城市才仅仅三个月。超市收银员是她在这个城市找到的第一个工作。她只是一名高中生，还没有毕业，她想不出还能找到什么更好的工作。她知道她有些同样在城市里打工的同学，找的工作还不如她，有些在工厂做着很累很累的工作。她本可以高中毕业的，她的成绩很不错，考大学也不是完全没有希望，但是她爱上了一个不该爱上的人——她的语文老师。那是一个风流才子型的男人，她对他可谓一见倾心，但是那时他已经结婚，并且已经生下一个女儿。但是她仍然主动靠近他，很快她也意识到他对她也有意思。可是两个人并没有做什么，只是通了几封信。就在这几封信里，他们也没有说什么出格的话，只是谈论文学和理想，他向她倾诉他的苦闷，她向他表达自己对他才华的仰慕。仅此而已。但是拿到那几封信的师娘却不这样看待，她甩着那几页信纸，对着围观看热闹的师生们说，"有这样单纯的师生关系吗？两个人天天见，有什么话不能当面说，非要背后写信。还一写好几页。年初生，你说，你跟我一年说的话有跟她一封信里说的话多吗？还什么苦恼、烦闷，是嫌我挡你的路，让你不能跟你的小情人结合烦闷吗……"

年初生就是她曾经爱过的那个语文老师。这个在她眼里曾经风流倜傥的才子，此时佝偻着头一声不吭，曾经梳理得一丝不苟的头发低垂了下来，像风中飘扬的柳条。林筱岚一声不吭，紧盯着那个长相俊俏但眉梢凌厉的师娘，直到用眼神把她滔滔不绝的演讲逼停。师娘被她的眼神震慑住了，但她不肯示弱，故意厉声斥责她，"你还不服气是怎么的？你等着吧，立马我就让你们校长把你开除……"

"不用他开除。"林筱岚说着上前一把把师娘手里抓着的，她写给年初生的信抢过来，三下两下撕碎，随手一撒，转身离开了。信纸在她身后飘飘扬扬，下成了一场小雪。

"你——"师娘目瞪口呆地看着她，再没有说出话。

她就从那天主动退学了。自尊心奇强的爹把她狠狠打了一顿。她爹边打边骂："你败坏门风……"他爹骂来骂去，竟然只有这一句话。他颠来倒去，直到打累才歇手。她妈一直在旁边哭劝，怕她爹下手太重，把她打坏。她妈一边劝她爹，一边怪她太不懂事。"什么不好，跟老师那个。"她娘说不出那个字眼，嫌臊。爹打她时，她没有躲，强忍着，也咬着牙不哭，但是眼泪还是啪嗒啪嗒流了下来。以前她并不是一个那么倔强的女孩子，以前她爹因为一些小事打她，她会躲，会跑，跟爹捉迷藏、躲猫猫，直到爹被她磨得没有脾气，不再生气。但是现在她变得如此倔强。她妈一个劲用手指着她，含着泪摇着头，说，"你呀——"

她在家没有待多久，就外出打工了。她妈放心不下，让她就在附近找个事做做。她爹还幻想着能跟老师说说好话，让她回去把书念完。但是她怎么也不肯再回去。爹逼急了，她说，"你打死我我也不回去！"

他爹气得把手扬了起来，但是最终没有再打下去，而是深深地叹了一口气，说，"以后我不再管你的事！"说完，像是在发毒誓，又补了一句，"我管我就是那猪，那狗！"

她听到这句话，眼泪突然像决了堤的水哗啦啦奔流了下来。她很想上前抱抱爹，让爹原谅她。但是她也只是这样想了想而已。嘴里却不由自主地接了一句："不管就不管。"等她意识到这句话是从她的嘴里说出来时，后悔已晚。她恨不得抽自己一个嘴巴。

她跟着一个同乡来到了这个位于南方的发达城市。到了这里，她立刻被淹没在一片灯红酒绿之中。城市的霓虹灯向她展示了无穷的可能性。但是闲逛了几天之后，她就意识到凭自己的学历，要想在城市找到一个好工作是多么困难。那个带她来的同乡在带她来之前并没有说清她到底在这个城市做什么，她说是在酒店上班。林筱岚想当然地认为是在做服务员或者女招待之类。来了之后，才知道她在一家夜总会陪酒。当她把这个秘密告诉林筱岚之后，立即为自己辩解，说这个工作并不像她想象得那么恶心，她只陪酒并不卖身。最多就是被一些粗鲁的客人搂着抱一下或者摸摸手啦，其实最主要的工作是陪客人掷骰子喝酒。接着她用近乎放荡的声调向她讲了一些工作中遇到的好玩的事、好笑的人。她讲来讲去，最终的目的就是要劝林筱岚跟她一起做。

"做这个又轻松又赚钱，比去工厂好一千倍。"那个同乡说。

林筱岚始终压抑着内心的吃惊，她装着对这一切很无所谓，好像久经沙场、见多识广的样子。但是对于同乡劝她做陪酒小姐，她却始终不肯松口。同乡不肯轻易放弃，费尽口舌千方百计地劝说她，直到所有能想到的词全部说完，说得口干舌燥嗓子冒烟，见仍说不动她，渐渐开始不耐烦起来，脸色越来越难看。

林筱岚说，"姐，我真的不适合干这个，不是看不起，也不是不想干。"说完，她顿顿，又说，"姐，你放心，我会为你保密的。"

同乡听了这话脸色和缓了下来。说，"也好，等你到社会上碰碰壁再考虑也不迟。"

她暂时就住在同乡租的房子里。同乡和两个女孩子住在一起，合租了一套三室一厅的房子，一人一间。房间里只有一张床，两个人就凑合在一起。还好，她们时间刚好错开。白天林筱岚出去找工作，同乡就在房里睡觉。晚上林筱岚回来，同乡已梳洗打扮好要去上班。同乡本是一个长相普通的女孩子，浓妆艳抹后竟然别有一种风致，让林筱岚看了都自叹不如。同住的那两个女孩子也是在夜总会上班，每次上班，三人都合打一辆出租车。林筱岚暗叹，做夜总会小姐确实比打工赚钱，像她，每次出门都是坐公交车，一元钱，还心疼。路近，就直接走了去。口袋里带的钱眼见一天比一天少，而工作还没有找到。幸好，住在同乡这里不用花钱。她曾经表示过要付一部分房租，同乡装作很大方的样子，很无所谓地说，"算啦，等你找到工作再说吧。"林筱岚心里暗自感激。有时晚上回来早，同乡还会带她出去吃饭，或者叫外卖，烤鱼呀，水煮鱼呀，或者就叫千尊比萨。同住那两个女孩子也过来一起吃，林筱岚有时很不好意思，觉得占了那两个女孩子的便宜。但是那两个女孩子却并不在意。接触几次，林筱岚觉得那两个女孩子也是很豪爽、很大方的人。她曾经跟其中一个女孩子深聊过，她问那个女孩子以前在老家是做什么的，谁知那个女孩子的话吓了她一大跳，她说她在老家做幼师，觉得没意思才出来的。

"那你以后呢，准备怎么办？"林筱岚问出了一个她后来暗自觉得幼稚的问题。但是那个女孩子并不在意，她很自然地回答道，"先赚点钱，将来不行，就继续回去当幼师。"

林筱岚听完不由咋了一下舌。

虽然觉得那两个女孩子好相处，但是她们有一点还是让她不舒服。有时她们会带男人回来，进门后就把门咣当关上，然后屋子里就传出吭吭哧哧、哎哟哎哟的声音，席梦思床被压得吱吱呀呀乱响。每次听到这种声音，同乡就嘿嘿发笑。林筱岚也意识到发生了什么事，脸红得像烧着了。但是毕竟不是自己的房子，再说同乡都没有意见，她也就不好说什么。想想，还好，至少他们是躲在自己房间里。但是有一次，林筱岚正坐在床头看书，突然门被推开了，她抬头一看，差点叫出声来。一个半秃头的胖男人正把脑袋探了进来，冲她嘿嘿笑。她正要叫，其中一个女孩子过来把那个男人拉走了，过了一会儿又推门进来对她说，"不好意思，他喝醉了。"林筱岚没有说什么，但是她的心里吓得不轻。她把这事跟同乡说了，同乡问，"他没怎么样你吧？"

　　"没有。"

　　"没有就好。以后小心点。"

　　自那以后，她在家，不管有没有人，都要把房门反锁上。后来还真是又遇到一件事，一天早上，她起床晚了一点，同乡她们还在呼呼大睡，她起床去上厕所，厕所门开着，她随手就推进去了，结果进去一看，一个男人正坐在马桶上，看到她了，还嘿嘿地笑。她一声尖叫，急忙转身跑出去。尖叫把几个女孩子吵醒了，都挤着蒙眬的睡眼出来看，等弄清是怎么回事，一个女孩笑着对另一个女孩说，"管好你家那口子，上厕所锁上门，不要把人家小姑娘吓坏。"

　　她们说的那口子，林筱岚后来知道了，就是她的相好。她们似乎每人都有一个相好，不是男朋友，更不是老公，他们隔三岔五来一次。他们似乎都有点钱，反正，她们不会让自己白和他们好。

　　自从发生那件事，林筱岚暗自发誓一旦找到工作，挣到钱，立刻从这个地方搬出去。她越来越感觉住在这个地方很危险，那个上厕所不关门的男人每次看她的眼神都色迷迷的，似乎随时要找机会把她吃掉。

　　林筱岚找到"红星超市"收银员这个工作已是她来到这个城市半个月后的事了。她也是无意中从这里经过，看到门口挂着一个牌子，上面说招收银员。她这时已经变得饥不择食了。再说一个小小收银员，应该不需要那么高的文凭。她立刻走了进去。是老板娘接待的她。她觉得老板娘看她的眼神有点挑剔，但是为了找到这个工作，她已经做好了低声下气的准备。老板娘简单问了她几个问题，不外乎她是哪里人，几岁了，以前都做过什么，读了几年书之类。但是老板娘并没有认真听她回答，只是一个劲瞅着她看，看得她心里毛毛的。她已经暗自做好了被拒绝的准备，所以当老板娘问她对工资待遇有什么意见时，她一口一个没意见，这倒让老板娘有点意外。因为她说出的工资待遇确实不算高。这让她不由又打量了一眼面前这个谦卑得有点低声下气的清秀女孩。她实在找不到拒绝她的理由，只好跟她说，"那你明天就来吧。"

林筱岚喜出望外。那是她来到这个城市以来感觉最舒畅的一天，连微微有点雾霾的天空看起来也明媚了许多。她当即回家把这个消息告诉了同乡。同乡和那两个女孩子刚刚起床，还没有梳洗。她们顶着蓬乱的头发听她说完，立刻露出既失望又兴奋的表情，说，"好啊，好歹找到工作了，晚上咱庆祝一下。"

晚上四个人在楼下一家鱼头火锅店吃了顿火锅，还喝了啤酒。林筱岚坚持要自己请客，三个人拗不过她，同意了。买单时，林筱岚感觉一阵肉疼。付完钱，钱包立刻空了。但是当她想到下个月就有工资时，心情就又立马好了起来。

她又在同乡的房子里住了半个月，就搬了出去。她在离超市不太远的一个城乡接合部找到一间便宜的房子，房子里空空荡荡的，除了一张单人床什么都没有。被褥全要她自己准备。她又腆着脸向同乡借了些钱，保证说工资到手立马就还。用这钱，付了首月房租，购置了被褥，就算真正安定了下来。

谁知道仅仅就在超市上了三个月班就出了那事呢？

想到这里，林筱岚感觉心里阵阵刺痛。这种感觉在多年前的那天也在她身上出现过。当时她瞅着老板娘的脸，恨不得杀了她。她感觉眼睛在发胀，模模糊糊的，什么也看不清。脑海中只有一个强烈的念头，这个念头让她感觉焦灼和不安："我要拿回属于我的钱。"

她是第二天上班后才第一次见到那个瘦削得看起来不健康的老板。老板姓陈，名字很土，叫发财。但是再土的名字叫习惯了，也就不觉得土了。不过，她没有叫过他的名字，只有老板娘一口一个发财，很吉利的样子。林筱岚都是叫他老板，叫她老板娘。他们没有一个人纠正她，觉得理所应当，虽然这只是一个不大的超市。那个老板似乎还做着另外的生意，只是偶尔才来一下。以前还有一个小工，刚刚辞职，所以老板娘才会火烧火燎地招人，而刚好被她碰上了。她后来才知道，如果那天老板在，兴许老板娘再急都不会招她。老板看到她时的眼神就像一条饿狗看到了骨头，既有贪婪，也有谄媚。她当然注意到了，立刻起了警惕之心，随时提防着。他故意向她问话，嘘寒问暖的，她回答得很简洁，基本上都是"是""不是""对""嗯"。并且故意冷落他，但是又不敢表现得太过分。虽然他也想掩饰他自己的真实目的，但是两个女人从一开始都心知肚明。老板娘，那个叫亚珍的，忍不住咳嗽了一下，露出一脸的鄙夷之色。老板识时务地收住了话头，回头跟老板娘寒暄了两句，然后灰溜溜地走了。

　　老板走后，林筱岚仍想保持自然，装作什么也不懂，什么也不明白。但是老板娘似乎把一部分责任归罪在了她身上，一直盯着她看，像是在想什么坏点子。这让林筱岚感觉恐怖。但是最终老板娘什么都没说，只是淡淡地告诉她，如果以后她不在时那个陈发财来，就打电话告诉她。

　　后来陈发财确实经常来，每次都趁老板娘不在时，似乎是在远处瞭过了，看老板娘离开才进来，来了也鬼鬼祟祟的，进来先在货架间逡巡半天，像个只看不买的二流子。林筱岚不理他，自顾自发着呆。陈发财转了半天，才装模作样过来，问林筱岚，"老太婆不在？"他经常在她面前叫老板娘老太婆，像是嘲笑，又像是一种幽默。但是当着老板娘的面，林筱岚从没听他这样叫过。

　　林筱岚说不在。仍斜着身子不正对他。

　　"生意怎么样？"他习惯性地抛出第二个问题。

　　林筱岚知道他并不是真正关心生意，只是无话找话，就懒得理他。心里却在斗争，到底要不要打电话告诉老板娘陈发财来了。但是怎么打呢？当着老板的面打肯定不好，背着他偷偷打，像什么话！而且凭什么必须给她报告？老板娘心里想的什么她一清二楚，这时再听她的话给她报告，就显得自己低三下四。林筱岚心里就起了怒火，故意不报告。但是又担心万一老板娘知道她没报告，给她难堪。

陈发财猜不透林筱岚的想法，他只看到这个农村来的女孩面目俊俏，可以占点便宜。但是他又不敢过于直白，就在话头外围打圈子，说点带颜色的笑话，夸张地谈谈自己生意上的业绩，嘲笑讽刺一下老太婆的肥胖和狐臭，诉诉遇人不淑的苦痛，然后寄希望于林筱岚的同情。偶尔他也让林筱岚给他递个什么东西，故意制造一个肢体接触的机会。最过火的一次是，他想趁夸林筱岚的身材之机，摸把她的臀部。

但是他的算盘大多都打空了。林筱岚并不肯给他任何机会。有时林筱岚也在内心同情他，他毕竟是个有心无胆的老色狼，虽然讨厌，但并不可怕。只要林筱岚自己守住防线，相信他不会冒险强攻。所以有时林筱岚也会放下身段，配合他谈笑几句。这时陈发财就会获得极大的心理满足，仿佛已经朝他既定的目标前进了一大步，胜利指日可待。

林筱岚担心的事终于发生了。一次陈发财正靠着收银台对她大讲自己在股市上如何大赚时，老板娘走了进来。陈发财正眉色飞舞挥动着的手，就像突然遇到了来自西伯利亚的寒流，一下子冻僵了。陈发财走后，老板娘厉声质问林筱岚陈发财来了为什么不给她打电话？

林筱岚气得肚子一下子鼓了起来，她没好气地说，"他不走我怎么打？"

"他不走你为什么就不能打？"老板娘好像很费解。

林筱岚觉得没办法跟老板娘理论，就不再开口，任凭她数落。雨点冰雹噼里啪啦打来，她豁出了头皮，任它打砸，就不信你能砸死我。在心里她也有点暗自好笑，老板娘还真把自己当成她的救世主了！就她每个月发给她那一点工资，付了房租、饭钱，就所剩无几了。想到这里，林筱岚感到一阵伤心，这种苦她以前并没有想象过。在家时，虽然不富裕，但是吃穿都不用自己发愁，有父母去考虑。因而她又想起父母，想起出来这段时间，还没有给家里寄过一分钱，而一开始她信心满满，满以为自己可以给父母一个惊喜。她又想到了那个令她退学的语文老师。听说他太太原谅他了，还替他向学校求了情，两个人重归于好。那个风流倜傥、曾令她怦然心动的大才子，现在就像他妻子的一只哈巴狗，每天都屁颠屁颠地跟在她身后，听从她的调遣。据告诉她消息的人说，两个人的感情似乎比以前更好了。林筱岚听了只有伤悲，抱着枕头痛哭了几夜。其实离开家乡时，她曾经去找过年初生一次，她守在他上下班途中的必经之路，但是当她远远看到他走来时，突然芳心大乱，慌慌地就跑走了。她想过给他写信，好几次信都写好了，又被她撕碎了。她不知道他接到信后会是什么反应。紧张？惊喜？她仿佛看到老师接过信，看到是她的笔迹，脸色一下子变了，慌里慌张地接过，找到一个背人的地方哆嗦着手撕开，快速看完，然后瞅瞅四下无人，迅速拿出打火机烧掉。烧掉还不放心，把信纸的灰烬扫拢，倒到厕所里，然后冲掉。一切罪证都清理干净了，他终于放下心来，心安理得地回家，满心欢喜地和他的太太过起甜蜜的生活。想象过于逼真，让她当成了现实，她开始从心里恨这个老师，把身边珍藏的他送给她的笔记本都撕掉，钢笔砸烂了。但是当她清醒过来，又开始捧着笔记本和钢笔的残骸后悔，哭泣，痛恨自己。

　　林筱岚曾经想过离开这家超市，另外换个工作，甚至，去同乡介绍的那家夜总会这样的念头也不是没有产生过，但是一直没有合适的机会。她已习惯于这种苟延残喘的生活，只要不逼死她，不让她没有退路，她就一直觉得还可以忍受。压倒骆驼的最后一根稻草发生在她工作即将满三个月时，再有几天就是拿工资的日子。她渴望着那天早点来临，所以当陈发财再次来到店里，并跟她讲起一个他刚刚从手机上看到的黄色段子时，她没有表示反感，而是跟着一起笑了起来，甚至还露出了羞怯的表情。肯定是这个表情让陈发财误解了，也鼓舞了他，让他不知天高地厚地把手搭在了她的屁股上。她一开始没注意到，等到她发现，想移动身子躲避他的咸猪手时，一扭脸看到了老板娘那张怒气冲冲的脸。这次，陈发财没说二话，直接转身夺路而逃。

老板娘没提防，等到她反应过来，想去拉扯他时，他已经跑出去了几米远。老板娘追了几步，没有追上，转过身，气喘吁吁地把全部怒气撒在了她身上。

就是那次，老板娘让她滚，立刻就滚。

她不滚。她说："我为什么要滚？是你老公不要脸占我的便宜，关我什么事？"老板娘说："不是你这个骚货勾引他，他会有那么大胆子？"林筱岚说："你自己的老公你不管好你怪人家？"两个人唇来齿往舌战了半天。最后林筱岚说，好啊，"我滚，你给完我这个月的工资我就滚。"

"你还有脸要工资？"老板娘唾她一口唾沫。

她擦干了，针锋相对，"是我的我为什么不要？"

她是什么时候变得这么敢说能说了，她自己都吃惊。仿佛有一股无形的力量在引导着她，支撑着她。她们的吵嚷吸引了一些路人，还有隔壁店面的人。他们抱着胳膊看热闹。两个人吵累了，都静了下来，僵持着。看热闹的人等了半天，没有再等到新的动静，也就笑着散了。

一个来买东西的顾客打破了她们的僵局。他奇怪地看了她们一眼，从她们中间穿过，走向了超市深处。过了一会儿，他拿着一个洗发液出来，问还有没有另外一个牌子。他先看看林筱岚，又看看老板娘，拿不准该问谁，最后还是问了林筱岚。林筱岚没有理他，他有点尴尬，老板娘厌恶地瞪了林筱岚一眼，然后勉强让脸上堆出笑容，说"有，在里面，你再找一找。"那个男人又钻了进去，过了一会儿，传来一个声音，说，"没有呀。"

"怎么会没有？"老板娘说。说着离开收银台往男子的位置走去。经过林筱岚时，她似乎不放心地看看她，又看了看收银台。但是男子的话让她最终下定决心走到了货架后面。这个时候林筱岚感觉自己的太阳穴在咚咚地跳，心脏也在打鼓，手心里都是汗。她安慰自己，"不用怕，那是我的钱，我应得的。"想着她快速走到收银台，把抽屉打开，取了她觉得属于自己的钱。

老板娘迅速出现了。她似乎察觉到了什么，但林筱岚已在原位站好，仍做出刚才那副模样。然后她开始收拾东西，准备离开。就在这时老板娘意识到了，她迅速拉开抽屉，还没认真看，就冲正拿着洗发液出来的男子喊，快抓住她，她偷钱！买洗发液的男子吃惊地瞅了瞅老板娘，又瞅了瞅正要夺门而出的林筱岚，没有动。

老板娘跌跌撞撞地追出来。林筱岚本可以逃掉的，但是她没有跑，她强装镇定地往前走。老板娘一把拉住了她，叫道，"你这个小偷，你偷柜台里的钱。"林筱岚强力压抑住自己的心跳，高声辩解，"我没有偷，我只是拿回了我该拿的钱。"

林筱岚被带到派出所时仍是这样辩解。我没有多拿一分钱。她把钱摊给站在她面前的警察看。我拿的是我的工资。但是警察仍把她留了下来，关在一个有栏杆的屋子里。为了怕她自杀，屋子里什么都没有，连个可供上吊拴绳子的地方都找不到。

老板娘跟她一起到的派出所，一路上老板娘絮絮叨叨，把她说成了一个似乎恶得不能再恶的女人。偷钱，勾引她老公。"这次是抓到了，以前没抓到的还不知偷了多少呢？"她跟警察讲。警察让她闭嘴，说"有什么话到派出所再讲。"后来陈发财也来了，他劝老板娘算了，一边还用带着歉意和同情的眼光看着林筱岚。但是他的劝解激起了老板娘新一轮的咆哮，她把他骂了个狗血喷头，直到他灰溜溜离开为止。

那个晚上待在派出所，林筱岚的心如坠谷底。这种地方以前就是让她敬畏的，她从没想过有一天自己会被关到这种地方。她也不知道事情会怎么结束，警察会怎么处理自己。她觉得自己没有错。民警给她做笔录时，她仍然这样解释，她承认自己偷偷拿钱的事实，但是申明那钱是自己的工资，是自己应得的。

"那么，你为什么拿了钱不说出来呢？"询问她的那个警察带着惋惜的口气质问她。

她一下子哑了。她不知道该如何回答。她当时确实不想让老板娘当场发现。她本以为她走了，即便老板娘后来发现了，当她发现她拿走的只是她的工资时，她应该会默认这个结果。谁知道呢？

她无法解释她当时隐秘的几乎是出于本能的心理，也许是因为恐惧。她终于知道，自己并没有自己想象的那么坚强，那么理直气壮。作为一种绝望的哀求，她只能一遍又一遍地申明那笔钱是她应得的。

"我并没有多拿一分钱。"她绝望地叫道。

"你知不知道你那是盗窃？"民警问。

她在派出所待了一个晚上。一个晚上她都没有睡觉，她傻傻地坐着。民警问她家人的联系方式，她也不肯说。她无法想象苍老的父母知道这件事会怎样。她本想把同乡的电话告诉民警，也许同乡会想办法来救她。但是想到同乡的工作性质，她就把话又咽了回去。

前半夜派出所还热闹，不断有人群涌进来，慢慢又散去。有人在吵架、大声地争辩、民警在训斥、粗声粗气地讲理，热闹的程度不亚于一个菜市场。可是到后半夜，慢慢地就静了。能走的都走了，不能走的就跟她一样，关在候问室里等待询问。她一开始还急，发疯一样地拉着警察的衣服不肯让人家走，争着辩解。但是当警察挣脱她走后，就只剩下哭泣。等听到脚步声，她又支起身子，看到穿警服的，就冲人家大叫，诉说着自己的冤屈。那些她不认识的警察瞅瞅她，往往直直地就过去了。他们还有他们自己的事情。也会有个别的站住，面对她，隔着玻璃门，训斥她，"叫什么叫。"训斥完，像是怕被她隔着玻璃缠住一样，又匆匆离开了。她渐渐失去指望，只剩下自怨自艾的哭泣，以及对老板娘升腾起来的一股又一股仇恨。到接近凌晨时，她筋疲力尽，头支撑不住，开始打盹，在朦胧中似乎睡了一觉。醒过来，看看走廊上挂着的钟表，其实只过去了一两分钟。

第二天上午，她被送到了拘留所。当民警向她宣布要对她进行拘留时，她反倒平静了。也许是经过一个晚上的煎熬，她筋疲力尽，已无力争辩。也许是因为太困，她的大脑麻木，并没有听明白民警在说什么。她顺从地在决定书上签了名字。但是等到她被关进拘留所房间时，她的意识清醒了过来，开始发疯一样地喊叫。监管民警听到声音，拿着电警棍跑过来，看明白了，用电警棍敲敲窗棂，安慰她，"算了，送进来的每个都觉得冤，最后呢……"

在拘留所的那几天，她决定抵抗到底，哭喊没有用，她就决定绝食。她已做好了必死的准备。同号的几个女犯一开始还冷漠地看着她，等到两天后感觉熟了，看到她真是要绝食时，纷纷过来劝她。"有什么事这么想不开？你拘留几天？再有几天就出去了，怕什么？你看看她，她拘留完还要去收教，半年。人家都不怕，你怕什么？"

林筱岚没有听，仍心如死灰，决定将绝食进行到底。但是到第三天，她感觉自己已经快不行时，突然想到如果自己真的死了，那也太便宜老板娘了。她的心中突然燃起一股希望，这希望让她的眼前一下子明亮了起来。正在劝慰她的犯人目睹了她的眼神如何苏醒过来，从混沌变为澄亮。

林筱岚努力地摇摇头，脸上闪过一丝痛苦的表情，她似乎要尽力把那段痛苦黑暗的日子从脑海中剔除干净。但是她越努力，那段日子就越清晰。很多个晚上，她都会从睡梦中惊醒，在梦中，她仍然在拘留所那个屋子里，身边是几个因为吸毒、卖淫、赌博、诈骗等被关进来的女犯。每次醒来都大汗淋漓，直到看清周边的环境，才慢慢放下心来。有几次，朱家明就躺在她身边，他吃惊地坐直了身子看着她，"怎么了，做噩梦了？"

"嗯。"她点点头。

"什么噩梦，说来听听？"朱家明如释重负，重新躺下，把她揽在怀里，爱抚着说。

她咬着牙齿不说话。

他转头看看她，发现她的眼睛里闪着点点晶莹。

"你哭了？"

她仍咬着牙齿不说话。

"是不是想到什么事情了？"

他想到哪里去了？从拘留所出来后，林筱岚又打过几份短工。她曾经想过回老家，但是又想到不能就这样回去，那住过的几天拘留所就白住了。她要在这个城市生存下去，并要证明给老板娘看，她并不是可以任她随意欺负的。那几份短工都不能令她满意，最后经人介绍，去了一家车行。在那之前，她并没有发现自己在语言上的能力，尽管她的作文每次都是优。她听从一个前辈的教导，每次上班前都画上淡妆，制服也穿得尽量婀娜多姿。她的业绩很快就上去了。她清秀的面孔配上淡妆，很能给人一种清纯少女的感觉。但是，谁又能知道就是这样一个少女，曾经住过几天拘留所呢？

那个前辈其实仅仅比她大五六岁，但是做这行已经做了三四年了。他很热心，恨不得事事手把手教她。她很感激，但是渐渐发现他看她的眼神有点不同。她明白了他的意思，开始疏远他。这时她的业绩已慢慢超过了他，这让他既为她骄傲，也暗自感到惭愧。

一次过节发奖金，大家一起去吃饭，喝完酒又去唱卡拉 OK，他趁酒醉向她表白了，而她没有回应。她一个劲说，"你醉了。"他说："我没醉，我跟你说的是真心话。"她沉默了。其他人已经开始注意到他们两个，开始起哄。她有点生气了，一把推开他，坐回到沙发上。他冲着她喊，"如果你不答应我，我明天就辞职。"她装作没有听到。

第二天他果然没来，说是已经递了辞职报告。她心中隐隐有一丝不安，但强装不知。她犹豫着是否要给他打个电话，对他进行挽留。但是说什么好呢？他不是她喜欢的那种类型，虽然说他是个好人，但是她可以亲近他，却无法爱上他。她把电话拿起又放下，最终还是没有拨打那个电话。

也许他也一直在等她的电话，但是没有等到。不久就听说他进了另外一家车行，跟他们是竞争对手。

林筱岚不接受他，还有一个原因，那就是她并没有完全放下那个语文老师。后来她回过一次老家，遇到一个要好的中学同学，那个同学高考没考上，已结婚嫁人。她告诉林筱岚，语文老师曾经向她打听过林筱岚，他本以为她们那么要好，她会知道林筱岚的联系方式。

"他听说我不知道，看起来很难过。"那个同学补充说。

林筱岚的心像撕裂了一道口子，血水流了出来，带着一股血液本身的暖意。在此之前，她一直躲避着那个老师，现在她倒开始犹豫离开之前是否要见一下那个老师。但是见了又能怎样呢？说什么呢？

她又想起事情发生后他跟他老婆并肩走路的温馨画面，一股冷意又袭上心头。最终还是没有见。但是她把电话告诉了那个要好的同学。回到工作的城市后，她一直希望看到一个陌生的来自家乡的电话

紫杉棺木

号码打来，或许那就是语文老师打的，但是一直没有。或许那个同学并没明白她留下号码的用意。

后来她就遇到了朱家明。朱家明并不是自己来买车，他是被朋友拉来做参谋的。他帮朋友挑了一款，刚好是她负责接待，她佩服他的眼光。朱家明的朋友也很满意，但是在价格上谈不拢，当她表示实在无法再让步时，他又开始要求各种各样的赠品，并抱怨说为什么别的店可以送他们这里不能送。她耐心地给他做着解释。朱家明站在旁边不言语，但眼神一直没离开林筱岚。林筱岚注意到了，但不动声色，装作没看到。朱家明最终帮她说了话，那个朋友便不再坚持，顺利签了单。

林筱岚感谢地看了朱家明一眼。朱家明回以会心的笑。她感觉两人好像格外有默契。朱家明不是那种特别帅，帅到像奶油小生的人，但是看着舒服。她想找的其实就是这样一个男人。

办完手续，朱家明的朋友又向林筱岚提出要她的电话号码，理由让人不容拒绝："以后万一有什么事，我好向你直接咨询。"林筱岚笑，其实她的电话已在名片上，只有他们没有注意而已。她没有指出这一点，而是在一张纸上写下了她的名字和电话。朱家明先接过去了，看了一眼，夸赞道，"林小姐好漂亮的字。"

林筱岚微微一笑。那个晚上她就开始期待，她知道肯定会发生点什么。果然，在快要睡觉时，她收到一条短信，打开一看，是一个陌生号码发的，看内容，只有一句，"我感觉今天看到您很亲切，你是不是就是我上辈子认识的那个人？"没有落款。但是林筱岚已猜出他是谁。暗暗一笑，回道，"难道你过桥时没有喝孟婆手中的汤？"

这是一句玩笑话，但朱家明立刻知道她并不反感。立刻回了一句，"也许没有。"紧接着，他又发了一条，"你知道我是谁吗？"林筱岚回，"不知。"朱家明说，"我是朱家明，就是今天陪朋友来买车的那个人。"林筱岚回，"哦，原来是你。"朱家明有点遗憾，"我还以为你已猜出了。"林筱岚暗笑，"你以为我是阎王爷？"朱家明笑了。

一来二去，两人就熟了。朱家明请她吃饭，她也去了。她刻意装

想象悲伤漫过荒野

扮了一番，但装扮的结果跟没装扮并无大的不同，仍是素淡的妆，自己觉得穿起来最好看的那套衣服。朱家明倒是西装革履，像是要谈生意。吃完饭，朱家明又开车带她兜风。朱家明开的是辆好车，她用专业的眼光暗自审视了一番，这辆车至少价值百万。她知道朱家明是个有钱人。

她很快也知道朱家明是有妻室的人。其实她早有预感，但是不敢去想。等他说明，她倒感激他的光明磊落。他向她表白了他的情感，但是也说明了自己的情况，让她自己定夺。他许诺会好好待她，但是不可能给她名分，因为他虽然已不爱他的妻子，但他有两个孩子，他不想让孩子受到伤害。

这不就是人家说的小三？林筱岚感到心在往下沉。回到家，她决定与朱家明一刀两断，但是她又无法忘怀他。脑海中都是他的身影。她曾经无意中给他讲过她与语文老师的事，但是说完她就后悔了。尽管她讲完之后一个劲声明，他们之间真的什么都没发生，纯粹柏拉图式的。但是她知道这个故事还是在朱家明心中留下了阴影。

后来朱家明给她打电话，她不接。直到一天晚上，她看到他的电话一直打来，刚掐掉，又响了，看看还是他。她有心关机，但又觉得自己那样做是不是太狠心。正在犹豫，一指头按下去，却接了。她听到电话里他似乎是略显意外的声音，也许他没有想到她会接。紧接着，她听到他说，"能不能开开门，我就在你家楼下。"

她急忙奔跑到窗前，看下去，果然有一个男人在仰头往上看。他曾经来接过她，但是她从来没让他上过楼。她迟疑着，告诉了他房间号，然后打开门静静等他。很快她就听到楼梯上传来的脚步声，虚掩着的门咣当一声推开了，然后两个人静静地面对着，一两秒之后就抱在了一起。林筱岚想不出自己是怎么就投入了他的怀里。

那天晚上他没有走，就挤在她那张单人床上。等一切平息，她躺在他怀里，他喘息着告诉她他对她的思念，他虽然理智上知道不应当再去找她，但是情感上却控制不住。她说她也是。说着，她狠狠地在他肩膀上咬了下去，他强忍着，没有叫出声，等她松开嘴，看到留下了一排深深的牙印。

"这是我留给你的属于我一个人的印记。你记住，你永远属于我。"她笑着说。说着却流泪了。

他摸摸她的头，暗自叹息，说，"傻丫头。"

他另外帮她租了房，她不愿意，他仍然自作主张，他说："你总不能让我以后还跟你挤单人床吧。"他又给她买了车，他带她去看，她说不用太好的，但是他说，"我怎么能委屈我的女人？"于是帮她挑了这辆红色宝马。

她对他没有不满意的，唯一的遗憾就是他不能经常陪她。他有生意，而且在另外一个城市有家，他只能以生意的名义来看望她，就像以生意的名义回那个家。她曾经怀疑过他在别的地方还养有女人，就像她，但是他矢口否认。他笑她多心，说，"你以为我那么闲？"

当独守空房之后，她倒也渐渐开始习惯。对他的依恋似乎也开始慢慢冷下来。只有一件事仍时时让她痛苦。但是她不敢触碰它，唯恐刚结痂的伤口又破开，流出里面包裹严实的脓血。从拘留所出来，她再没有回过这条街，在别的地方听到或看到这个街名，她就会浑身战栗，说不出是恐惧还是愤怒。但是她知道，终究有一天她会回到这条街上，以一种胜利者的姿态。

咖啡早已冷了。服务员两次过来给她加水，问她是否需要续杯？她说不用，起身付钱。咖啡馆里已经有了其他客人，三三两两的，躲在沙发背后聊天。买完单，她推门出去，走出门时，她把头仰了起来，胸脯耸高。几年过去了，她仍然保持着当初的完美体型。只有发型变了，衣饰也变了，脸还是那张脸，但经过了细心保养。不知老板娘还认不认得出她？

穿过街道，越走近"红星超市"那几个字，她的心跳越强烈。她是来复仇的，但是她为何如此不安？她有点气恼，恨自己的不争气。她内心还隐隐约约产生了一个念头，也许老板娘不在。越想越觉得这种可能性越大。她知道这还是自己在逃避。如果老板娘真的不在，那么她完全可以一转身离开。她仿佛已能看到坐在收银台后面的是一个跟自己当年一样的小女孩——或许是男孩，经过那件事，老板娘还敢聘请女孩子吗？但是男孩子谁愿意做这种工作！那应该是一个长得很丑的女孩。正这么胡思乱想，猛然听到一个声音，欢迎光临。她一惊，猛然发现自己已经迈进了超市。超市仍然是当初的摆设，就像这么多年一直没有变过一样，就像她梦中一再梦到的那样，那么现在到底是在真实世界，还是在梦中？她仍感觉恍惚。但是又听到一个声音，你要买点什么？这次她听清楚了，这是老板娘的声音。她朝声音的方向看过去，果然看到了老板娘。老板娘仿佛比过去更胖了，也更老了，皱纹一道道深刻在额头上，眼角的鱼尾纹密密麻麻，眼袋像布袋和尚的布袋一样无力地耷拉着。林筱岚没有回答她，直直地盯着她看，眼睛的余光看到收银台后面还坐着老板，那个形容猥琐的中年男人，此时头发似乎更少了，头顶透着一片亮光。她想说的话没能够说出来，只是直直地盯着他们，仿佛想看透他们，自己却觉得自己的眼神已失去了准备好的威严，变得格外空洞。

她看到老板娘的眼里突然出现了一丝吃惊的神色，然后笑容慢慢地从她那张胖脸上消退，一点一滴的，像慢镜头。"她认出我了，她终于认出我了！"林筱岚想，心中怀着一丝得胜的恶意。她陡然觉得胸里气焰上涨。但是很快，她就发现老板娘的眼神换成了一种鄙夷，丢开她，转身到里面去了。老板也认出她了，他半张着嘴，吃惊地站了起来，看看她，又看看转身而去的老板娘，正要走出来，张嘴向林筱岚打招呼，林筱岚却转身出来了。

林筱岚的眼里都是泪，感觉肚里恶心，翻江倒海想吐。她弯下腰，踉踉跄跄走向门前不远处一棵小树，弯下腰，吐了半天却什么也没吐出来。她回过头，看到老板正在向这边张望，似乎想过来，又犹豫着。她站起身子，不管不顾地向街对面走去，一辆公交车差点撞到她，车子紧急刹车，发出一声刺耳的声音，她已经过去了，司机还摇下车窗伸出头骂她。她没理会，摇摇晃晃走到自己那辆宝马车前，拿出车钥匙，遥控开了锁，打开驾驶室的门坐进去，关上门，吵闹的声音一下子被关在了门外，她又看到了刚才老板娘眼中流露出的鄙夷。"她凭什么露出那种眼色？她一个开小超市的凭什么现在还看不起我？"林筱岚感觉自己被打败了。她想我努力了那么久，最终还是被打败了。"是啊，我凭什么去报复她。说白了，我也不过是一个人家厌弃的小三而已。如果我当初不放弃工作就好了，我自食其力，也许今天就是另外一个结果。"林筱岚突然感觉很悲伤，一种从未有过的悲伤，过去的一切都像电影一样在她面前闪过，最后是一片荒原，而悲伤像浓雾一样慢慢升起，终于漫过荒原。

废　品

一

　　洗墨池村的村民谁也没想到林天成家的林小孬长大后会变成那样的人，林小孬他妈自然更没想到。林小孬虽然叫小孬，但小的时候一点都不孬，相反，长得眉目清秀，一副乖巧的样子。每次出门，都跟在他妈屁股后面，他妈走到哪里他就跟到哪里，就像他妈的一条尾巴。他妈跟人说话时，他就坐在旁边静静地听。看到的人都赞叹："这孩子怎么养的，这么听话！"转而就拿来当榜样教育自己淘气的娃。

　　事情发生转变是在林小孬上小学三年级那一年。小学是在村里，原先是一座大庙，"文化大革命"时砸毁了，建成了小学。有几间仓库，常年锁着，透过门缝，还能看到几个缺胳膊少腿、脸上红漆剥落的金刚。金刚怒目圆睁，手持金刚杵，直愣愣地躺在黑暗里，看着挺吓人的。整个小学的学生几乎都去看过这几个金刚，林小孬也跑去看了，看完呆呆的，好几个晚上做噩梦。

　　他后来再去看时，想法就变了，他想的是："要是能把这几个东西卖掉就好了。"那时林小孬和其他同学一样，陷入一种捡破烂的疯狂之中。不知是从谁开的头，总之，突然有一天，整个校园变成了一个破烂王国。所有学生手里都拎着一个麻袋，但凡看到能卖钱的，都毫不犹豫地捡进去。一开始是碎纸、破塑料布、铁丝、铜丝，等到这些都捡完了，听说碎玻璃也可以卖钱，又开始捡碎玻璃。但是哪里有那么多东西供他们捡呢？一开始他们还成群结伙，相约着一块捡，可看到一块碎玻璃，谁都想要，都说是我先看到的，为此争斗不休，后来就分道扬镳，各捡各的。但这样很快也都没得捡了。洗墨池村从来没有这么干净过。

人家说捡破烂都是半捡半偷，这话是一点没错。街上没得捡了，就开始偷，胆大的偷人家的，胆小的就偷自家的，经常是把房顶用来盖麦子的塑料布割了，把墙上用来挂锄头的钉子拔了，甚至把屋檐下正在通电的电线都给扯走了。这就是他们做下的事！

林小孬属于后知后觉，当别人已大张旗鼓捡破烂发财时，他还懵懵懂懂。他曾经陪着好朋友王二毛利用中午午休的时间去捡过几次破烂，每次捡到，他都塞进了王二毛的麻袋里。王二毛很高兴，也正是因为这个原因，王二毛才允许他跟他一块捡。但是有一天中午，他突然在一个散发着浓重臭味的污水沟里拣出了一个啤酒瓶，那个啤酒瓶完全深陷污泥里，只露出一个黑乎乎的瓶嘴在外面，王二毛没看到，他眼尖，看到阳光下一个东西一闪，就飞奔过去了，结果被他拔出一个完整的啤酒瓶。王二毛很激动，这在当时算是相当高级的破烂了，一个就可以卖一毛多钱，所以还没等他靠近，王二毛就着急地问："瓶嘴有没有破？"

林小孬看了看瓶嘴，完好。

这下王二毛就更激动了。他正想把经过检验瓶嘴完好的啤酒瓶塞进自己的麻袋里，却发现林小孬并没有松手。他疑惑地盯着林小孬，结果看到林小孬红着脸争辩说："是我捡的。"

王二毛说："我知道……"

但是林小孬仍不松手。王二毛突然明白了，他很气愤地把啤酒瓶还给了林小孬，说："如果不是跟着我，你会捡到？"说完不管不顾，自己一个人走了，把林小孬一个人晾在了那里。

因为一个啤酒瓶，林小孬和王二毛坚持了六年的友谊破裂了，两个人再没一块玩过，见了面也互相不理，那眼神像见了仇人一样。但是那是林小孬捡破烂生涯的开始，从那天起，他也像其他同学一样，手里随时拎着一个麻袋，眼睛随时注意着地下，看到什么觉得有点价值的，就捡起来放进去。

林小孬和其他同学一样，极其博爱。博爱的表现就在于对待破烂，不厚此薄彼，值钱的捡，不那么值钱的也捡，只有一点都不值钱的才不捡。这与其说是因为他博爱，不如说是因为资源稀缺。因为林小孬的后知后觉，等到他开始捡破烂时，破烂已几乎被其他人捡光了。他那天能在河沟里捡到一个啤酒瓶，绝对是意外，只因为那个污水沟太脏太臭，很多人经过都要捂着鼻子，因为一只手要拎袋子，一只手还要捂鼻子，难免分神，影响视觉。更重要的是，啤酒瓶全身深陷污泥，连瓶嘴都是黑的，不是阳光下那一闪，怕没几个人能注意到。所以说到底，林小孬是占了太阳的便宜，或者说这个啤酒瓶就是老天爷非要送给他的礼物。

林小孬能在那时候捡到一个啤酒瓶简直是个奇迹。至少，因为这件事，林小孬在洗墨池小学名声大噪。但是他不知道，还有一件更轰动的事在等着他。

林小孬的激情一旦被点燃，表现得比谁都疯狂。他先是把自己正在使用的课本当废纸卖了，上课和同桌共用一本。同桌心里不愿意，但不敢表现出来，因为他胆小，怕林小孬打他。林小孬这时已开始有点孬，表面上看起来还文文静静的，但已知道欺软怕硬，看到老实的就想欺负欺负。还是老师帮同桌解了围。听说林小孬把课本当废纸卖了，老师怒不可遏，不仅罚他站了一天，还把情况通报给了林天成。林天成当时刚喝完酒，听完也是大怒，拉过来把儿子揍了一顿。他的理由是："会不会数数，课本多少钱买的，被你当废纸卖掉？"林小孬不再卖书，但是开始偷电线。他先是把自己家里没用的电线都剥了皮，然后又去剥别人家的，特别是村里那些常年没人住的房屋，凡是能拿走的他全都拿走了。门上挂锁的，连锁也砸碎，一块拿走。他所经过之处，劫掠殆尽，除了房子，几乎一物不留。他搜掠的范围明显扩大了，他不仅在本村偷，还跑到外村，终于有一天他爬上了五里外青年

紫杉棺木

湖造纸厂的一堵高围墙上，手里拿着一把钳子，他要把头顶那几根粗粗的麻花状的电线剪掉，那里可全是铜丝、铝丝呀。

<h1 style="text-align:center">二</h1>

大家都说林小孬的运气好，要不是刚好放学骑自行车经过这里的中学老师张顺德，他那条小命就没有了。张顺德后来在多个场合，眉飞色舞地讲述过这件事，他说："他也真是不要命了，连高压线也敢剪！"

据说当时林小孬一击之下，从高墙上直摔了下去，身后冒了一股青烟，然后就一动不动了。和他一起去的小伙伴们都吓傻了，他们远远地围着，既不敢上前，也不敢走远，连跑去叫大人都没人想到。他们就傻呆呆地愣在那里，直到中学老师张顺德放学经过。他骑着自行车，本来已经过去了，突然回头看到旁边的玉米地里躺着一个人，身子黑乎乎的，就停下车过去看，一看是同村林天成家的娃。再一看，明白了，急忙到造纸厂借了一辆架子床，把他拉到了附近的卫生院。

林小孬的命是保住了，胳膊却废了一只，还是右胳膊，烧焦了，直接锯了。出院后，右边的袖子就空着，一走一甩。一开始人们还以为是小孩子故意在玩耍，把胳膊缩在衣服里面，扮演独臂人，听完故事，才知道是真的没了。听的人都不由摇一摇头，念叨一句："这傻孩子！"

哭得最惨的是林小孬他妈李爱英。李爱英每次跟人提起这件事都要抹眼泪，说孩子这么小，以后可咋办呀，将来连个媳妇也娶不上。李爱英苦恼的事除了林小孬的胳膊，还有丈夫林天成好吃滥赌，不务正业。本来林天成有架车床，请了两个工人，好好干，日子还是不错的。但林天成爱喝酒，动不动就找名目置上一桌，和两个工人海吃海喝，开工的时候没有喝酒的时候多。李爱英因为这件事没少跟林天成怄气。她不敢明着跟林天成生气，林天成脾气躁，特别是喝完酒后，喝完酒爱打人，她一说，他就打她。打得她怕了，就不敢再说。她把

废
品

气都憋在肚子里，一个人生闷气。时间长了，精神就有点问题。就是这时候有人劝她信耶稣，她跟着去听了几次，觉得讲得有道理，就信了，开始跟着一帮姐妹到处做祷告，拿自己的经历做见证。那些姐妹们劝她一句话："你跟自己怄气有什么用？怄死了，也解决不了问题。"她一听豁然开朗，想想也对，自己死了，林天成那个龟孙也不会为她掉一滴眼泪，说不定还高兴呢。她知道林天成除了喝酒赌博，还在外面跟女人鬼混，她管不了，就睁一只眼闭一只眼，眼不见为净。她信耶稣的另一个好处是，认为这一切都是上帝的旨意，是上帝要惩罚人类。想到这里，她的心情就轻松多了。但是看到儿子空空的袖筒，还是忍不住落泪。

自从林小孬的胳膊残了之后，林小孬在这个家里的地位就更不同了。本来林小孬就是独子，虽然下面还有一个妹妹，但是在农村，女儿从来就没法跟儿子比。一开始，林小孬就受宠，这时就更是捧在掌心里，简直是衣来伸手，饭来张口。就这林小孬还不满意，天天敲敲打打，嫌吃得不好，穿得不好。

林小孬在胳膊残了之后，还上过几年学。不过，因为胳膊残了，所有老师都对他另眼看待，特别照顾。他要来就来、要走就走，竟然没人管。他学习本就不怎么样，这样就更赶不上趟，几乎是在混日子，混到一定的时候，就下学了。胳膊残了之后，他也像完全变了个人，按李爱英的说法，是越来越像他爹林天成了。虽然只有一只胳膊，林小孬却在校园里耀武扬威，到处欺负人，用他那只没胳膊的袖子抽人家耳光，用那只尚健全的胳膊搂抱女孩子的细腰。实际上，林小孬已经变成了一个彻头彻尾的小流氓。

林小孬最后是因为摸女同学的乳房被开除的。林天成赶到校长室的时候，林小孬还做出一副死猪不怕开水烫的流氓相，虽然低着头，眼睛看着脚趾头，像是在低头认错，但身子歪斜着，身体里像装了一根弹簧，晃晃悠悠，偶尔斜一下眼，嘴角上扬，带着一丝诡异的笑。校长在旁边气得浑身发抖，声称校史上还从来没有出过这样恬不知耻的人物。林小孬仍然嬉皮笑脸，林天成当即抽了他一耳光，说："不想上，就给我滚回家！老子还嫌浪费钱呢！"

林小孬回了一句："滚就滚！"说完转身离开了，空着的那个袖子仍甩来甩去。

林天成骂完儿子，直接就去喝酒了，等他晚上喝醉酒回到家，什么都不记得了。第二天早上吃早饭时，他想起了这件事，在饭桌上把它当成了笑话来讲，他说："这么小就会调戏女孩子了，比他爹都强。"

李爱英压抑着愤怒和痛苦，讽刺道："你还骄傲了？"

林天成瞪一下眼："说啥哩？"

林小孬一声不吭，就像说的不是他。

三

林小孬不上学了，开始混社会。混社会就是吃完饭没事在街上闲溜达，看到啥不顺眼，就用那只残存的好手捡块石头砸一砸；看到漂亮的女孩子，就吹个流氓口哨，冲人家猥亵地笑一笑。

林小孬就是在这个时候开始注重外表的。虽然缺了一只胳膊，但是林小孬很爱臭美，村里的年轻人，没有像他穿衬衣那么挺的。他还爱穿白衬衣，穿西裤。白衬衣每天都要洗，都要熨烫，穿的时候还非要把下摆塞进裤子里。每次出门都要对着镜子照半天，头上那几撮毛，打上摩丝，打上发蜡，用手捏来捏去，看得旁边的李爱英又是可恨又是好笑。

听到李爱英的笑声，林小孬就回头横她一眼："笑什么笑！"

李爱英强忍住笑："我是你妈，我还不能笑了？"

除了这个，李爱英对林小孬可谓忧心忡忡，总想着再把他送回学校。她把这个意思给林天成说过几次，林天成置之不理，充耳不闻。李爱英无法，也想过给儿子传教，让他信耶稣，让耶稣帮着管教他，可惜儿子一听就捂耳朵，骂她神经病。

"你敢骂你妈？"李爱英大怒，想撕扯他的嘴。但两个人纠缠了几个回合，她竟然奈何不了他。林小孬的手劲明显大了。

李爱英管不了儿子，林小孬一点改观也没有。

经常听到林小孬跟哪个不正经的女孩子鬼混，或者又调戏谁家的闺女。李爱英就骂他："作孽！"

骂完不解恨又骂："不怕死就作孽去吧，看我还管你？"

林小孬说："要你管我？"又将她的军："谁让你不给我找老婆。"

李爱英说："谁说我没给你找？你这个样子，谁敢嫁给你？"

林小孬说："你还是没给我找。"

李爱英说不过他，感到委屈。说她没给他找确实是太委屈她了。从林小孬胳膊残那一天开始，她心里就落下了个阴影，生怕将来没人愿意嫁给他。等林小孬稍微长大，她就开始四处打探，托下不少媒人。媒人都很作难，李爱英说："咱不要求太高，只要不傻，丑一点穷一点都没关系。"但就连这，也没人肯说给他。大家都知道林小孬是个啥货色。

李爱英自从听了林小孬那句话，更把这事放在了心上。她也在想，林小孬是不是就是缺个女人管，联想到他那么小都敢调戏女生，她更感觉林小孬关键的问题是女人问题。女人问题解决了，林小孬的问题也就解决了。晚上睡觉时，她跟林天成商量，林天成哼哼唧唧地背对着她呼呼睡觉，她捅捅他，说："你自己的儿子你都不管管，那你等着他哪天吃枪子儿吧。"林天成用肩膀甩开了她的手，闷声闷气地说："你有本事你去想吧，我不想。"

李爱英当即落下了泪："哪里有你这样当爹的！"

林天成不管，李爱英却不能不管。她让她那一帮姐妹帮忙，问谁家有年龄相仿的女孩，她保证，女孩嫁过来他儿子就不是以前那个样子了。虽然是姐妹，也没人肯把自己的孩子往火坑里推，都说帮她物色物色。物色来物色去，还真物色到一个，人家听了他的条件，也不反对。那个姐妹说："就是丑一点。"

李爱英说："丑一点没关系，人又不是靠脸吃饭。"

但是一见面，不是丑一点，是丑很多，简直是要多丑有多丑。李爱英心中一声叹息，终于知道人家为什么不嫌弃他们了。但是话已说在前头，不好再拿这个理由拒绝人家，只好硬着头皮回去跟林小孬商量。林小孬倒不反对给他找老婆，李爱英说要跟他商量他就老老实实坐下来商量。李爱英先给他讲了一通大道理，不外乎外在不重要，能一起老老实实过日子才重要之类。林小孬听了不耐烦，瞪着眼说："你就赶快回到正题吧，到底是谁家的闺女？"

李爱英踌躇再三，谨慎选择词语："说了你也不知道，外村的。"

"长得怎么样？"

李爱英又要把刚才说过那一套重复一遍，林小孬不耐烦，站起作势要走，李爱英赶忙拉住他："丑是丑了一点，可咱这条件，你还敢要求啥样的？"

林小孬断然拒绝："丑的我不要。"

李爱英无法，继续施展拖延大法："要不看看再说？"

好说歹说，林小孬终于答应见一面。见之前，林小孬更加认真地梳洗打扮，但他越打扮，李爱英的心里越打鼓。终于见了面，谁知一见面，林小孬只看了一眼掉头就走，李爱英急忙追出来，林小孬一脚把旁边一个水缸踢翻了，骂道："这么丑的也敢给我介绍！"

李爱英又是气愤又是羞愧，追他几步，看追不上了，又急忙回头来想安慰女方，结果看到女方也走了，只剩下媒人和女方的一个家长，李爱英正要上前表达歉意，女方那个家长鼻孔朝天粗粗地哼了一声，用鼻孔说出了下面这句话："也不看看自己的条件，还挑三拣四！"说完扬长而去。

李爱英被她一句话钉在了那里，脸涨得通红，想了半天，脑海中浮现出一句应对的话："就算我儿子少一条胳膊，我不相信找不到比你家闺女好的媳妇。"

自那以后李爱英更加积极地托人说媒，但有这件事在前，谁还敢再给她说。林小孬也对她彻底失望，但凡她介绍的，一概不见。林天成一开始不知道这事，听说后，嘿嘿笑了半天，笑得李爱英恼羞交加，又不敢发脾气，只好黑脸黑了一整天。

那件事过去半年多，终于又说下一个。"这个倒长得不丑，只是这里有点问题。"说媒的远房亲戚用手指了指脑袋，低声说。虽然周边没人，但李爱英也被她这个举动影响得声音压了下去，显得挺神

废
品

秘。李爱英听说是脑袋有问题，心里咯噔了一声，吓了一跳，忙推辞："那不行，别的可以，精神有问题，俺不敢要……"

远方亲戚又把话圆了回来："其实也没那么严重，一段一段的，一阵儿好一阵儿犯，犯也不严重，只要不刺激她，都没问题。再说了，人长得有模有样，细皮嫩肉，又是个高中生，不是这个，人家咋会肯嫁到你家？"

李爱英被说得心有点动了，打探着问："是咋害上的？"

远房亲戚叹口气，说："说来这妮儿也可怜，还不是读书没读成害的……"

李爱英没听明白，远方亲戚给她解释："这妮儿学习可好了，平时考试不是第一就是第二，都想着她会考上大学，她也可用功，谁知一考试，也不知道是紧张还是啥的，结果没考上。第二年又去复读，比第一年更用功，他爹妈啥活都不敢让她干，就等着她考上大学哩，谁知第二年成绩下来，还不如第一年。这一下，她就受不了了，天天关着门躲在家里哭，哭到后来，精神就出了问题……"

李爱英听完发了会儿怔，没想到读书还会读出精神病，心里就对这个女娃充满了同情，心就先软了，答应见一面看看再说。那个女娃家就在远方亲戚那个庄上，李爱英找了个时间，由亲戚带着，装作串门子找东西到了那个女娃家。那个女娃父母已知道，见了面谈起女娃又是叹气又是垂泪，说了半晌，指着窗外院子里一个女娃对李爱英说："喏，就是那个。"李爱英顺着手指看过去，一个长相清秀的女孩子正坐在院子里剥玉米，头埋得低低的，几根刘海垂了下来，一摆一摆的。那个女孩像是听到他们在说她，回过头看了一眼，五官很精致，细皮嫩肉的，看不出有什么问题。李爱英的心里就有了几分踏实。但仍不很放心，问啥情况下会发病？那个当妈的说："不能见到书。"

李爱英心里更踏实了，说："俺家一本书都没有。"说完突然想到床头放的那本《圣经》，心里哆嗦了一下，想回去后可要把《圣经》藏好。

临走时，那个女孩还站起来送他们，嘴上挂着笑，说："姨，不多坐会儿?"李爱英说不坐了,心里更加可惜,但又一想,不是人家害病,还真不会看上她家的林小孬。

李爱英回去就跟林天成说了,林天成仍是爱听不听,随她的便。李爱英也说到她的精神问题,但是有意无意地轻描淡写处理了。给林小孬说时,她也采取了类似的处理方法。但林小孬根本就不听,他以为他妈给他找的还是母夜叉一样的人物。李爱英早想到对策,她从口袋里掏出一张那个叫王丽娟的女孩子的艺术照递给他,林小孬一把把它打掉了,照片飞飞扬扬落在地面上。李爱英正要生气,却看到林小孬又把照片从地上捡了起来。林小孬对着照片看了又看,像是从来没有见过照片一样。李爱英心里发笑了。

见面很成功,林小孬老老实实地从头坐到尾,既没跑,也没闹,相反,他仿佛一下子成了过去那个乖乖仔,低眉顺眼,甚至对女孩和她的家长,露出一副令人肉麻的谄媚相,这让一直冷眼旁观的李爱英心里突然激动得想哭。

四

见面后不久,双方就开始忙着筹办婚事。在这之前,出现过一个小波折,那就是清醒状态下的王丽娟不同意嫁给林小孬。李爱英的心悬了好多天,终于从远方亲戚那里听到了让她高兴的结果,王丽娟架不住家人劝说,最终还是答应了。

因为情况特殊,婚礼的很多程序都省略了。整个过程,林小孬表现得比李爱英还要积极。李爱英高兴着,心里又总有点惴惴不安,虽然她觉得王丽娟应该没问题,但她的病情总像一颗定时炸弹埋在她心里,不定什么时候就会引爆。她更担心的是万一到时林天成和林小孬发现她当时没讲实话,他们会如何对待她。

还好,婚后的一段时间是平静的。林小孬也确实如她期望老实了许多,不再天天不着家,而是有事没事在屋里盘桓,围着王丽娟转。李爱英心里轻松了许多。但是她不敢掉以轻心,《圣经》早被她藏到了床板下面，只有要看时才把床铺掀开拿出来，拿出来之前还要先探头看看外面，看王丽娟有没有在旁边，看的时候还要把房门顶上，插销插起来。听到风吹草动，第一件事就是把书藏好。整个过程搞得像地下工作似的，以至于林天成几次回家进屋推不开门，都以为她在里面搞鬼，一脚就踹到了门上。李爱英一边藏书，一边急急答应，"等一下等一下。"等藏完书打开门，林天成一下子就闯了进来，脸红脖子粗地到处翻看，到处闻嗅，李爱英一开始没看明白，看明白之后感觉受了侮辱，她叫道："林天成，你是不是以为我藏了汉子？你天天在外面鬼混，还有脸怀疑我？"

林天成翻了一圈，没翻到，无话可讲，就面无表情地退出去。

除了自己小心，李爱英还交代上中学的女儿林小彩不能把书本带回家。林小彩噘噘嘴："我不带回家，怎么做作业？"

李爱英说："在学校做完再回来。"

林小彩犟嘴："那周末呢？"

李爱英说："周末也在学校做完。"

林小彩说："做不完。"说完又补了句："你偏心。"

但是林小彩还是听了妈的话，书本从不往家带。幸亏她有个同班同学就在临街，她每天放学都把书包放到她家，做完作业再回来，做不完，吃完饭再过去做。两个人本就关系好，一块做作业倒也刚好顺了心愿。

但是李爱英还是低估了问题的严重性。村子那么大，哪里能找不到几本书，又不能天天把王丽娟关在家里。突然有一天，她就发现王丽娟不对劲了，看什么东西眼睛都是直直的，嘴里一直在喃喃低语，双手摊开着，像在看什么东西。李爱英一开始没在意，等她意识到王丽娟手里捧的是一本"书"时，就听到大脑里崩的一声，一根弦断了。她头猛地就懵了一下。她走过去用手晃晃她的眼，嘴里叫着："娟，你没事吧，娟？"

王丽娟不理她，仍在喃喃低语，渐渐地声音越来越大。李爱英侧耳听了一会儿，没听明白。她叫住刚回家的林小彩："彩，过来听听你嫂子念叨啥呢，我咋听不懂呢？"

林小彩过来听了一会儿，抬头对她妈说："俺嫂子在背英语单词呢。"

　　李爱英的脑袋里轰地一下就全塌了，大脑中一片空白。她愣怔半天，意识慢慢清醒，还不肯死心，说："你再认真听听——"

　　林小彩噘噘嘴，说："不用听了，肯定是英语单词。"

　　李爱英扳住王丽娟的肩膀，想把她唤醒，可怎么也唤不回来。又扳她的手，想让她把"书"放下，可王丽娟挣扎着，怎么也不肯放，而且嘴里的声音越来越大了，把李爱英急得赶快让林小彩关大门，嘴里一边咕哝着："这传出去丢死人了。"

　　王丽娟就这样背单词一直背到林天成和林小孬回家，林小孬先回的，刚进门就被李爱英拉到了一边，林小孬一把把她妈的手甩开了，拂拂被弄乱的头发，嘴里不满道："妈，你干吗呢?"结果看到李爱英未语泪先流，李爱英说："孬，妈对不住你。"说完把事情的前前后后讲了。林小孬一开始还没听明白，等听到最后终于听明白了，他截断妈的话，说："你是说她有精神病?"

　　"间歇的——"李爱英补充。

　　林小孬一把把李爱英拨拉到一边，围着王丽娟看了半天，突然乐了，说："这是干吗呢?"林小彩在一旁插话："哥，她在背英语单词呢。"

　　林小孬说："我还找了个会英语的老婆。"

　　李爱英不知他话里是啥意思，眼巴巴地瞅着他，看他接下来要做什么，谁知林小孬突然一转身，摔门出去了："这么好的老婆，还是留给你们吧。"

　　李爱英追出门外，只远远看到林小孬的背影，李爱英喊："你要去哪儿——"话音刚落，林小孬就拐弯不见了。

　　林天成回到家时已近午夜，他很奇怪李爱英怎么还没睡觉，李爱英一直坐在床边等他，林天成斜了她一眼，说："咋还没睡?"没等回答就脱鞋上床准备睡觉了。李爱英拉住他，说："天成，有件事我要跟你说一下。"林天成说："有事明天再说，我困了。"李爱英说："不行，必须今天说。"说着就把白天的事情讲了。林天成听完，坐起，一胳膊就把她抡翻了，嘴里骂道："成事不足败事有余的货！"

五

林天成和林小孬的意思都是要退婚，这家里留着个精神病那日子怎么过？李爱英不好意思说当时人家明明白白告诉她，就说她虽然有精神病，但不疯不闹，只是背背英语单词，也没什么大不了的。可能等过了这阵，就好了。再说了，全性的，人家也不肯嫁给你缺条胳膊啥都不会干的。

林天成只负责发脾气揍人，反正家也不用他管，就让林小孬自己拿主意。林小孬出去一个晚上，气消了，想起王丽娟的细皮嫩肉，也有几分舍不得，犹犹豫豫就拖下来了，但在家的时间明显缩短了。

李爱英本以为王丽娟很快就会恢复正常，不曾想病情却越来越严重，从背单词渐渐发展为背课文，从喃喃低语到高声朗诵。纸包不住火，很快，洗墨池村的村民都知道林天成家有一个天天背英语的儿媳妇。那些村民不敢拿这话开林天成的玩笑，一开，林天成就要回家揍李爱英，逼着她把这个媳妇退掉。那些村民就自己内部消化，相互讲来讲去，当作谈资和笑料。但是哪里有不透风的墙，多多少少，林天成还是会听到一些，脸上挂不住，回去依旧打李爱英。李爱英因为儿媳妇挨了不少打。

林天成不仅打李爱英，还打王丽娟，看王丽娟手里捧本"书"在他身边转来转去，就鄙夷地皱紧眉头，稍一挡路，一巴掌就抢过去了，嘴里骂道："一堆没用的货。"王丽娟被他打得一趔趄，摔倒在地，半天爬不起来，在地上躺着哇哇哭半天，终于爬起来了，手里仍捧着书。林天成不仅自己打，还撺掇林小孬打。林小孬一开始还有点不舍得，毕竟王丽娟细皮嫩肉且知书达理，林天成就嘲笑他，"没想到我们家小孬会疼老婆了。"林小孬脸就发躁，再看王丽娟眼神就变了。心里不如意时也开始打，一开始还和风细雨，慢慢习惯了，就手下不知了轻重，经常把王丽娟打得蜷缩在地上嗷嗷直叫。

林天成很满意，夸赞林小孬，说打一打，说不定就打好了。

每次看到王丽娟被父子两个打得嗷嗷直叫，李爱英就心痛得流泪，想上前阻拦，又不敢，眼睁睁看着王丽娟被打得蜷缩在桌下打滚。

王丽娟本来还不疯，这一打，反倒开始疯了，开始到处跑，又跑又唱，惹了更多的笑话。林天成这下更加生气，坚决要把她退回娘家。李爱英看这样子下去也不是个事，再闹下去怕是要出人命，就不再阻拦。谁知娘家不接，娘家早听说了，碍于姑娘已经嫁出去，自己又知根知底，不好劝说，只能暗自叹气流泪。现在听说人疯了，要退回来，坚决不肯要，说："我们当初嫁给你们好好的，现在被你们折磨成这样你们要退亲，哪里有这样好的事。你们要是敢把她丢到大街上，我就去政府告你们。"双方一来二去，闹成了僵局。林天成退亲不成，把怨气都撒在了王丽娟身上。

李爱英这时开始后悔当初不该把王丽娟娶进门，说来说去都怪自己。联想到以前，那还是林小孬小的时候，林小孬用卖破烂的钱帮她买了一台收音机——她爱听戏——她还夸他懂事，小小年纪就懂得持家，当初如果不夸他，说不定他后来也不会疯狂到那种程度，也就不会去剪高压线，也就不会残废，也就不会找不到老婆，也就不会娶王丽娟，也就不会有今天的一切。李爱英越想越后悔，越想头越大，就听到脑袋里又崩的一声，什么东西倒塌了。

林天成回到家的时候，看到李爱英有点奇怪，但是他没有在意，他看到灶屋里冷冷清清的，一点火气没有，就问："这么晚了，怎么还没做饭？"

李爱英说："做了。"

林天成问："放在哪里？"

李爱英惨淡一笑："锅里。"

林天成走过去打开锅盖，突然叫了一声。

林小孬回到家的时候，也看到李爱英有点奇怪，但是他也没有在意，他看到灶屋里黑灯瞎火的，一点火气没有，就问："这么晚了，怎么还没做饭？"

李爱英坐在黑暗中说："做了。"

林小孬问："放在哪里？"

李爱英说："锅里。"

林小孬打开灶屋的灯，被李爱英吓了一跳，说："你咋这个样子，谁打你了？"又掀开锅盖，看到锅里黑乎乎一团东西，他看了看，问李爱英说："这是啥？"他突然闻到一股臭味，又定睛看了看，突然脸色发白："这到底是啥？"

李爱英笑笑："你说是啥？饭，给你们爷俩做的饭。"

紫杉棺木

  我母亲的爷爷，也就是我外公的父亲，如果能够活到今天应该有97岁了。他是在两年前去世的。不过按他这个年龄，即使在农村也算是高寿了。他去世的时候我没有在家，当时我还在读大学。他去世的消息是母亲后来告诉我的，她没有表现出太多的悲伤。后来我听我外公讲起他父亲的死也没有发现太多的悲伤——毕竟我的外太公已经足够老了，老到死的时候也已经不是一桩丧事而是一桩喜事了。在这一点上农村人表现出了相当大的开通。

  他们之所以没有过分的悲伤还有一个原因，我猜想是这样，他们认为他是白白地多活了二十多年。换句话说，我的外太公在二十多年前差点死了，然而他没有死，并且又坚持了二十多年才死去，这简直是个奇迹。

  "那时棺材都准备好了，眼看着就要咽气了，他却又好了。"母亲苦笑着说。"我那时刚嫁到你们家，"母亲又说，"我的眼睛都快哭肿了，结果最后他却没有死。"

  母亲说的那个棺材我见过，还在我很小的时候它便静静地躺在外公家的堂屋里。堂屋很暗，进去很长时间才能看清东西，突然就看到面前矗立着一具棺材，棺材被一块大大的罩布盖着，四个布边垂落在地上。在没有人的时候我从来不敢走近一步。然而有人的时候就不一样了，我偷偷地掀开罩布，上面布满了一层轻轻的灰尘。我看到棺木被漆成了暗红色，小船一样一边高一边低，在棺木的两头雕刻着各种花纹，也许是龙、凤什么的，或者是蝙蝠，我不太记得了。在图案的中间是两个大字，一边一个，一个是"福"字，一个是"寿"字。每次我总是不能多看，母亲发现了就一把把我拉过来，然后我就看到了坐在门口、阴郁地盯着我看的外太公。

外太公虽然没有死，但是他的健康明显地损坏了。他不能再做什么事情，当然也没有人再去要求一个七十多岁的老人去做什么事情。他唯一的任务就是等死。他就天天坐在屋子门口，或者院子门口，默默地等死。他的眼光很阴郁，面部没有一点表情，这让我感到恐怖。每次从他身边经过我都要怯怯地对他笑笑，他就也笑笑，然后把手伸向我，手心摊开，里面是十几颗花生仁。我小心地从他手心里拿走花生仁，他就很开心地笑了，然而笑过后又恢复了那死寂般的阴郁。

他偶尔也会做点什么，比如说剥花生、剥玉米。他和大家坐在一起，或者一个人坐在门口，机械地剥着。没有人跟他说话，他也从来不跟人说话。他似乎存在着，也似乎就像空气一样虽存在而让人感觉虚无。他似乎从来不在意人家在谈什么，有时候大家偶尔跟他讲话，他也只是"唔唔"地应着，没有别的反应。外婆就说，"别跟他说话，他耳朵聋了。"外婆说着指了指自己的耳朵。

但是我知道他的耳朵根本没有聋。任何一点细微的声响他都能觉到。我知道这些，因为我试验过。他回头看是我在后面淘气，就很宽容地笑了。

他的饭量很大，外婆每次都说喂给他的饭足够养一头猪了。养头猪过年时还可以杀掉换点钱用，喂给他简直一点用都没有。外婆说这些话已经是后来的事情了。那时外太公已经有些糊涂。有一天外婆告诉大家，他已经完全糊涂了。大家没有发表异议，只是走过他身边时在眼神里表示了他们的怀疑，因为外太公看到他们时突然像个孩子般地对他们微笑。外婆对外太公并不坏，她只是恶在嘴上。在外太公生病时她没日没夜地伺候他，给他换洗内衣内裤，牵着他上厕所。

有一天外婆终于很生气地说，"受不了了，受不了了，这个老糊涂开始拉在床上了。"她把他的床单展示给我们看。她把床单小心地靠近鼻孔，然而立即把头挪开了，她扑扇着鼻子，说真是臭死了。她把床单扔进了盆里，皱着眉头说，"这日子怎么过呀，光洗他的床单就把我忙死了。"

那时我的表弟表妹们已经长大，他们开始嚷嚷着没有屋子住。"把那老不死的搬出去，把他的房子隔开给孩子们住。"外婆对外公说。外公同意了。他们花了一个下午的工夫把外太公从他的房间搬到了靠近羊圈的一个小房间里，同时搬出来的还有他的破旧的床和衣柜。衣柜里放着一些破旧的棉被。外婆一边检视那些棉被一边说，"这些没用的东西早该扔掉了。"说完她皱着鼻子又把那些破烂扔回了柜子。他们又花了两天时间把那个房间彻底地清扫了一遍，在地上铺了一层厚厚的石灰，等过了一天之后他们把石灰扫掉了，重新铺上一层。在扫掉第二层石灰后他们把房间一隔为二，一边住着我的两个表弟，一边住着我的表妹。在他们住下的第二天早上他们皱着鼻子说，"屋子里的尿臊味还是太重了，把我们呛得睡不着觉。"

外婆的原意是假如外太公的房间够大的话，就一并把他那个棺木放到他那个房间好了，最好他就睡在里面，那么床也省掉了。棺木老放在堂屋让大家都很有意见，说天天抬头就看到它，瘆人！其实他们只是这么说说，他们早就习惯了。唯一反对最强烈的是我的表弟，他说，"我同学见了都不敢来咱们家，都笑话我说没见过把棺材放到堂屋里的。"

外婆生气地怒斥道，"小杂种，这是寿棺，懂吗？"虽然外婆这样说，她也开始想到要是能把棺木放到外太公的房间里就好了，而更好的是外太公现在就把它用掉。

然而外太公像是故意和外婆赌气，他就是不死。这样外婆就拿他没有办法了。我想假如以后有人让外太公总结他的长寿秘诀，他可以这样回答："一直等死，并且老有人诅咒让你快死，那么你就会长寿，长寿到让那个诅咒你的人等不及为止。"

外婆果然没有等到外太公死，她就先死了。在她死之前，她还抱怨外太公道，"这个老不死的真是越发糊涂了，他现在开始直接尿在门口了。"外婆说得咬牙切齿。外婆说的没错，每天天刚亮，外太公就打开门，不知羞耻地对着门口乱射了。

在外婆去世之前，她每过一段时间都会用毛巾把棺木擦一遍，并且几乎每年都要重新上一遍漆，随着时间的增长漆越漆越厚，发出越来越亮的光芒。这个几次都几乎要派上用场的紫杉棺木在长时间的冷置中显现出了老年人才特有的睿智。

没有人知道这个棺木是什么时间放在这里的，也许从外婆一出生就放在这里了，或者像外婆说的那样，她刚来到这个家就看到了这具棺木，它在她的注视下发出了冰冷的光芒，把她吓了一跳。她没有想到的是几十年后，这个本来要让外太公长眠的棺木却几乎属于她。

外婆是得癌症死的，在她知道得了这个病的前一天她还在地里干活，然而三天后她就死了。她死的时候棺材还没有准备，大家就把目光投向了外太公。外太公正坐在院子门口，面无表情地看着街上的行人。屋里热闹的气息似乎与他无关。大家就说要不先把他的棺木用了吧。外公沉思了半天，最后还是否决了。他说她用不起，这是个寿棺，没有一定的寿命是不能用的。这个时候大家才知道，原来这个棺材之所以能够保存这么久是因为至今尚未有人有福气用。

外婆死的时候正是夏天，尸体放过两天之后就会有臭气，所以外公当时就去找了村子里最好的木匠，连夜赶制了一具棺木。因为仓促，棺木并没有让外公满意，但是他没有办法。外婆就在这种仓促的气氛中下葬了。

当棺木从外太公的面前抬过时外太公一动不动。他冷漠地看着眼前的一切，面前晃动的人群让他感到惊讶。抬棺材的人对他的惊讶没有表示吃惊，他们侧着身从他身边经过，棺木从他的身上滑过，但是他们并没有让他让开。外太公就这样看着一群哭哭啼啼的人从他的视线里逐渐消失。

外太公在这之后又坚持活了十几年。那具紫杉棺木依然躺在堂屋的正中央，阳光依然射不到那里，只有黑暗和压抑在那里狂舞。这之后擦洗棺木的工作落在了外公的身上，我的舅舅以及舅妈都不肯帮助他，他们嫌那个不吉利。

事实上当一个事物超过了一定的界线之后，它就从不吉利转变为吉利了，但我尚年轻的舅舅和舅妈们并不明白。他们更不明白的是为什么外太公在外婆死了之后还依然拥有如此强大的生命力。唯一的解释是外太公被死神遗忘了，所以他只能逐年老去，直至像古希腊神话中的西比尔一样变成一个空壳，而永远不能死去。

外太公的目光越来越混沌，他的口水不时从嘴角垂下，一直拉到衣襟上而不断。他整天地呆坐着，没有任何表情，口水也就一直那样滴拉着，像是在和他暗中较劲。他已经不能自己走动了，他需要外公每天把他搀扶到门口的椅子上坐下，然后在夜幕降临时再把他搀扶到屋子里。他的屋子因为长时间拉撒在床上，味道更加地难闻。

在他死之前曾经有过一次转机。在那次生病中他昏迷了两天没有醒来，医生已经宣判了他的死亡。我在青海的舅舅在得到家里的消息后连夜坐火车赶了回来。但是等他赶到家时他却看到外太公正坐在门口，外太公似乎有点吃惊地看了看面前这个不速之客。舅舅吃惊地看着外太公走进了家门，然后他才知道就在家里给他打过去电话后一天，外太公突然苏醒了，然后奇迹般地就下了床。

看来他真是死不了了。大家看着已经准备好的供丧礼上吃的东西愤怒地说。我那个在青海工作的舅舅更是愤怒，他像是感觉自己被外太公故意愚弄了似的立刻就要回去，任外公怎么劝都不行。然而他走了之后没有半个月外太公就真的死了。但是这次打死他他也不肯再回来，即使在给他发去了丧报之后。我的这个舅舅用一句话推掉了让他回家的请求，他说他很忙，走不开。

外太公到底是怎么死的到现在大家都心存疑惑。外公说那天早上他去给他送饭，一推门发现他躺在地上，而身下是一大摊的尿。那么大滩的尿让他感到吃惊，他断定这肯定不是他一次尿的。然而奇怪的是平时他从来不起床撒尿，他自从不能走动之后就直接撒在了床上。

但是有一点大家没有任何疑问，那就是外太公死的不是时候。就在他死前没几天县里传出消息，以后农村死人也必须到县城火葬，不许再用土葬，一经发现，不仅铲平坟头，而且还要把人重新挖出来，重新火葬，不仅如此，还要罚钱。消息传到村子里已经是几天之后的事了，也就是外太公死前那一天。舅妈回忆说，"那天我们在门口听街上的人谈论这件事，注意到他好像在看我们，看到我注意到他了，他也没有把目光躲开。"

外公听后叹了口气，说，"我知道了，爹这是不放心被火葬呀，所以就走了。"外公说，"你们都不要说出去，不管怎样咱还是要给他土葬，棺材是现成的，只是难为爹活了一大辈子到最后却要偷偷摸摸地下葬。"大家都同意了。舅舅说，"只要人埋掉，一切都好说，政府办事也就是做个样子，等风声过了，到时咱再给爷爷重新办丧礼。"

外太公就这样在当天夜里被偷偷抬出去埋掉了。为了避人嫌疑，他们甚至没敢堆坟头，只是在上面插了一根柳枝，他们等待着来春在柳枝的周围重新堆起一个更大的坟头。

唯一可惜的是这么好一个紫杉棺木竟然没有被外人看到，那么好的雕刻就这样默默地消失在黄土之下。这让外公心里很不舒服。

然而还没有等到外公和舅舅重新给外太公置办丧礼，县城里的民政局和殡仪馆就来人了。他们说接到群众举报，我外太公死掉而没有火葬。外公试图跟他们争辩，民政局的那个官员生气地吼叫道，"没有的话你把你爹叫出来让我们看看呀。"外公一下子脸涨得通红说不出话来，转而破口大骂那个缺了八辈子德的举报者。到最后外公几乎给人家跪下了，他说："人都已经埋下了，就不要再去打扰他老人家了，等到我死的时候我去火烧还不行吗？"外公在几个县城里来的外人面前不顾丢脸地号啕大哭起来，似乎受了说不完的委屈。

然而外太公还是被重新挖了出来拉到县城里火葬了，外公看到紫杉棺木被几个县城里来的糙爷们一斧子砍下去，飞溅起来几个木花，打在一个年轻人的脸上。年轻人笑道，"没想到这木头还挺硬。"更让他们吃惊的是这棺木竟然是如此漂亮，他们像欣赏一件艺术品一样啧啧称叹。围观的群众更是发出一阵阵惊呼，他们里三层外三层地把外太公包围在了中间，而丝毫不顾外太公身上散发出的细微的臭气。舅舅气愤不过，上去夺下一个年轻人手里的斧头，他一个人把全部的活都做了，但是等他做完之后，县城里来的人仍旧提醒他，"虽然是你打开的，但是我们还是要收费的。"说完他们从挖开的土堆上跳了下去，把一块黑色塑料布衬在了外太公的身下，把外太公严严实实地

紫杉棺木

包了起来，最后像捆扎一件东西一样把外太公捆扎了起来。

外太公被那些陌生的城里人拉走了，再回来的时候只剩下了一把细细的骨灰。外太公在他死了之后就变成了这么一副模样。外公抱着外太公的骨灰盒号啕大哭，他边哭边对舅舅说，"我本来还难受你妈走得早，看来她是走对了。"

在火葬之后外公终于可以毫无顾忌、光明正大地为外太公举办丧礼了。丧礼举办了三天，有九班响器吹唱。在第三天下午，外太公舒舒服服地躺在一个小金属盒里，而金属盒则躺在一具漂亮的紫杉棺木里，被送葬的队伍抬出了家门。送葬的队伍浩浩荡荡地穿过村庄，然后在我外公家的祖坟前停了下来。那个挖好的坑依然闲置在那里，几天前挖出的湿土已经被太阳晒得干松。外太公重新被下葬，细软的干土撒在了紫杉棺木上，紫杉棺木也沾染上了一点太阳的味道。外太公的坟头这次插满了粘满白纸条的柳枝，到第二年的春天它们就会生根发芽，然后成长为一片郁郁森森的柳树林。

到底丢了多少钱

1

到底丢了多少钱？那个女人还在哭。老马心想怎么会这样。他静静地坐着，看着烟头在黑幕中一明一灭，很像夏天夜里的萤火虫。老马脑子一闪。到底丢了多少钱？那个女人还在哭。老马很烦，怎么会这样？他听到院子里有了点声音，再听却又什么都没有了。是风。老马说。"怎么会这样？"老马说。到底丢了多少钱？那个女人还在哭。

"也许不应该叫警察。"老马想。但谁能想得到呢？也就是一会儿的事，这天杀的贼。真不该不听女人的话，女人说出门要上锁。他说噢噢。但是他的心里不以为然，他想锁什么呀，家里又没什么宝贝。然而，才出去一会儿，家里就被翻了个底朝天。他回到家，一下子懵了，以为进错门了。退出去两步，再看，没错。

这天杀的贼！

"但是这女人怎么能这样？"老马想。出事时他还没怎么样，也就是头懵了一下，像被谁在脑后敲了一下，转瞬就清醒了。"还好，家里没什么值钱东西。"他想。女人回来时他正在收拾地上翻乱的东西。他听到脚步声，回头看了看，然而女人的脸一下子白了。

"但是我还想跟她开个玩笑。"老马想。我竟然还想跟她开个玩笑！我说，"他要是偷出个金砖我还高兴呢！"但是女人没有笑，女人突然发疯一般扑向衣柜，不久，就传出她杀猪一样的哀号。

"怎么了？怎么了？"老马吃惊地跑过去问。但是女人不回答，只是哭。

只是哭，只是哭，只是哭！

老马突然像明白了什么，他瞪着眼睛问女人，"你是不是丢了什么东西？"但是女人只是哭。

"到底丢了多少钱？"警察来了之后问。老马不吭声，警察又问女人，但是女人只是哭。

"够了！"老马想。他直起腰，突然之间他感到很静，静得他一下子找不着自己了。他感到身子摇晃了一下，又站住了。慢慢地耳边又有了声音，他仔细听了听，是自己在说话。

2

"算了，就不要难为孩子了。"老马说。

"不，就要让他叫，叫爹，叫。"玉兰冲着儿子喊。她的头发湿了，冒着气，一绺头发贴在额头上。

张兵低着头不吭声，脸憋得通红。

"算了，不要再难为孩子了。"老马又说。他看着孩子的脸，有点不忍，也有点不舒服。

"叫爹，叫！"玉兰有点疯了。她用力扯着儿子的身体，儿子像堆肉泥一样在她的手心里摇摆来摇摆去。儿子的眼泪默默地流了出来，但是仍然紧闭着嘴。

"玉兰——"老马喊，声音很高昂，然而转瞬便熄灭了。"算了，别——别难为孩子了。"老马感到眼睛很湿润。

这是昨天晚上的事。张兵吃完饭照往常一样早早地就要回自己家去住了。张兵已经不是个孩子了，虽然脸上依然存留着稚气，但是每当他靠近老马，老马就强烈地意识到这一点。对于这样大的孩子，老马已经不再抱什么希望。说到底，他娶的是玉兰，不是张兵。但是他仍然抱着一丝侥幸，要不很难说清楚他为什么对张兵那么好。

"老马这下赚了，一下子连老婆带儿子全都有了，人家还帮你养那么大。"很多人这样打趣他。老马笑笑。也许人家说的是实话，也许人家在等着看他的笑话。但是也就是从那时起，他才真正开始注意这个"儿子"。

他是在讨好张兵。是的，是在讨好。老马承认了。但是张兵仿佛一点都不领情。昨天他去县城，回来给张兵买了一身新衣服，还有一双皮鞋。玉兰看到时眼睛都亮了。晚上张兵来吃饭，玉兰赶忙拿出来让他试。张兵有点不情愿，也有点害羞的意思。玉兰不管，动手把张兵身上那件旧衣服扒了，把新的给他套上。

"看看，"玉兰咂着嘴，"真是人靠衣衫马靠鞍，穿上这件新衣服，我儿子，显得多帅。来，把这双皮鞋也换上。"

张兵羞涩地笑了笑。正在换鞋，老马进来了。玉兰瞭见了他，赶忙冲儿子使眼色，"这是你爹专门从县城给你买的。"她说，"还不快叫爹。"

老马有点尴尬，想退出去，想了想，又站住了，定定地看着张兵。张兵却又迟钝起来，换了一只的皮鞋，另一只却怎么也套不进脚里。张兵的头低垂着，像是在找脚下的蚂蚁。玉兰拿着他的脚，放了几次放不进去，抬头看了看他，嗔怒道："这孩子。"老马却退出去了。

晚上就发生了那件事。吃完饭张兵要回家，玉兰不让。玉兰说就住这儿。张兵不吭声，玉兰以为答应了，有点高兴。然而放下碗，张兵就往门外走。"你去哪儿？"玉兰在背后喊，然而没有回音。玉兰就冲出了灶屋，然后就看到张兵的身影已经飘出了院门。

玉兰重新回到灶屋，脸上怒气冲冲，看了看坐在一旁仍端着饭碗的老马，埋怨道，"你就不能拦着他？"老马没有说话，仍旧喝他的汤，然而心底却叹息了一声，有一种落寞，仿佛在自己的家里，他却是个外人。

3

娶玉兰那天，场面很热闹，老马一辈子的积蓄几乎全花在了上面。然而他认为值得。他不是没有犹豫过，很多人劝他，说又不是年轻人第一次结婚，随便凑合凑合就行了，怎么办还不是过日子。然而老马想，既然是诚心过日子，就不能委屈了人家。那天老马和玉兰都显得很高兴，只有张兵，像一个不和谐的音符，自始至终没人看到他笑过。他哭丧着脸，一身新买的衣服套在他身上，显得那么拘谨，那么颓丧。他步步紧跟着母亲，冷眼旁观着周围热闹的人群，对一些人的打趣无动于衷。然而那天晚上他却坚持一个人回自己家住。

"你这不是打你妈的脸吗？"玉兰看劝他不住，开始哭哭啼啼。"那个地方怎么住？你让我怎么跟你死去的爹交代？"然而张兵冷冷地看着自己的母亲，一句话不说。他看到母亲涂过脂粉的脸，经过泪水的冲刷，变得像雨后肮脏的地面。他感到有点厌恶。

老马曾经打算过让张兵继续读书。老马认为张兵还小，这么小的孩子这么早弃学能干什么？只能学坏。跟玉兰商量，玉兰很激动，玉兰说，"老马，你真是一个好人，你这样对待我们娘俩，我们是不会忘记的。"老马说，"不说这些，不说这些。"

然而跟张兵说，张兵却不愿意。"你为什么不愿意？"玉兰冲动地说，她瞅着面前这个长得越来越高、越来越壮也越来越像他爹的儿子，像面对一个陌生人。儿子越来越沉默，沉默得让她心里发慌，她越来越不知道该怎样跟他交流。他爹在时他可不是这样。"你说你为什么不愿意？啊？"玉兰注意到儿子的嘴唇上方已经冒出了一层黑黑的绒毛。这个家伙已经长大了。她想。她记起儿子的声音也开始变粗了。

"你要是不愿意，"玉兰最后说，"那你以后不能再回那个房子住，听到了没？"

那个房子，那个房子！想起那个房子玉兰就心酸，不是因为那个房子丈夫也不会死，不是因为那个房子她也不会这么急着再嫁。丈夫是累死的，她始终这样认为，虽然医生告诉她丈夫是病死的。丈夫最后的确是吐血死的，但是丈夫不是为了早点建好这个房子也不会死得那么快。丈夫就像一只燕子一样，想完全凭靠自己一个人的力量把这个房子盖好。那时他还不知道自己有病，他看起来很强壮，一点都不像有病的样子。然而房子还没盖好，就开始吐血。医生让他躺床休息，他却坚持起来盖房。他说："要是万一我走了，房子盖到一半怎么办？你们娘俩，谁帮你们盖？"

玉兰摸摸脸，一脸的泪水。自从来到老马家，玉兰便很少再回那个房子。只有一次，到了吃饭时间儿子还没来，玉兰心慌，想让老马去叫，但是话到嘴边，突然决定自己回去一趟。远远地还没到，就看到了那半堵围墙，玉兰的心便抽了一下，感觉咸咸的。丈夫到底没有把房盖起来，围墙只砌到了腰高，人就不行了。躺在床上吐了几天血，就去了。埋葬的那天玉兰哭得死去活来，围观的人也跟着掉眼泪。然而不到三个月，玉兰便改嫁了。

"你没经历过你不知道那罪。"玉兰说。订婚那天晚上，玉兰的眼哭得像烂桃，她把张兵搂在怀里一起哭，张兵只会默默抹眼泪。

盖房花掉了家里全部的积蓄，还欠了一屁股债，给丈夫看病，也花了不少钱，等到丈夫死后，这个家就真的是家徒四壁了。一开始玉兰还想着自己把房子继续盖完，她白天跟着建筑队去扒房，晚上请人在自己家里打零工，干了一段时间，她就绝望了。有人来给她说媒，她一口就答应了，条件是替她还掉旧债，还要帮她把这个房子盖起来。

债是还清了，房子却没有盖。老马说缓一缓，结婚花了不少钱，现在手头紧。再说都一家人了，有这边的房子住着，何必那么着急。一开始她不答应，但是经不住劝说，就含着泪同意了。

现在再看房子，仍然跟她丈夫去世时一模一样，眼泪就不由自主地往外喷。从留门的缺口进去，院子里还堆着一堆堆的沙子和砖头。几间砖屋还没有抹墙，露着青色的砖头，顶上一半是空的，看得见四方形的天空。只有一间耳房铺上了楼板，让房间显得很暗。坑坑洼洼的地面上支着一块门板，板上铺着褥子和棉被，褥子和棉被都看起来黑乎乎的，不知道是本色还是灰垢。

张兵不在。玉兰忍着泪去了几个邻居家，都说不知道，只知道他天天跟几个不上学的半大孩子一块玩。话说完了，就随意地拉扯，邻居都笑说她胖了，也白了，看来日子过得挺滋润。

晚上张兵来家里吃饭，玉兰狠狠训斥了他一通，又追问他中午到哪里去了。张兵不说。玉兰又问经常跟他在一起的都有谁。张兵说了几个名字，有的玉兰知道，有的不知道。玉兰说，"你可别背着我干坏事，要是被我听说了，小心撕烂你的嘴！"老马端饭出去了，玉兰又抱着张兵哭，说，"你要对得起你死去的爹，你可千万不要让我跟着你担心！"张兵在她的怀里拼命往外挣扎，一脸的不耐烦。

4

后来玉兰又问了几次，老马只是叹气，逼急了，就抱着头蹲在地上。玉兰说："你怎么是这种人？当初是怎么说的？怎么现在不算话了？"老马说，"没有不算话。"

"那你怎么不盖？"

"不是暂时手头没钱嘛。"

玉兰去找媒人，媒人说帮她问问，回来却又劝她，说，"是一家人不是？你的房子是不是他的房子？他的房子他能不上心？"

"可——"玉兰说。

"放心吧，"媒人说，"老马不是那种人，他不是手头紧也不会这样，你也看到他是怎么对待你们娘俩的，恨不得把肉剜了给你们吃。"

"可——"玉兰又说。话到嘴边又咽下去了。

本来有过一次转机，钱都凑好了，突然老马从房顶上摔了下来。老马正在帮人家盖房，有人站在下面往上面抛砖，老马接，接了几百块都没有问题，突然有一块斜了，老马伸手去够，身子一歪就从脚手架上摔了下去，下面都是砖头，砸在上面当时就不会说话了。从医院里回来，不仅钱花了个精光，还借了一屁股债。好了之后找建筑队要赔偿，建筑队却说是他自己不小心，不仅没赔，还再也不敢用他。

"真他娘的倒霉！"老马想。

那个女人还在哭。老马看看窗外，窗外已经黑了。警察也不知道什么时候已经走了。屋里又静了下来，只有女人在哭。但是哭声明显小了下去。老马仍然愣怔着，他感到那哭声很遥远。

"真他娘的！"老马想。"他妈的她到底丢了多少钱呀？"

女人已经开始收拾东西。一边收拾东西还一边抽噎。老马没有阻止，他看到那个龟孙儿子也站在一边。"龟孙儿子！"老马在心里骂，"养不熟的狼，娘俩都是！都是！"

但是他一声不吭。他看到女人拿着包袱从他面前走了过去，她仍在抽噎，一只手还牵着那个龟孙儿子。女人走过他时没有看他。

"走吧，走吧，都走吧。"老马想，"走干净才好。盖你们的房子去吧。房子，房子，原来你们需要的只是一座房子。"

装　修

　　新房在装修后的第五年，开始出现问题。先是厨房的柜门坏掉了，不知是不是合页出了问题，反正是关不上。柜门表皮也开始一片片脱落，露出内在的质地，才知道原来用的材料那么差，刚装上时看起来倒挺光鲜的。接着发现卫生间贴在墙上的瓷砖有点空鼓，洗澡时老是担心它们会突然塌下来。紧接着阳台的玻璃对拉门也坏了，松松垮垮的，其中一扇斜在一边，合不拢，露出一个大缝。

　　这一切其实秀青一点都不意外，当初装修时就没想过会用长久。五年已经不错了。当初结婚时买完新房，基本上就没钱了，装修的钱都是一点一点挤出来的，所以能省的都省了，买家具也尽量挑便宜的买。当初在这一点上她和汉文的想法倒是一致，管它呢，先住吧，能用几年是几年，以后有钱了，再重新装修。

　　当时是那样想的，但现在看着东西一样一样坏掉之后，秀青的心情仍然变得极差。关键是不好修，要修就要重新来过，比如柜门，不是一处坏，是整个都不行了，要修就得全部换掉，就又要敲呀打的，不能安生。阳台门也一样，还有卫生间那墙壁，再去找装修公司，就为了这一点儿活，估计人家都不爱来。自己找小工，又麻烦又担心做不好。但是真的全部敲掉，重新装修一遍，她又下不了这个决心，毕竟房子住惯了，不说有感情，主要是搬来搬去，嫌麻烦。

　　当初要是认真装修就好了。秀青有点后悔。

　　其实她后悔的还不只这一点。当初她和汉文认识前，左挑右挑，光相亲就相了不下二十次，从未见过满意的。时间长了，连她自己都烦了，听到相亲就想吐，实在没办法，去了，也像是在陪别人，自己连感情都难以投入。眼看着年纪越来越大，和自己一起参加工作的，早已结婚生子，甚至有的孩子都已上小学了，自己仍待字闺中，也不是不着急，但表面仍作出一副无所谓的样子。有些人不了解她，总以为她眼光高。她不觉得，总不见得为了嫁人鸡呀狗呀就随便乱嫁吧。她硕士毕业，就又有人拿这个说事，说她嫁不出去就是因为学历太高，这一点最让她讨厌。

那次跟汉文相亲，她本不想去，是被强拉去的。去的路上，她想开了，算了，去就去，不过这是最后一次了，只要对方不讨厌，就答应。如果不行，再也不相亲了，打一辈子女光棍，谁怕谁。去了，果然不讨厌，甚至还有一点喜欢。喜欢的主要是汉文的斯文。汉文虽然没读硕士，但也是名牌大学本科毕业，而且在一家政府机关做公务员。

事后打听，汉文对她也还满意，虽说并不十分符合他的胃口。初听这话，秀青有点不悦，但经过劝解也就想开了，毕竟自己对对方也不算十分满意。然后两人发展的速度就飞快了，见了几次面，一切都确定了。一起去看房，因为汉文老家是农村的，不仅不能补贴，每月汉文还要往家里倒贴，秀青姐妹多，家境也一般，父母能帮补的也极其有限，二人就看中一套八十多平方米的二手房。过完户，立刻装修，装修完不到半个月，就搬了进去，住在一起，然后顺理成章地就结婚了，再然后就有了孩子。

现在孩子已三岁多，正在幼儿园读小班。孩子很可爱，是这段婚姻给秀青最大的慰藉。其实当时两人谈婚论嫁时，秀青就想过，速度是不是太快了，要不要缓一下，可是当时并没有理由让她突然刹车，也就由着惯性下去了。理由说没有，也不是一点都没有。比如汉文的家境就让她不满。一开始汉文对她有所隐瞒，只说自己是农村的，没讲家里情况如何。听到他是农村的，秀青就有点不爽，虽说她不认为自己看不起农村的，但当需要考虑由此带来的经济问题时，她就不能再置身事外了。但想到汉文毕竟是公务员，农村出来的也很多，并不见得就怎样，只要两人肯努力，生活过得好一点也不是什么难事。但没想到他家里经济那么困难，不仅一点都帮补不了他们，还要他们倒补。汉文的父亲前几年生过一场大病，病后就基本不能干活了，不能干活也就没了收入，仅靠种地只能饿死。汉文说这些的时候很羞愧，像做错了事的孩子。秀青本来起了一肚子火，看到他这种神态，反倒不好意思再多讲，就宽宏大量地说："好了，好了，只是你不该骗我。"

汉文其实没有骗她，顶多算隐瞒。但是他没有辩解。

家里没办法，只能靠自己努力。没想到，因为给父亲治病，这么多年，汉文也没有多少积蓄，两个人凑起来，勉强够付个首付。然而他们已经觉得幸运了，因为很快地，就在他们买房后不久，房价就嗖嗖嗖地涨上去了，他们事后回想起来，还总是不由得出一身冷汗，又想到房子增值不少，就幸福地笑了，甚至开始后悔当时没能买大一点。

没有钱，只能简单装修。但是当时二人热情高涨，声言几年后有钱了，要重新好好装修一下。哪里知道真到了这个时候，反倒没了那个心情了呢？

一开始两人的感情还好，虽然没有多少共同语言可讲，但毕竟有床可以眷恋。二人就像久旱后遇到了甘霖，多少时间都花在了床上。但是慢慢地热劲过了，开始过起油盐酱醋的正常生活时，矛盾就出现了。

矛盾首先表现在缺点的暴露上。和大多数人一样，热乎劲过后，两个人开始冷静下来，这时重新审视对方，缺点就越来越多。汉文对秀青倒没表现出什么，也许是他隐藏得太深，主要是秀青。秀青对汉文的不满一开始是因为穷，嫌汉文是农村出来的，后来想开了，也就算了。但婚后汉文仍每月往家里汇钱，她就不答应了。为了这事跟汉文生过几次气，汉文那么斯文的人，竟然也动怒了，脸红脖子粗地吼："怎么？你不让我给家里寄钱，你想让我饿死他们？"

秀青回道："我又没说让你饿死他们。"

汉文仍生气："你不让我给他们寄钱就是让我饿死他们。"

"你妈又不是不能干活，为什么他们自己就养活不了自己？"

"我妈年纪那么大了，就算能干活，她一个月能挣多少钱？"

"你不是还有一个姐姐吗？为什么只你出钱，你姐不出？"

"你怎么知道我姐没出？我姐在外打工，一个月赚一千多块钱，还要养两个孩子，她哪里有钱？"

秀青把能想到的汉文父母可以不依靠汉文的渠道都想到了，仍无法说服汉文，也就发起飙来："那你就愿意牺牲我们的利益来满足你的家人呀？"

汉文感到秀青简直不可理喻，也就不愿意再理她。他不理秀青，秀青以为他是无话可说了，也就乘胜追击，历数因为他给家里汇钱带给小家庭的灾难。汉文始终没再回一句话，脸色却越来越难看。秀青说累了才闭嘴，也给汉文一个背影。当晚两人分床睡觉，第二天也像路人一样谁也不正眼看谁，直到第三天晚上，才因为一个小插曲重新拌起了口角，拌到后来，竟然和好了。连他们自己都感到奇怪。

和好并不一定就能如初。矛盾总是存在的，就像个地雷，地表上看不到，一不小心踩到，就爆了。那之后有几个月，秀青没再过问过汉文往家汇钱的事，眼不见耳不闻为净。但几个月过去，两个人的感情渐渐恢复如初的时候，在她认为可以再次肆无忌惮说话的时候，地雷就又适时地引爆了。结果周而复始。

在秀青眼里，汉文还有一个更大的缺点。如果说第一个缺点还是外在因素的话，那么第二个缺点就是内部因素了。这个缺点其实同时也是汉文的优点，那就是斯文。秀青一开始看上汉文也就是看上了他的斯文，谁知道结婚之后，她才发现汉文的斯文同时也是迂腐。她以前对公务员世界不了解，了解了之后，才发现丈夫在这个世界里简直如一只可怜的蚂蚁，随时都有可能被人踩在脚下。于是汉文头顶那个一开始吸引她的公务员光环也黯然失色了。但是蚂蚁也可以变得很强大，关键是他愿不愿意以及有没有能力去做。她责怪丈夫混了这么多年还是一个小科员。她参加过他们单位的一次聚会，去之前她还心态平和，回来后就有点郁郁寡欢，因为她发现比自己丈夫年轻许多的人已经是副主任科员了。

"你怎么混的?"她有点生气,有点轻蔑。

汉文听出她话里的轻蔑了,很受了点侮辱似的,却回应她:"你不懂。"

"我不懂?"秀青冷笑。

汉文懒得再理她,拎了本书进了厕所。

"你就知道读书,难怪会混成今天这个样子……"秀青的话仍跟着他。

他仍不理,砰一声把厕所门关上了,又反锁了。

"你就蹲在里面闻臭气吧,没闻饱不要出来。"秀青的声音仍从缝隙透了进来。

汉文闹不清,为什么秀青这样一个高学历的女孩骨子里竟然会那么俗,只怪自己当初看走眼。

汉文擦了屁股出来,秀青却守在门口。汉文一愣:"你干什么?"

秀青不回答,只冷笑:"怎么?这么快就闻饱了?"

汉文不理,夺路进了书房。

秀青跟了进来,仍带着轻蔑的笑,"还看书。"

汉文一把把书放到桌子上,"我看个书你也要管!"

秀青仍冷笑:"你要是能看出个官谁管你?"

汉文当然看不出官,他只会越看书越生气。他自己倒不觉得这有什么不好,反倒天天抱怨官场的腐败和黑暗。一开始秀青还没怎么当回事,也就心不在焉地听听,有时说到她的心窝里,也会附和几句。汉文就以为是碰到知音了,越发说得来劲。后来秀青弄清楚情况之后,就只给他泼冷水:

"就你一个人清高……"

"人家那也得有那个本事,你有本事也去腐败腐败试试……"

说得汉文哑口无言,以后再也不跟她讲这些。两个人的话越来越少,一开口就是吵架,最后索性就都不说话了。

还好这时候有了孩子。有了孩子就全以孩子为重,矛盾虽然仍有,但主要是关于如何养孩子的。汉文知道自己不是行家,再说孩子主要是秀青在养,也就懒得跟她争辩,她爱怎么养就怎么养,就算将来养成一只小狗也由她去了。所以即便看到秀青的养育方法跟自己了解的完全相反，也极力忍着不吭声，只跑前跑后忍气吞声打下手。

孩子出生，汉文把妈接过来帮着照顾，爹就只好留给姐姐。妈才来没几天就偷偷抹眼泪，汉文知道是因为秀青，但是也没办法，只好劝慰劝慰由她去了。妈脾气好，不管秀青怎么说都不说一个"不"字，像雇来的保姆，但心事重，啥事都装在心里，没事时就偷偷抹眼泪。汉文问她怎么了，也不说，只说没事没事，眼泪却又流出来了。

汉文急了："是不是秀青又说你什么了？"

妈说："你别管，真的没事。"

汉文终于斗胆跟秀青说了一次，他还没生气，她倒先生气了。她说："你看你妈是怎么照顾我的？人家坐月子一天要吃七顿，她还像平常一样给我做三顿……"

"那你可以跟她说嘛……"

"我怎么跟她说……"

汉文无言。

"还有，天天就是那几样菜，也不知道换换口味，腻死了……"

汉文承认妈在照顾秀青上可能确实不如她的意，但他把这归为地区差异，只可惜秀青无法接受。

"她不会她可以学呀……"秀青说。

话是没错，但妈那么大年纪的人了，不是说学就能学会的。

妈到底没有能待久，临走的时候还很内疚，汉文送她上火车时，她还拉着汉文的手说："你回去跟秀青解释解释，你妈确实没本事……"说得汉文想哭。

汉文回去想跟秀青发通脾气，考虑到孩子还小、秀青还在哺乳就忍住了。妈走了，秀青却动不动说是妈要回去享清闲，不肯替她带孩子。她自己的妈倒不肯享清闲，被逼着跑来了。听到秀青抱怨，也跟着抱怨，说真是的，自己的孙子都不肯带，那人家的孙子她不是更不会带了？说到这里，还故意问汉文："汉文，你姐的孩子是谁带的？"

汉文没好气："我姐自己带的。"

秀青妈没有听出汉文的怨气，回头证实了般地跟女儿说："我说是吧？她外孙她也不会带。"

汉文听着她们母女一唱一和，简直想吐。只可惜，母女二人也没能处好，时不时做母亲的就威胁着不帮他们带了，"你们有本事自己花钱请保姆去。"这是岳母最常用的一个招数。他们两个的工资自然请不起保姆，也不舍得请，只好退让一步，请这个不花钱的老保姆留下来继续帮他们带。

孩子渐渐长大，会喊爸爸妈妈了，两人的心情都是一乐。关系也像和睦了许多。但谈起话，仍是关于孩子的居多，其他的倒像是刻意避开了。孩子越来越大，烦心事又开始出现，主要在孩子的教育上，家庭经费明显紧张，两个人的战争又开始频频爆发。爆发之后就是冷战，两个人的关系渐渐又恢复到生孩子之前的状态。偶尔有个交流，也是通过孩子，孩子倒成了他们的通信工具。

两个人都像是在跟孩子说话，孩子懵懵懂懂，另一个人倒听明白了，就也拉住孩子讲，孩子在中间，像根电话线。

这样的日子想想真没意思。秀青有时也后悔，早知当初离婚得了。都怪当时没下狠心，一犹豫，肚子里就有了，后来全是为了孩子。想到孩子，忍不住看了孩子一眼，孩子不懂，仍在傻乐，真不明白这样可爱的孩子有一日竟会成为累赘。

有了孩子也不是不可以离婚。但毕竟女人带个孩子再结婚就难了，男人倒不会，还很紧俏。公司里有个男同事，四十好几了，头发都快秃光了，刚离婚就又娶了一个，还更年轻更漂亮，真不知那些女孩子是怎么想的。秀青想到这里就愤愤不平，更是觉得不能给汉文机会。

两个人就这样僵持着。汉文回家越来越晚，回来就躲进书房，直到睡觉才摸黑爬上床，也是静静地蜷在一个角落，上床就没了动静，像是挨着床就睡着了似的。秀青知道他没有睡着，但她也赌气似的不吭声，直到听到他微微的鼾声，才气恼地翻过身，看着他黑暗中的身影伤心。

汉文这样他们自然也就不再亲热。自从生过孩子他们就很少亲热。一开始是因为刚生过孩子，后来可以亲热了，两个人又闹起别扭。中间亲热过几回，都像是打仗，速战速决，反倒让秀青感觉更失望。

秀青思想保守些，虽然如此，但也不便张扬。直到一次无意中撞见汉文在厕所里自慰，心才像被彻底打碎了。她当即就叫了起来，眼泪也哗哗哗流出来了。汉文没想到厕所门没关紧，一下子慌张了，精液还没射出来，手仍在一下一下地动。听到喊叫，慌忙转过身，脸色苍白，手也停住了，嘘嘘着让秀青不要叫。老太太正在阳台逗外孙玩，听到女儿喊叫，以为发生了什么大事，慌慌跑过来看。汉文一下子把卫生间的门关死了，老太太在外面捶门，喊："汉文，怎么了？你是不是又欺负我女儿了？"

汉文不说话，一个劲在洗手台搓手。

老太太见敲不开门，又转身去看女儿，女儿只是哭，也不说话，急得老太太转圈。儿子也跑了过来，看到妈妈哭得那么痛，也哇的一声大哭起来。

汉文洗好澡，穿好衣服出来。老太太看到他就像看到了仇人一样扑上去，用拳头捶打他。汉文把她挡开了，说："我又没有欺负她。"

"你没有欺负她她怎么会哭？"

汉文说不出。

晚上睡觉的时候，一开始秀青不肯让汉文上床，嫌他肮脏。汉文心中有愧，死乞白赖地上了床。又去扳秀青的肩膀，秀青一巴掌把他的手打开了："拿开你的脏手。"汉文仍死乞白赖，想用温存来弥补一下自慰给秀青带来的创伤，秀青却毫不领情："你不是自己用手就够了，还要我干什么？"

说得汉文心一下子灰了，感觉人像缩短了几分。他不再死乞白赖去引逗她，静静躺在床上，看着天花板，心中想了很多，很多。终于他起床，抱了一床棉被去睡沙发了。秀青一点动静都没有。

汉文之后的一段时间都睡沙发。老太太知道了，劝过他们几次，看没有效果，就不劝了，只是批评汉文不该欺负她女儿。汉文不争辩，任老太太指责。秀青也像个外人一样，只当没听到没看到，自顾自逗孩子。

汉文越来越不想回这个家，可是他不知道该去哪里。他没有泡吧的习惯，也很少去咖啡馆，想想这么多年在这个城市连能一起坐坐的朋友都没几个。想到这里，他也觉得自己做人太失败。同事都有自己的朋友圈，他本来也可以加入，但是想到以前他们叫他他都不肯去，这时突然自己要去，也觉得难为情。下班后他就一个人慢慢地步行，走到哪里算哪里，哪里人都很多，三三两两的，很少像他这样一个人的，即使有，也是快速地走过，像是要赴约会。这种感觉让他更觉得孤独，只觉得心里空落落的，想哭。他从心里可怜起了自己。

他在一个面湖的长椅上坐了很久，直到天黑了，灯亮了，他才站起身，继续往回走。他感觉身子不像是自己的，他不想回，脚步却仍往前走。在一个车站，他终于挣脱了身子停了下来，他看到来来往往的车辆，车辆里塞满了准备回家的人。公交车一辆辆在他面前停下，又走了。站台上的人换了一茬又一茬。汉文不知道这些车都是去哪里的，他也不想知道，他只想登上一辆，然后让车随便把他带到一个什么地方。然后呢？然后再说。

突然汉文的眼前一亮，他注意到一辆车上靠窗站着的一个女孩子很像他的初恋女友，眼睛、眉毛、鼻子都像，他一下子恍惚起来，仿佛那真的就是他的初恋女友。他兴奋地简直忍住不要喊出声来了，可是那个女孩子仿佛根本没有注意到他在看她，仍定定地瞅着窗外一个地方。车门要关了，车身已经启动了，汉文突然惊醒了过来，迅速朝车门跑动起来，他终于在车门要关闭之前挤了上去。

他刷过卡，透过拥挤的人头又看到了那个女孩子，女孩子仍定定看着窗外。她的侧面也像，她是什么时间来到这个城市了呢？汉文深深吸了一口气，然后决绝地拨开了众人，向那个女孩子慢慢靠拢过去。

自由落体

　　羊羔刚下火车头就晕了。叔叔杨大奎在前面埋着头猛走，一边走一边指点着羊羔，"出来了就要学着长点眼色，这不是在家里，你爹把你托付给我，我要对得住他哩——你听到没有？"他有点嗔怪地回头看了羊羔一眼，结果他看到的是身后错落而纷乱的人群。每个人都背着厚厚的行李，身影匆忙。杨大奎的头就嗡了一下。他急忙拨开人群往回找。一个围着披肩的中年妇女很不满地瞪了他一眼，"急什么急？奔丧呀！"说着抖落了一下被杨大奎擦过的衣袖。杨大奎看到她的手腕金灿灿地一闪。他没有应声，仍旧匆忙地往回走。在看到羊羔后他才长长地吁了一口气，心想，"有什么了不起，不就是个城里人嘛！"

　　杨大奎是先吼了羊羔一嗓子后才看出羊羔的异样。他在老远的地方冲着羊羔喊，"你在那里愣个啥球哩，还不快走！吓我一跳，还以为你刚来就丢了。"喊完他看到羊羔还是一动没动，目光直直地吓人。他上前走了几步，问："咋了？"羊羔说，"我头晕。"说着身体晃了一晃。杨大奎吓了一跳，说："咋就头晕了呢？刚才不是还好好的吗？"说着上前摸了摸羊羔的额头，又摸了摸自己的额头。"不烫呀。"他说。

　　"我就是感觉地在动，我收不住脚。"羊羔说。

　　杨大奎突然笑了，说，"我还以为咋着哩，第一次坐火车，我也是这样，没事。"

杨大奎接过羊羔身上的行李，背在自己的身上。羊羔拉着叔叔的衣襟小心翼翼地往前走。他环顾了一下四周，发现偌大一个站台，此时只剩下了自己和叔叔。远处有几个乘警，有点警惕地看着他们两个，他不由加快了步伐。

　　穿过一个地下通道，拐了个弯，面前的人猛然多了起来。这些人像是突然从地下冒出来的，让他感觉不真实。走在花花绿绿的人群中，他突然感到局促起来。他和叔叔背上的包袱像两个不和谐的音符到处乱窜，吸引着众人的目光。他试图躲藏，但是没有办法。他看看叔叔，叔叔没有理会这些目光，他的心猛然地感到了一丝丝羞愧。

　　"看看那个女的。"杨大奎说。

　　"哪个女的？"羊羔局促地问。他摇摆着头，终于看到了那个女的。那是个中年妇女，身边拉着一个三四岁的小女孩。

　　"怎么了？"羊羔问。

　　"看看。"杨大奎饶有兴致地看着说。

　　羊羔疑惑地扭过头，他看到那个妇女拦住一个大学生模样的年轻人，他听到她说，"你是从哪趟车上下来的？"

　　大学生热情地回答，"西安到葛城。"

　　中年妇女有点不好意思，说，"你看，我们买车票，谁知道买了张假的，人家不让我们上车，我和孩子都两天没吃东西了，你能不能借我们点钱，给孩子买点东西吃？"

　　大学生迟疑地看了看她，又看了看孩子。

　　孩子一脸的无辜。

　　"我们会还你的。你可以给我们写下你的地址……"

　　"不用了。"大学生说，从口袋里掏出二十元钱，有点不好意思地说，"我就这么点零钱了。"

　　中年妇女激动地连声说，"谢谢，谢谢，你真是个好人。你写下你的地址，到时我一定还你！"

　　大学生摆了摆手，走了。

　　杨大奎看了看羊羔，说，"看出什么了吗？"

　　羊羔说，"那个小女孩真可怜。"

杨大奎说，"骗子，她们都是骗子。"

羊羔吃惊地说，"什么？"

杨大奎不再理他，开始往外走，一边走一边往脚下吐唾沫，嘴里愤愤不平，"几分钟比老子干半天赚的都多。"羊羔又回头瞅了那个中年妇女一眼，结果发现那个妇女正盯着他看，心中不由一凛，赶快回过头，加快了步伐。

出了车站，就真的到了这个城市。羊羔在脑海里对这个城市想了千百遍，但是都没有眼前这么真实。这种差异不知道是让他失望还是兴奋。他看到车站前堆着密密麻麻的人群，每个人都举着一个牌子。在人群的背后是高高的楼群，这些楼群高得让他眩晕。眼前的人声鼎沸让他不由激动起来。他跟在叔叔的屁股后面唯恐走错一步。挤过接站的人群，面前是一个宽阔的广场，在广场的四周铺满了草坪。但是草坪上却坐满了各种各样的人。在人群的缝隙里随处丢弃着用过的饭盒和各种颜色的垃圾袋。羊羔不由感到惋惜。他想：这么好的地方怎么能这样来破坏呢？他突然有点愤怒。

"怎么能这样呢？"他说。

"什么？"杨大奎问。

"怎么能这样破坏草坪呢？"羊羔说。

杨大奎奇怪地看了他一眼。"又不是你家的，你管那么多干什么？"

羊羔不再说话。他看到不远处冲过来几个中年妇女，每个人都斜挎着一个背包，映衬着她们黑黑的脸庞，看着难免让人感到滑稽。一个一脸凶相的妇女冲到他们身边时突然收住了脚，看了他们一眼，"干什么的？"她恶狠狠地问。杨大奎笑了笑，"你看我们是干什么的？"那妇女不理他的问话，狠狠地盯了一眼他们背上的包袱，"要不要住店？一天50，有电视、洗澡间，就在火车站旁边，不到200米。"杨大奎说，"不要。"那妇女又看了他们一眼，并没有纠缠下去，冷冷地甩了他们一眼，又向前冲去。

"臭打工的……哼！"羊羔听到了身后飘来的声音，他浑身激灵了一下，仿佛人一下子缩小了许多。他感到有点冷。"我要是来这里

紫杉棺木

上大学的，他们会怎样看我呢?"他想。"他们肯定不敢这样看我。要是他们知道我本来已经考取了这里的大学，是因为没钱上才出来打工的，他们会怎么看我呢?"这个念头紧紧地裹住了他，让他喘不过气来。

公交车来了。人群哗地一下子聚集了过来，相互推搡着。他仿佛不由自主地就被吸了进去，挤在人群中，他感觉自己就像一只漂在大海上的无助的小船。他艰难地移动着位置，突然感觉身边松了一下，扭过头去看，看到一个衣着鲜亮的女子正努力控制着自己的身子，以免挨到他。他看到了她脸上毫不掩饰的鄙夷。这让他心里一阵难受，脸就像被人抽过一巴掌一样火辣辣地热起来。他不再回头，勉强地跟着叔叔爬到了车上。叔叔从口袋里掏出两个硬币塞进了投币箱。他们刚刚坐定，就听到司机在前面叫喊，"谁还没有投币?"车上没有人说话。司机又问了一遍，还是没有人说话。刚上车的人你看看我，我看看你，互相打量起来。司机突然指着反光镜中的羊羔问，"说你呢，你投币了吗?"羊羔一下子手足无措起来，他不安地看了看杨大奎。杨大奎说，"师傅，投过了，我帮他投的，我投了两个一元的硬币。"司机从反光镜中狐疑地看着杨大奎，"你投了?"杨大奎说，"投了，不信你可以问问大家嘛。"车上一片沉默。杨大奎不由尴尬了起来。司机又狐疑地看了他一眼，不再说话，关上了车门，开动了。

经过了刚才的事件，羊羔一下子对这个城市失去了热情。他想:"怎么都这样呀? 怎么都这样呀?"是什么样子，他又说不出。他总觉得葛城不应该是这样的，至少葛城不该是这样的。他目光呆滞地看着窗外的景物一片片掠过，心中纷杂不已。他不由想念起老家来，想念他的妈妈。他本来想他是不会想的，永远也不会想的，没有想到这么快就想了。

"看，"杨大奎碰了碰他，"那就是葛城最高的楼房，金龙大厦。"羊羔顺着叔叔的手指看到一个高大的建筑正在一点点往身后跑去。街上的树、人群、车辆都在后面紧紧地追着。他的目光就一直被那栋高楼牵着，直到车辆拐了三道弯之后，视线才崩地一声，断了。

从火车站到他们住的地方要转三次车。最后一次他们坐的是摩的。到这个时候羊羔看到的葛城已经不是他刚才看到的了。这时的葛城就像被蜕了一层皮，露出了隐藏着的污秽。眼前的景象让羊羔感到既熟悉又陌生，他指了指眼前的葛城，说，"这也是葛城？"他的语气中有说不出的失望。

"怎么不是？"杨大奎拦了一辆摩的下来，"你以为葛城处处都是高楼大厦？"

羊羔和叔叔坐上了摩的。"到小坑，"杨大奎说，"两个人五块钱去不去？"

摩的司机说，"五块钱哪里能行，最少也得八块。"

杨大奎说，"不行就下来，又不是没坐过。"

羊羔和叔叔又从摩的上下来。摩的开出去了几米，又回过了头，说，"七块，走不走？"

杨大奎说，"六块。大家都是出来打工的，又不是不知道，我妹夫也在这里开摩的呢，不是怕麻烦他，才不坐呢！"

摩的在原地转了两圈，司机最终一狠心，"上吧。"他说。

羊羔没有想到从这里坐摩的到叔叔的住处还有这么远。他们穿过一个又一个促狭的小巷，小巷里污水横流，散发出阵阵难闻的酸臭味，苍蝇成群地扎在一起，车过来了就一哄而散，车刚过去，就又堆在一起。

司机说："到没到？"叔叔说，"就到了，就到了，再往前面开一点。"

再往前面开始热闹起来，路也宽敞了许多，走在路上的都是一些穿着制服的打工仔和打工妹，在街道的两侧开满了肮脏的小饭店和发廊。

司机说要加钱啦，这么远。杨大奎说，"加什么钱，就到了。"

又穿过了两条小巷，终于到了。付了钱，走进一个破旧的院子，是一栋新盖的出租楼，爬了半天狭窄的楼梯，又走过一段白天也要亮着灯泡的长廊，杨大奎终于在一个门口停下了。他把包袱放在地上，从口袋里掏出了钥匙，打开了门。

"你就先住这儿吧。"杨大奎说。

羊羔看了看房间，房间很小，除了靠墙放着一张床外，几乎什么都没有。屋子一边的墙上开着一个小小的窗户，却被一块硬纸板挡着，在窗户的边缘透进来几丝光亮。

"那你住哪儿？"羊羔问。

"我住哪儿？"杨大奎反问道，似乎这个问题很可笑，"我也住这儿。"

"那……房租……"羊羔红了脸说。

杨大奎明显愣了一下，"你先住下吧，到月底再说。"

杨大奎安顿好羊羔后，说，"早点睡吧，明天还要去工地呢。"

杨大奎走后，把羊羔关在了黑暗里。羊羔躺在床上，瞪大了双眼，他没有感到困意，只是感觉床板在呼呼地向前冲，房子也在向前冲。他听到远处走廊里传来响亮的脚步声，脚步声慢慢远去。在这样的感受中，他觉得今天一天的经历比他一辈子都长。

工地离住处并不是很远。羊羔被叔叔叫醒时正在做一个梦，在梦中他仍旧坐在火车上，他看到了在车站见到过的那个小女孩的眼睛，小女孩显得既难过又无辜。他在口袋里掏钱，掏了半天什么也没有掏出来。他感到难过。

叔叔让他赶快起床，吃完早饭就去工地。他已经跟老板讲过了。羊羔顺从地起床，叠了被子。下到楼下已经看到有几个人蹲在地上吃早餐了。叔叔对着放在地上的一碗米汤朝他努了努嘴，在米汤的上面用筷子架着两个包子。

一个民工问，"这就是你侄子？"

杨大奎点了点头。

羊羔害羞地低下了头。他手里拿着洗脸用的毛巾还有牙膏、牙刷。"哪里有水？"他小声地问杨大奎。杨大奎站了起来，领着他往屋子后面走去。

杨大奎回来，几个工友说，"你侄子看起来挺害羞。"

杨大奎说，"就是那样，没见过什么世面，刚下学，本来考上大学了，没钱上。"

一人说，"那你就资助资助他嘛！"

杨大奎说，"我哪里有钱？"

一人就说，"现在的社会真不公道，穷人家的孩子连个学都上不起，我一个亲戚的儿子，不也是考上了清华吗，就因为没钱也没去。"

"就吹吧你！"一个说。

"你不信？"那人急了，"不信你可以去问嘛！"

羊羔走了出来。他上了楼，又很快地下来了。他开始拿起包子吃。

"多大了？"一个老一点的问他。

"十七。"杨大奎代他回答。

"既然出来了，就大方点。"老一点的说，"既然没上学的那个命，就死了那份心吧。"

羊羔没有说话。

一个外形酷似猴子的年轻人说，"对，我从小就不喜欢上学，这不，小学没上完就下学了，现在不照样吃这口饭。"

一个胖一点的说，"就是没人家的饭好吃。"

大家就都笑笑，收拾了碗筷，交代给了一个叫菊花的女孩。女孩捧着一大摞子的碗进了屋里。

"是请来做饭的，和你一样，大学生哩。"猴子狡黠地说。

羊羔不好意思地把目光从厨房收了回来。"我不是大学生。"他惊慌失措地回答。

"在我们这里，你们就是大学生哩。"胖子说。

"大学生有个狗屁用。"杨大奎说，"大学生现在不照样找不到工作？"

羊羔的脸突然热了。

工作很简单，老板看了一眼羊羔，接过了杨大奎手中的纸烟，"你能做什么？"羊羔不知道该怎么回答，他突然发现自己什么都不会。他求助地望了望杨大奎。杨大奎说，"高中刚毕业，考上大学了，没钱上，在家歇着吧又没事干。"老板挥了挥手，"去和水泥吧。"杨大奎说，"中，中。"老板说，"工资就先一个月800块，看看再说。"杨大奎说，"好，好。"说着看了羊羔一眼，羊羔点了点头，说，"谢谢老板。"

老板挥了挥手。杨大奎向羊羔使了个眼色，羊羔就离开了。老板转身对杨大奎说，"你们要抓紧，再有两个月合同就到期了。我不管你们怎么办，一定要在两个月内完工。"

"有点紧吧？"杨大奎为难地说。"水泥浇灌下去，至少得一星期才能干。"

"我不管，"老板挥了挥手，"到时完成不了，他们不给我钱，你们也别想拿到工资。"

杨大奎想张口，老板挥了挥手，阻断了。"你给他们几个施工队的都讲一下。我过几天会再来看。"

看着老板走远了，羊羔才又一晃一晃地走过来。他说，"我怎么办？"

杨大奎看着老板的背影，没好气地说，"什么怎么办，干活呗。"

工作简单是简单，可是真累。几天下来，羊羔便累得再也动不了了，每天只想着一件事，赶快收工，睡觉。连吃饭他都不想吃了。胖子看看他，说，"熬过这几天就好了。"猴子说，"知道没有上学好了吧，我当初刚干这个，也是后悔没有继续读书，可他娘的，就是再读书又有什么用？最后还不是一样要来干这种活？早干还早挣钱呢！"羊羔不说话，静静地躺在沙石上，石子在身下硌得生疼，可是他懒得动一下。

没事的时候他们就在背后拿那个名叫菊花的小女孩调侃。羊羔觉得他们说的话淫荡、下流，不堪入耳。他想捂上耳朵，但有时他又舍不得捂上耳朵。他既厌恶着又渴望着，有时听着听着浑身就有一种异样的感觉。

再见到菊花，他就有点不好意思，身子在躲着，眼睛却在扎根，

自由落体

不舍得离开。夜里睡不着觉，眼前就浮现出菊花的面孔，千姿百态，却大都是想象中的，但就是感觉到真实。想象着，身子就不由热了起来，手摸摸身体，像是在发烧。

然而白天羊羔照样不敢多跟菊花说一句话，倒是菊花主动跟他说话了，她说，"你叫什么？"他的脸一下子红了，说，"杨高。"菊花就笑了，"我听他们叫，还以为你叫羊羔呢。"重复着羊羔的发音，独自嘿嘿地笑了。羊羔的脸就愈发红了。菊花又问，"听说你已经考上大学了，没钱上就没去？"羊羔点了点头。菊花的眼睛就红了，突然有说不出的伤感。羊羔倒显得无所谓了，说，"听说你也是高中毕业？"菊花说，"高中没上完，我爸生病了，家里没钱。"羊羔就不再问。两个人默默无语，却觉得心近了许多。

杨大奎把老板的意思告诉了各个施工队的队长，队长们就着急了，说，"日他娘，两个月怎么够？二楼都还没有灌顶呢！"杨大奎说，"我也说了，可老板不听，他说到时候完不了工，就不发工资。"一个大个的就说，"他敢！"周围干活的听说就都停下了手中的活，围了过来，一听说还要赶工，就炸了。说，"现在就够赶了，咋说也得睡觉呀，就算不睡觉，等水泥干也得好几天。"一个骂道，"当老板的就不顾工人的死活，让他来干干试试。"一个嚷道，"只知道赶工期，就不知道多发点钱。"杨大奎跟几个队长对望了一下，说，"不行，咱们得一块找老板说说。"

然而找到老板，老板却发怒了，他说，"我不知道不好赶，可我有啥法子？这个工厂是盖了租给一个公司的，过了两个月人家就不租了，到时候我去哪给你们找钱去，我能让你们去喝西北风？我这么逼你们还不是为了你们好？灌顶水泥要干，就让它干嘛，我们可以趁这段时间盖第三层呀。"一个队长说，"水泥不干不结实，那原料往哪儿放呀？"老板说，"就先把第三层的楼顶搭起来嘛，把东西先放上面。"杨大奎说，"就怕柱子不结实，柱子为了图省钱，是用砖头砌的，石灰也没干，比不得水泥钢筋浇铸的结实，万一支撑不住……"老板厉声道，"怎么会支撑不住，你们盖过多少房子了，倒过几次？

是不是每家都用的是水泥柱子？"

　　杨大奎还想辩解，老板挥了挥手，说，"这个你不用管，出了事我负责！反正我已经把话跟你们说清楚了，你们要是不能按时完工，就别想工资了。另外，"他想了想，说，"这样，你们给大伙说一下，只要能够在两个月内完工，每个人再多发五百块钱。"

　　几个队长和杨大奎互相瞅了瞅，都没吭声。走出老板的房间，一个队长说，"我总觉得不好弄。"另一个说，"有啥不好弄的，只要不怕出事。"一个说，"出事又不关咱们的事！"杨大奎挥了挥手，"既然老板说了出事他负责，咱还怕个球哩，咱只要能领到工资就行，何况每个人还多发五百块钱呢！"

　　听说有钱发，工人们的怒气就渐渐消散了，他们说，"管个球哩，咱出来还不就是为了多拿几百块钱，有钱不挣是傻瓜，管他水泥几天干哩，就是今天晚上灌上水泥，明天就施工也不管了。"

　　当天晚上开始灌顶。力度一加大，羊羔就吃不消了，杨大奎看看没有办法，就让他上了脚手架顶替了猴子。羊羔上了脚手架，猛一低头，看到了十几米下的地面，头就开始晕起来。他感到一阵恶心，想蹲下呕吐，但是什么也没有吐出来。他想告诉叔叔，但是看看叔叔忙碌的身影，就不好意思起来。他尽量不再看地面，他努力想象着自己是在地面上，脚下是平坦的土地。然而随着每一次的走动，脚下的脚手架都会富有弹性地起伏，让他切切实实地明白自己所处的位置。他在这种胆战心惊之中度过了第一个难忘之夜。他唯一值得自豪的是竟然没有一个人发现这一点，然而同时，他也因此暗自伤心。

　　工程进行到第七天，有人察觉到二楼的一处墙体出现了一道细细的裂缝，但是没有人在意，一个工人很快用水泥将它糊平了。到第九天的时候，有人发现柱子上也裂开了一个缝，他报告给了队长，队长找来杨大奎，杨大奎认真地端详了一下，眼神中出现了不安。他和队长交换了一下眼神，他们不约而同地点了点头。然后杨大奎亲自找来一盆水泥，将那道缝封上了。

　　因为没有等水泥干，工期就提前了许多，工程也进展得很顺利。期间老板来看过几次，很满意。然而最后杨大奎还是带他到裂缝处看了看，老板盯着裂缝看了看，他看到在裂缝的表面有一道石灰的痕迹，在石灰的上面，裂缝重新显现了出来。他看了一会儿回头问杨大奎，"严重不严重？"杨大奎说得含糊其辞，"要说严重也不是特别严重，因为一般用砖砌的柱子都会出现这种情况。"老板说，"别的地方还有吗？"杨大奎说，"目前还没有发现。"老板就笑了，说，"既然不严重，就没事！"杨大奎的心就如释重负般地轻松起来。

然而谁也没有想到就在当晚楼房突然倒塌了。倒得很突然，杨大奎后来说他只感到头一懵，就从脚手架上掉了下来，然后他感到腿上疼了一下，就晕了过去。等他醒来的时候，已经躺在医院的病床上了。那几天有大量的领导模样的人来探望他，身后跟着大群大群的记者。领导说，"好好休息，什么也不要想。"杨大奎就感激地握着领导的手，说，"好的，我什么也不想。"领导就笑了。握着杨大奎的手回头冲记者亮了个相。杨大奎暗自激动，心想，"没想到这一辈子还能摸到这么高级的领导的手哩。"

然而杨大奎不可能什么也不想，等到医生来的时候，他就缠着医生问，"我的腿怎么了，会不会断掉呀！"医生说，"别胡思乱想，好好养病。"杨大奎说，"我的侄子怎么样了？"医生说，"谁是你的侄子？"杨大奎说，"羊羔呀，他爹把他托付给我了，万一出个意外，我可咋向他爹交代呀。"医生想了想，说，"没有听说有这么个人，什么样子？"杨大奎描述了羊羔的样子。医生说，"好像没有这么个人，我帮你问问。"然而问的结果是果然没有。医生说，"这次死了四个人，不知道有没有在里面。"杨大奎一听就哭了，说，"人在哪里？"医生说，"已经送到殡仪馆了。"杨大奎就更是不可遏制地哭了起来。

然而第二天便得到消息，死的人中并没有羊羔。上午是警察来做笔录。杨大奎知道这次事情闹大了，市政府发了脾气，专门在事故现场开了市政会。警察说这个建筑是违章建筑。杨大奎说："我怎么知道呀，我就是个打工的，人家让干什么我就干什么。"警察说，"你不是工头吗？"杨大奎说，"我是个狗屁工头哩，我又没有比别人多拿一分钱。"警察说，"你把当时的情况说一下。"杨大奎说，"我当时正在帮着往三楼抬水泥，就感到头懵了一下，身子就掉了下去，醒来的时候就在医院了。"警察说，"还有呢？"杨大奎说，"没了。"警察就开始收拾东西，让他伸出手指，在一张纸上捺印手印。杨大奎一边认真地找着捺印的地方，一边不安地问，"我侄子是不是死了？"警察说，"你侄子是谁？"杨大奎说，"羊羔。"警察说，"杨高？"看了看手里的名单，"没有，他被送到第三医院了，只是简单受了点擦伤。"杨大奎就乐了，说，"谢天谢地，谢天谢地。"

杨大奎的腿伤稍微好了一点，就被转到另外一个病房，病房里有个破电视，杨大奎就看新闻。看了新闻杨大奎才知道这件事都弄到中央去了。有一次他还在电视画面上看到了自己，在他的前面是探望过他的一个领导，领导紧紧地握着他的手，脸却对着镜头。有一天正看电视，就看到了侄子羊羔。羊羔站在屏幕上，一脸的拘谨。杨大奎对周围的人说，"我侄子。"心里却想，这孩子还是没有见过世面呀，见个镜头都慌成那个样子。然而看看门口，却多出了一个人，再看却是羊羔。

羊羔喊了一声，"叔。"杨大奎就愣了愣，待看清真是羊羔就连忙招手，说，"我还以为你死了呢。"羊羔说，"我当时刚好头晕难受，就下了脚手架，谁知没走多远，楼就倒下来了，我没跑两步，砖头砸到我背上了。"杨大奎说，"还好，还好，总算捡回条命。"说着扒了羊羔的衣裳，看了伤口，伤口上涂满了红药水。

羊羔的伤好了，杨大奎的脚却不利索了。医生说，腿被砸断了，恐怕好了也得留下残疾。杨大奎的心一下子就沉了下去，他拉住医生戴着手套的手，拼命地摇晃着，"大夫，我求你了，我们家就靠我一个人挣钱呢，我要是不能干活了，我们家该怎么办呀！大夫，我求你了，你就帮我看好吧。"医生说，"我要是能帮你看好我会不帮你？我们已经尽力了。"医生走后，杨大奎就愣愣地呆在那里了。过了好久，他才转身拉住羊羔的手，痛苦地说，"你说叔以后该咋办呀？"

羊羔看看叔叔，心里也感到难过。但是他什么都说不出来。他唯一感到欣慰的是他的头晕竟然救了他一条命。

后来警察又找他们录过几次笔录，主要是问他们跟老板的关系以及事发前的一些情形。杨大奎说："我们能跟他有什么关系？我们也就一打工的，能跟他有什么关系？"警察说，"事发前的情况你再讲一下。"杨大奎说，"还有啥好讲的？我劝他多少次了，他不听，他是老板，他不听我有什么办法？"杨大奎显得既委屈又无奈。警察问，"听说你是工头？"杨大奎不好意思地笑笑，说，"啥工头？也就一打工的，我又没比别人多拿钱。"警察看了看他，把本子合上，说，"行了，就先这样吧，你再好好想想，过两天我们再来找你。"杨大奎点了点头，又疑惑地问，"想什么？"警察没有说话，让他在刚才讲过的地方按了手印。杨大奎看他们要走，试探地问，"警官，我这腿断了，我以后该咋办哩？"警察说，"这种事情我们不管。"杨大奎问，"那谁管？"警察说，"我怎么知道？"说着就要往外走，杨大奎拐着腿往外追出了两步，说，"警官，那我们的工资咋办？"警察回过了头，严厉地看了他一眼，说，"没有逮捕你就够便宜你的了，还想着你的工资哩。"杨大奎一下子愣住了，等警察走后，才回过神来，嚷道，"凭啥逮捕我？凭啥逮捕我？"屋里的人正在看一个新闻调查，没有回应他的话，反倒问他，"哎，你们平时是不是也是吃这种饭呀？"杨大奎回头看看电视，电视上一个记者正在采访一群民工，民工们正一人端着一个碗，蹲在工地上吃饭。摄影师给饭碗了一个特写，饭碗里只有米饭和大白菜。一个民工在接受记者的采访时嘿嘿地笑着说，"现在已经不错了，以前饭里时不时就吃到了老鼠屎，那苍蝇到处乱爬。"同屋的病人问杨大奎，"是不是？"羊羔脸涨得通红，站在一边不说话。杨大奎笑笑，说，"是哩，都是从农村里出来的，能吃到啥好的呀？"同屋的病人就啧啧地叹息起来。

晚上看电视，才知道老板已经被抓了。老板在镜头上倒很平静，说，"我对不起那些死去的民工和他们的家属，我遗憾的是已经没有什么东西可以赔他们了，家里还有点东西，想搬就搬走吧。"杨大奎在屏幕下说，"要你家的东西有什么用，我要我的腿哩！"然而到半夜，他却推醒了羊羔，羊羔正迷迷糊糊，说，"干吗呀？"杨大奎说，"小声点，咱们去搬他家的东西！"羊羔明白了，说，"现在？"杨大奎说，"再不去就被人家搬光了。"羊羔犹豫着，杨大奎却开始穿衣服。羊羔问，"你的腿好了？"杨大奎说，"哪里好了，就是能走路了。"羊羔就怔怔地看着自己的叔叔下了床，旁边却传来一个声音，"你们这样去是要犯法的。"两个人就吓了一跳，看看，却是临床一个陪护的，那人看他们在看他，又说，"你们这样去搬人家东西是违法的，再说现在肯定早就被查封了，你怎么去搬呢？"杨大奎愣了愣说，"那咋办呢？"

这个问题既是问那个人的，其实也是问自己的。那个人躲在黑暗里没有再说话。杨大奎又嘟囔了一句，"那咋办呢？"

后来杨大奎就经常会问到这个问题，他说，"那咋办呢？"有的时候他是自言自语，有的时候他是在问羊羔，他会突然痛苦地转向羊羔说，"你看叔的腿成这个样子了，以后咱可咋办呢？"

羊羔就说，"要不咱们回家吧。"

杨大奎吃了一惊，说，"回家？咱们怎么能回家呢？"

羊羔说，"咱们为什么不能回家？"

杨大奎说，"咱们出来就是想挣点钱，现在不仅钱没有挣到，腿还弄成了这个样子，你叫我咋有脸回家呢？你婶子会怎么看我呀？村里人会怎么看我呀？"

羊羔说，"那我们怎么办呢？"

这个问题本来是杨大奎问羊羔的，现在反倒由羊羔来问杨大奎了。

在杨大奎想出办法之前，医院通知他们要出院了。即使仍旧住在医院，他们也已经没钱吃饭了，杨大奎听到这个通知时很激动，他冲着医生说，"你把我们撵出去，那我们怎么办呀？"医生说，"我们这里又不是福利院，你有什么事情你去找政府嘛！"杨大奎在彻底地绝望了一通之后来到了大街上，他一瘸一拐地走在羊羔的前面，羊羔跟在他的屁股后面不停地问，"叔，咱咋办呢？咱咋办呢？"

杨大奎没有好气起说，"找政府去，我就不相信没有个说理的地方了。"然而两个人走了一段路才想起来还不知道市政府在哪里，问了一路，最后才终于找到，然而两个人远远地看到高高的市政府大楼，就倒吸了一口凉气，倒没有了刚才的狂妄，看到门口没人，就想往里面冲，然而脚步刚迈进去就听到身后一声断喝，"干什么的?"两个人一惊，回过头，却是一个年轻的武警，武警走近了，指着他们的鼻子问，"你，你，你们是干什么的?"杨大奎说，"我……我们找市长。"武警打量了他们一眼，说，"找哪个市长? 你们是干什么的?"杨大奎愣了半天不知道有几个市长，只好小心翼翼地把他找市长的缘由讲了，然后征询似地望着武警，不安地说，"你看我找哪个市长好?"武警说，"这种事情不归市长管，要是什么事情都要市长管，市长还不得累死? 走吧，走吧。"杨大奎说，"那我得去找谁?"武警想了一下说，"你去下面问问吧。"说着转身就走了。

等了一天，他们又累又饿。羊羔焦急地问，"咋办呀叔?"杨大奎看着磨得生疼的脚说，"看来咱这样指望政府是没希望了，咱得换种方法。"羊羔说，"啥方法?"杨大奎说，"咱跳楼。"

羊羔大吃一惊，"啥?"

杨大奎狡黠地说，"不是真跳，是假跳，他们不是不管咱们吗? 咱们就去跳楼。咱们还要去最高的地方跳，咱们去金龙大厦跳。"

羊羔迟疑地问，"这能行吗?"

杨大奎说，"保管能行，我看电视上那些要不到工资的民工都是一嚷着跳楼，工资就领到了。你别看那些当官的看起来好像什么都不怕似的，他们就怕丢官哩，要是有人在他们任上因为没法生活跳楼，还不影响他们政绩? 更别说一跳就是俩了。"

羊羔说，"那要是他们不管咱们呢?"

杨大奎笑了笑，说，"他们不会不管的，要是真不管——"他的脸上现出一种让人难以琢磨的笑——"那我就真没脸再活在这个世上了。"

羊羔没有再说话，但是等他们赶到金龙大厦的时候他便后悔了。他犹疑着不敢上前，然而让他没有想到的是他们根本就进不了这个大厦。这个大厦的玻璃门是锁闭着的，进去之前要先和楼上通电话，然后门才会"啪"的一声打开。杨大奎推了推门，推不开，看看，又看不明白，再一转眼，就看到保安在一个小房间里注视他们。他的心就虚了。他在门上胡乱地按了几下，没有反应。然后他就看到保安走了过来。他问，"你们找谁?"杨大奎说不出来找谁，他支支吾吾说不出话，只好掉头往外走。保安在背后喊道，"你别走。"他却开始跑起来，羊羔没有想到他的叔叔瘸着腿却能跑那么快，他跟在后面有点气喘。

　　等跑了好一段距离，杨大奎看看身后没有人追，才喘着粗气弯着腰停了下来。等羊羔跑近，他才吃力地说，"没……没想到……城里人都能得成精了，那门怎么就打不开?"过了一会儿，稍平静了一下，他又说，"他娘的，我是要去跳楼的，我竟然怕他?"他不相信地摇了摇头。

　　羊羔问，"那咱们现在怎么办? 还要去跳楼吗?"

　　杨大奎说，"去，当然去，金龙大厦去不了，咱们就去别的。"就这样杨大奎开始在这样一个傍晚带领着他的侄子到处寻找适合他们跳楼的所在，最后他们终于找到了一个，这栋楼比起金龙大厦当然令他失望，然而也有七层。杨大奎爬上楼顶时自我安慰地解嘲道，"七楼也够了，跳下去照死。"他们是趁一个阿婆上楼的机会才得以混进这栋楼里面的，阿婆在看到他们张皇失措地挤进门时眼神里流露出了一丝警惕，但是她没有说什么，直到后来她听说有两个人在楼顶嚷着要跳楼她才想起那两个人。

　　羊羔站在楼顶的边沿有一丝恐惧，他看着远方的城市，到处都是高楼大厦，到处都是灯红酒绿，然而他知道那不是属于他的世界，永远也不会属于他，他曾经想过挤进这个世界，但是他失败了，他只是从一个农村进入了另一个农村，他永远也跨不过面前的这道鸿沟。他难过地低下了头，他看到了脚下的那片土地，路灯开始亮起来，路上的车灯川流不息，就像一个个提着灯笼的萤火虫。他感到头顶一阵晕眩。他看到下面开始汇聚起人群，人群的头都仰了起来，像是要打喷嚏。他感到身子明显晃动了一下，腿开始打弯，他强力镇定着对叔叔杨大奎说，"我头有点晕。"杨大奎兴奋地望着楼下，说，"再坚持一下，过一会儿市政府的人就来了，咱们就得救了。"

羊羔又晃动了一下，他想向后退一步，但是他感到他的脚迈不开。他看到远方有警灯在闪烁，警笛呜呜地追赶着警灯的旋转。他想起小时候经常做的一个梦，在梦里他行走在小学校的两层楼房的走廊上，走廊没有护手，突然走廊越来越倾斜，他感到头晕、心跳，他小心翼翼地往前走，终于他开始趴到地板上，然而他的身子还是不由自主地向楼下滑去，他伸出手，想抓住什么，但是他什么也抓不到，他惊叫了一声，醒了过来。

他经常做那样的梦，但是自从离开学校之后他就再也没有做过，他的家里是瓦房。直到十七岁他跟着叔叔杨大奎离开老家，他才又见到这么高的楼房。"事隔这么多年我怎么又做这样的梦呢？"羊羔摇了摇头，他想清醒一下，但是他的头很重，慢慢的，他感觉身体飘了起来，很轻很轻，他听到风声在耳边快速地飞过，然后他听到了一声"啊"的尖叫，跟他梦中的尖叫一样地尖锐和犀利。

"你知道自由落体吗？"羊羔说他此时就是这种感觉。

别人的话题

　　有一段时间老高一直是我们的中心话题。那是在老高辞职之后，他本来是我们的科长，可是突然有一天就辞职不干了。具体原因我们都不清楚，后来有消息灵通的人士说老高高就了。高就到哪里去了呢？那位灵通人士笑了笑，一脸的神秘。最后终于禁不住我们的央求，说，"去了深圳一家外资公司了，一个月这个数。"他伸出两个手指晃动了一下。

　　"两千？"我们惊讶道。

　　"……美元。"他意味深长地补充道。

　　这一下子我们全都惊愕住了，很长时间没有说话，都感觉心头重重的，像是有什么东西压着似的。

　　本来我以为我们应当为他高兴的，毕竟他曾经是我们的科长，可是，不，也许他每个月拿两千块钱我们会更高兴一些。

　　我们是国家政府机关，每年有多少人想进都进不来呢，虽然大家对工资待遇或多或少有点不满。大家经常发牢骚，说你看什么什么单位一个月有多少多少钱工资，我一个什么什么公司的朋友动不动就买多少多少钱的东西。那些数目都让大家艳羡不已，但是你让他们辞职不干，他们却不敢。他们这时会说，"他们钱多是多，可是多不稳定，天天还累得要死，咱们虽然钱少，但是清闲呀，人生图的是什么，不就是个清闲吗？"

　　"再说了，你看看现在有多少大学生连工作都找不到呢！"最后他们总结说。

这时他们就心理平衡了，开始招呼着泡茶，侃大山。谈着目前的就业局势，房改政策的执行，房价的上涨，通货膨胀的可能性以及退休后的待遇等问题。

的确，我们单位，就以我们科为例好了，虽然待遇不高，但是工作是清闲的。我们有大把大把的时间用来泡茶和聊天。每天上班，先是泡杯茶，然后拿过当天的报纸，一张一张地看，等到全部看完，也差不多该吃中午饭了。然后就是聊，聊着各人的生活琐事，油盐酱醋，作着各种各样的参考和指导。又约着晚上去哪里找乐子。炒股的就在一起谈股市，买了房子要装修的就谈着哪里的家装材料质量又好又便宜，相约着到时一块去买，还可以打折。

没事的时候我们还可以在单位扭一扭就溜掉，忙自己的事情去，反正也没有人管——大家都是这样，也就睁一只眼闭一只眼了。有时甚至还互相帮忙打掩护。

当然有的时候大家也会谈到单位的一些弊病，比如说既然我们这个单位没有什么实际工作，还不如砍掉算了。这样国家也少养几个人。但是如果这样，大家就只能喝西北风去了。所以又不由暗自庆幸，希望国家的机构改革不要改到我们的头上来。

"真是想为国家做点事情都难啊！"一个同事嬉皮笑脸地打趣道。

大家就都笑。想完了国家的事情，大家就开始想自己的事情，该出去买家装材料的去买家装材料，该看股市的去看股市，该探亲访友的就去探亲访友了。

于是往往只剩下了科长一个人。其实科长也并不总在，有的时候他也不来，连面也见不上。但是大家都知道他在哪里。如果这个时候有人找科长，大家就会诡谲地笑笑，笑得那人莫名其妙。

"你找我们科长是吗？"大家笑着说。

"是。"那人说。

"那你去他家里找他吧，"大家继续笑着说，"他在家里研究原子弹呢！"

说完大家就哄堂大笑起来。笑得那人更加莫名其妙了，也就只能跟着嘿嘿地傻笑。

不能怪人家听不懂。刚开始我听到这个笑话时我也没听明白。我疑惑地问，"科长是学什么的，怎么会去研究原子弹呢?"科室的同志一听全都哈哈大笑起来，笑得前俯后仰，眼泪鼻涕都出来了，几乎岔了气。我就知道我问了个傻问题。

后来我才知道这个典故。在我们科，虽然大家都是大学毕业，但是进了单位之后就没人再看书了，都开始忙着挣钱，养家。时间长了也没有人再意识到，哦，原来我还是个大学生呢! 只有我们科长，尽管他的资历最老，但是只有他还经常读书。他不仅读英文，还学数学、物理，算复杂的方程式、函数等。有一次，我们单位一个司机跑到我们办公室，看到我们科长正在算一个函数，画了满满一张纸的抛物线。他看不懂，也不敢问，出来后就偷偷告诉人家，说，"老高还研究原子弹呢!"

就这样这个笑话传遍了我们单位。

尽管是我们科长，但是大家似乎并不怎么敬畏他。平时大家都不叫他科长，而是拍拍他的肩膀，直呼其名，叫老高。科长也并不以为忤，淡淡地笑笑，不说话。

大家都说老高是靠他的真本事当上科长的，关于这一点大家没有话说。老高是我们当中资历最老的，也是我们当中学历最高的，同样也是我们当中最踏实肯干的。但是大家对老高的前途不抱希望，认为他太书呆子气了，不是他运气好，可能现在连个副科还不是呢! 但是以后呢? 大家说，"当官并不主要是看你工作做得怎么样，而是看你会不会做人，会不会拍领导的马屁!"

通过对科长的分析，大家一致认为他要想升官，很难!

科长不会做人，这也是大家对他一致的评价，怎么不会做人呢? 比如说有点太斤斤计较，比如说一起去吃饭，大家本来吃得挺高兴，你说一顿饭不过也就是几十、一百多块钱，再说也不一定要你付，他倒好，算一算（他的数学总算有用武之地了），把自己的那一份掏出来，让大家多尴尬! 还有，比如说交党费，他帮你垫出来了，他会郑重其事地告诉你，一遍又一遍，仿佛就怕你赖了他的账一样。当然了，他也不会去占你的便宜，他借了你的摩托车骑，回来之后一定要告诉你，他帮你加了一块钱的汽油，你算了算，他骑的那个距离烧的汽油刚好差不多就是一块钱。

你对他的这些习惯真是又好气又好笑。但是慢慢地你就习惯了，该拿他的钱就拿，该给他的钱也给。如果你忘了，他会提醒你。你倒省心了，不用担心在他那里吃亏，当然了，也别想着占便宜。

"跟着这样一个领导也是挺倒霉的!"有时你不免会这么想。

他因为书生气重，跟领导的关系就搞不好，领导一不高兴，就老给你们科小鞋儿穿。他硬气，无所谓，但是苦了这些下属，你们求爷爷告奶奶的，也换不回来人家对你们的好印象! 大家于是越来越疲沓，工作也就越来越不上心。

大家都说科长这样的人适合去公司，而且是外资公司，因为在大家的印象中，只有外资公司才会只看重一个人的能力而不看重他的关系。

大家不知道为什么科长还非要留在这样一个单位里，也许他和我们想的一样?

然而突然有一天科长真的辞职了，这让大家一下子很难适应。科长临走的时候大家都显得有点伤感，但同时也有点欣慰，仿佛科长终于应验了我们的预测。而且——科长还留下了一个空位。

我们帮科长收拾着东西，大家刚开始还沉默着，然而慢慢地空气便活跃了，大家打听着科长的去处，科长沉默着不肯说。我们又感念着科长的好处，临走的时候我们玩笑似的说，"科长，你以后发达了可不要忘了兄弟们呀!"

这是我们第一次正儿八经地叫他科长，同时也是最后一次。我们和科长似乎同时都感到了别扭。然而这种别扭很快就过去了。等科长走后，我们又坐在一起泡茶，侃大山。我们揣测着科长的去向，以及科长发达的可能性。

"就他那样的书呆子气，到哪里都不会吃香!"一个说。

大家听了都默默无语，然而却等于是默认了。

然而没有想到科长真的发达了，"两千……美元呀! 一个月!"

大家都惊愕地咂着舌说。然后大家自发地为科长设想了种种的未来，首先想科长现在可能天天都西装革履，手里提着高档公文包，坐着豪华的轿车。轿车可能是公司的，也可能是他自己的——即使现在还没买，但大家相信，以他那样的高收入，总有一天会买的。他还可能动不动要到全国各地谈生意，甚至还要去国外，那么他肯定要坐飞机，是头等舱还是商务舱呢？这一点大家有点想不来，两种观点各占一半。他可能每年还会度假，是在国内还是国外呢？大家的意见还是不一致，但是至少有一点是一致的，他去国外度假也并不是什么大不了的事。这么想完之后大家就傻了，心里有股酸酸的说不来的味道。

还有一点大家想象不来，就是科长——或者按我们平时的称呼，老高——到底在那家外资公司做什么呢？我们想不明白。有一天我们推出来了一位代表要给科长打电话，意思是表示一下大家对科长的关心和想念，顺便问一下科长的工作。但是电话打过去，却传来话务小姐机械的声音："对不起，您拨打的电话已停机。"大家这才意识到科长已经在遥远的深圳了。

那段时间股市大萧条，炒股的都被套牢了，天天皱着张苦瓜脸。装修房子的被朋友杀了熟，买的材料贵，质量又差，只得拆了重新装。总之大家的心情都不好。这时再谈到科长，大家的心里都是另一种滋味。

那个被杀熟的恨恨地咬牙切齿道，"奶奶的，现在看来还是老高这样的人保险！"

那个被套牢的说，"要说还是应该学人家老高，要是那时我也认真看看书，说不定现在也去哪个公司了！我上大学时是我们系里的高才生呢，不是高才生我还分不到这里呢！"

"可是，"另外一个苦笑道，"跟自己一起毕业，成绩又不如自己的，现在倒都是开公司的开公司，做生意的做生意，最不济的也在公司里做了高级主管，开着好车，住着洋房了。"

"看看咱们，"又一个说，"就那么一个小房子，就要按揭贷款一辈子，这还活个啥劲呢！"

又有一个模仿着电视里面的声音说，"同样是人，人和人的差别咋这么大呢!"

这句搞笑的话让气氛一下子缓和了下来，大家都扑哧笑了。笑过之后大家得出了一致的结论，就是要想过好日子只能下海，在国家机关你只能饿不死撑不着。为什么我们都没能像科长那样有勇气辞职呢？大家又进一步得出结论，责任全在国家和单位，正因为国家和单位没有把我们逼入绝境，所以大家还没有那么严重的危机感，所以也还能得过且过。在这里我们还举了一个众所周知的例子，我们说我们就像那温水锅里的青蛙，总是感觉还可以忍受，等到不能忍受了，也就晚了，所以——最后的结论是，国家应该加大机构改革的力度，早日把我们逼出困境!

得出了这样深刻的结论之后我们感到欣慰了很多，仿佛明天单位就会被"咔嚓"砍掉，然后我们下岗，然后我们被逼着去找工作，然后就像科长那样——甚至比他更好，他说到底还不过是人家外国老板的一打工仔——天天西装革履，拿着高级公文包，坐着豪华轿车上下班。

然而，也有人提醒道，"现在找工作并不容易，有多少大学生找不到工作呢。"

也是，有人惊醒道，"听说有个地方，为了让那些公务员知道他们的工作多么来之不易，就让他们出去应聘，结果应聘下来，只有一个人应聘上了，还是个油漆工。结果那些公务员回去，都不再埋怨了，开始认真工作。"

大家听了，心一下子又冷了，说，"可不，让咱们现在出去应聘，咱们能找到什么工作？估计也是什么都找不到。"

大家在这一点上很快又达成了共识，因而最后总结道，"所以，咱们还是好好珍惜咱们现在的工作吧，有多少人想进来还进不来呢!"

大家总是喜欢以这句话作为安慰。不过也是实情，上次我们单位招考公务员，报名与录取比例达到了 150：1，还有好多研究生报名呢!

大家于是又高兴和庆幸了起来。

然而没过几天，大家就又开始念叨起科长来，大家就在这样的不断反复中慢慢悠悠地过着我们清闲的日子，烦恼而幸福。

突然有一天，一个同事告诉了大家一个好消息，说他跟科长的老婆联系上了，科长老婆告诉他，科长哪里挣那么多钱，科长所在的公司是一个小公司，现在效益很不好，工资都快发不下来了，更别说天天西装革履，坐豪华轿车了。

"能挤公共汽车都不错了！"那位同事最后学着科长老婆的腔调说。

大家听了都哈哈大笑起来。

多日来笼罩在大家头顶上的乌云突然一下子散去了，大家有一种说不出的轻松。大家说，"我们就说嘛，钱哪里有那么好挣的？人家连工作都找不到，就你有本事，一个月能挣一两万？"

大家嘻嘻哈哈起来。一个人又说起科长的轶事，大家这才发觉已经有好长时间没有讲过"原子弹"的故事了。于是又一遍一遍地复述，补充着一个个细枝末节。

一个同事兴奋地笑道，"他跟我们吃完饭，从口袋里掏出六块钱，说，这是我的饭钱。又说哪个菜哪个菜他没有吃，他就吃了一碗米饭，啊哈——"他捂着肚子打起滚来。

大家也跟着笑得喘不过来气。

"他有一次骑我的摩托车，回来告诉我，他给我加了一块钱的汽油——"另外一位也捂着肚子讲道。

大家又跟着哈哈大笑起来。

接下来的几天，大家的心情都格外好，大家喜滋滋地把科长的陈年旧事仔细翻了一遍，乐此不疲。

大家再也不提下海的事情了。日子又恢复了正常，泡茶，聊天，看报纸。偶尔谈谈科长，像谈一个无伤大雅的笑话。

日子就这样过着，终于有一天，一个同事去外地出差，回来他带给大家了一个新消息，他在出差的那个城市看到科长了。

"他看起来不像发不出工资的样子……"那位同事说。

大家的耳朵一下子竖了起来，紧张地盯着他看。

那位同事喝了口茶，又清了清嗓子，然后才说，"我是在街上闲逛时碰到他的，还是他先认出的我。他说他去那里谈生意，又说要请我吃饭。我看到他很吃惊，我本来想他可能还是原来的样子，谁知道变化太大了……"他又喝了一口水。

"什么变化？"大家焦急地问。

"他碰到我时开着一辆车，很好的车，我都说不出牌子。他请我吃饭，我本来以为会随便吃一点，但是他竟然带我去了一个大饭店。"那位同事说着不由地笑了起来。

大家的眼睛都瞪圆了。

"那种地方我平时都不敢去的，那位同事又说，他好像经常去那种地方，买单时眉头也不皱，一下子就掏出几十张一百元的……"

大家不约而同"啊"地发出了一声低呼。

"他还向我问起你们了呢！"那位同事又得意地说。

"他问什么了？"大家急切着说。

"他也没问什么，就是随便问了问。"

"你怎么说？"

"我就说还是那样。我讲了你炒股赔钱的事，还有你装修被朋友骗的事……"那位同事指着大家说。

"你怎么说这些……"被指着的人有点不满，然而接着又问，"那他说什么了？"

"他倒没说什么，他就是摇了摇头，叹了口气。"

大家一听都沉默下来了，不知道该说什么。过了良久，才有一个人问道，"他穿什么？是西服吗？"

那个同事听到这个问题一下子又兴奋了，说，"还真跟咱们想的一模一样，西装革履，手里还真拿了一个高级公文包。"

大家仍然沉默着，最后问，"那，他还说什么了？"

"他给了我一张名片，他说，让咱们有空跟他联系。"

那个同事带回来的这个消息对我们科的这些同事们来说不啻于一个重磅炸弹，它重重地在我们心中炸开了，把我们的心肺炸得五零六碎。大家这段时间都显得有点心事重重。泡完茶不再看报纸了，也不

紫杉棺木

再侃大山了。大家一下子全都变得沉默寡言了。

紧接着有一天，一个同事又告诉大家一个新消息，让大家的心情更加沉闷，他说他老婆和科长老婆的一个亲戚在一个单位，那个亲戚告诉他老婆，科长老婆那次告诉他的话都是假的，是科长告诉他老婆不要在外面乱说的。

"原来是这样！"一个同事愤愤地说，"他那样是什么意思？他怕咱们沾他的光？"

大家都沉默着不说话。

那个同事又说，"谁稀罕！"

大家仍然沉默着没有说话。

然而下次有同事要去深圳出差，有人建议他代表大家去看看科长。大家便否决了。大家说，"去看什么？人家混得那么好，又怕咱们沾了他的光，咱何必再去讨人家嫌！"

于是就决定了不去。

那位曾经吃过科长一顿的人为科长申辩，说，"我看他也不是那个意思……"

大家听了立刻调转枪头，说，"怎么，他不就请你吃了一顿饭嘛，你有必要这么护着他吗？"

那个同事就涨红了脸不说话了。

后来关于科长的消息还传来很多。每次都惹得大家谈论好几天。我这一辈子还从来没有见到过哪个人像我们科长这样长久地成为别人的谈论中心，我们基本上都是在谈论科长的过程中完成了结婚生子的重大人生课题。

关于科长最新的消息是他失业了，但是我们都坚信这是个谣传。关于这样的谣传我们已经听到过很多次了，我们的心脏在一次又一次的兴奋和失望当中锻炼得异常坚强，我们不敢再随便相信任何一个关于科长的传言。其实我们完全可以给科长打个电话，这样谣言就不攻自破了，但是我们从来没有想到过给科长打个电话。

我们宁愿听信谣言也不愿意给科长打个电话。

有时我们会酸溜溜地解释道，"人家跟咱们又不是同一种人！"

还有人说他最近在我们这个城市看到科长了，他说得有鼻子有眼，让人不由不信。但是我们说，"这有什么了不起？他老婆孩子还在这个城市，他当然会回来。"

　　其实这也是我们唯一安慰的一点，他不是很有本事吗？但是他没有办法解决夫妻两地分居的问题。而我们，虽然钱挣得不多，但是我们家庭团圆。

　　但是这么说我们总感觉自己有点贱！

　　但是那人急道，"他不是回来看老婆孩子，他告诉我说要回来工作了。"

　　但是我们对他的话嗤之以鼻，虽然不久之后就证明他说的是事实。因为我们科的同事也在这个城市碰到了科长，科长告诉他他调到这个城市的分公司了。

　　"看看他那副神气劲！啧啧。"我们那个同事叹息着，"和以前真是判若两人。"

　　我一直没有机会再见到我们科长，所以我无从知道我们科长到底变成什么样一个人了，但是这并不妨碍我去想象，我想我们科长肯定就像他们描述的那样，身上西装革履，手里拿着高级公文包，开着豪华轿车。当然，说不定，他的鼻梁上还架着一副金丝眼镜。

　　但是，不管怎样，我知道只要科长还在一天，关于科长的话题就永远到不了头，而我们的生活，也仍然会这样一天一天地过下去，只要我们科存在一天，我们就会这样慢慢地老去。

秋生之死

前几天去图书馆看书，无意中竟然看到一本秋生的诗集，书页已经泛黄，突然地看去，就像秋生那张蜡黄蜡黄的脸，心中不由颇为感慨。翻开书页，里面却颇新，用手指弹去，一点轻尘飘散了开来。不知道有多久没有人借过了。我的朋友秋生事实上已经去世有四五年了。

我的家里也有这样一本诗集，然而我也已经很久没有看过了，我突然感到了一丝惭愧。我突然意识到不知什么时候秋生已经远离了我的灵魂，躲到了一个不为人知的角落，而我对这一切从未有所察觉，也从来没有感到过不安。秋生，作为我曾经的最好的朋友，在他魂断西去之后，他便彻底地离开了我。我依旧心满意足地生活在这滚滚红尘之中。

我和秋生的相识是在大学。那时我是校刊《西去》的主编。突然有一天听几个编辑在议论一个人，说这人是神经病，天天看什么佛经，还逮谁就跟人家讲道。我侧着耳朵听了，却来了兴趣，就问是谁这么神经呀？他们说是一个大一的新生，名叫秋生。我就记住了，但是并没有机会见面。过了几天我收到一封稿件，署名正是秋生，我就先抽出来看了，却是一篇对佛经的解读。我想看来大家所言果然不假。到准备发稿时我征集了一下编辑的意见，竟然有一半以上的人不同意发，他们说写的什么呀，看都看不懂，发出来谁看。最后就没有发。我内心感到有点惴惴不安，觉得有点辜负了他的期望。这时我似乎已经在内心把他当作朋友了。我决定去找一下他，跟他讲一下稿件的事情。然而还没有等到我去，他的稿件又来了，这次是一封言辞激烈的、对学校官僚主义进行批判的信。我看完，心里很沉重，我知道他说的很有道理，但是在这样一个学校，我们的校刊又是学校团委主办的，我们怎么可能给他登出来？我感到为难，本来准备去见他的，反倒不好意思了，倒好像是我不同意发表他的文章一样。

　　说实话他的文章写得真好，并且很有思想，在我们这所普通大学并不多见。在我的想象中他肯定是一个放荡不羁、言辞激烈、意气风发的才子。我在内心对他充满了向往，这也许在我的身上并不合适，但是我当时的确如此。

　　我没有想到我一直想找他而没有去成他反倒找上我了。有一天我正在宿舍看书，突然门被推开了，我抬起头看了一眼，门开了一个缝，一个头发蓬松、戴着一副眼镜的脑袋伸了进来。他的眼珠在厚厚的镜片后转了一圈，就盯上了我。我把书合上，站了起来。我以为又是来宿舍推销东西的。"你找谁?"我问。他又看了我一眼，舔了一下有点干裂的嘴唇，"请问卓尔是住这间宿舍吗?"他的声音听起来很虚弱。我警惕地看了他一眼，"你是谁?"他把身子挤了进来，站直，手有点不知所措地相互搓着。"我是法律系大一的杨秋生。"他说。"哦，你就是秋生。"我看着他笑了，"我就是卓尔。"我向他伸出了手，他有点不太习惯地跟我握了一下手，就放下了。

　　我搬把椅子让他坐下。他坐下了，立刻又站了起来，他在房间里张望了起来。张望了一会儿，他又坐下了，他说："你们宿舍的书真多。"我笑笑，他不知道这些书都是我们刚进大学时一时激动买下的，但是大部分的书也不过是装饰一下书架，并没有几个人真正把它们看完。

　　"你找我有什么事吗?"我问。

　　"哦。"他笑了一下，笑得很干，不太自然。这跟我想象的完全不同，而且他那么瘦，穿着一身很难看的运动服。"我听说你喜欢诗歌，想来跟你聊聊。"

　　"是吗?"我愣了一下，没有想到他还喜欢诗歌。

"我还以为你是要来给我布道的呢!"我笑着说。

他不好意思地笑了一下,说,"见笑了。"

我看看他说,"我本来正想去找你呢,没想到你倒先来了。"我给他讲了那两篇稿子的事情,我看到他一直表情凝重地听着,听完了,他气愤地嘟哝道,"我就知道会是这样。"

我没有说话,站起身从书架上取出一本诗集,"你喜欢谁的诗?"我问。

他说了几个外国诗人的名字,最后他说博尔赫斯。我知道他会说出他的名字的,现在博尔赫斯很热。

"国内的诗人呢?"我又问。

"韩东。"他考虑了一会儿说。"我喜欢他的干净、冷静,以及力量。"

"力量?"我说。

"语句推动哲思带来的排山倒海般的力量。"他的目光开始兴奋起来,并且透出一股少有的坚毅。这使我终于认出了我想象中的他。

自那次之后我们的交往就明显密切了起来。我这才发现他其实挺健谈,特别是在熟人面前。他看过的书很多,有哲学、宗教(不仅是佛教,还有基督教、伊斯兰教等)、历史、美学,等等。他的知识面之广让我也自叹弗如。我问他,"你哪里有时间看这么多书?"他不好意思地笑了笑,说,"我高中时几乎把全部的时间都用来看书了,所以我高考没考好。"

那时我已经开始写毕业论文了。我面临着人生的一个重大抉择,是继续读研究生还是参加工作。想了很久我决定还是先参加工作吧。但是等我把这个决定告诉秋生时他却反对了。他说:"你应该读研究生!"他的语气很肯定,令我心里有点不舒服。"为什么?"我问。"因为你这种人就适合做研究,你有这方面的潜力,而其他人没有。"我知道他说的其他人是谁。我没有接话听他继续说下去。"他们都是些没有思想的人,只知道背书,背别人的观点,而没有自己的观点。他们读研究生不过是给自己多一个筹码,而你不同,你有自己的见解,你要是不读研究生,不只是你的损失,也是国家和社会的损失。"我没有想到他这么高看我，我假意笑道，"是吗？我有这么厉害？"然而他没有笑，他说，"有。"

然而我到底还是没有读研究生，毕业以后我去了一家事业单位。他知道后很伤心，他说我把自己毁了。我没有想到他说得这么严重，以至于我不由得重新审视了一下自己的选择，但是我并没有发现哪里不妥。也许是价值观的不同。我想。

我毕业的时候秋生将他的诗集送给了我，是一个打印本，里面是他多年来的作品。我没有想到短短几年之内他竟然写出了这么多的作品，这让我不由惭愧起来。我说，"好好写吧，哪天出本诗集。"

我们那时都有个很世俗的想法，就是哪天能出本自己的诗集。虽然知道很世俗，但是还是不能免俗。然而在这样一个日趋商品化的社会，还有谁愿意为你免费出诗集？即使你是个著名的诗人。

我毕业后和秋生的联系就少了，偶尔还通信，在信中他大谈他最近的思想动态，谈诗歌、宗教以及历史。顺便他还会夹带几首诗，有时还夹带张刊有他诗歌的报纸。他开始发表作品了，刚开始还零零碎碎的，后来就逐渐多了起来。我渐渐地知道秋生在他们学校，也就是我的母校，以及其他一些高校中开始有了名气。这深深地刺激了我。自从工作后，也许是环境的改变，也许是心态的改变，我慢慢地放弃了诗歌，从刚开始的一天写几首，到后来的几天写一首，慢慢地开始几个月写一首了，最后终于再也想不起写了。偶尔看看旧日的诗稿，有一种恍若隔世的感觉。

我决定重新拿起笔，然而绞尽了脑汁竟然写不出一行，偶尔勉强写出一首，却连自己也不忍卒读，因为我知道那不是真的诗歌，不是自己想要表达的东西。我知道自己已经江郎才尽了，我感到说不出的悲哀。

然而秋生依然继续写信来，信越来越厚，除了他的诗歌还有他的要求，他说："咱们定一下，每人每月给对方寄五首自己最满意的诗歌如何？"他想把它编印一下，最好成为一个定期的杂志。我没有满足他的要求，我说我已经很长时间没有写诗歌了。他明显把这当作了我的谦虚，他再次写信来，我却不愿再回了。

他又写过几封信来，没有收到回信，慢慢地信就少了。然而有一天他却突然出现在我的面前。他看上去和那时并没有大的变化，只是脸上带着一脸的倦容，整个人看上去很疲惫。

我把他让进宿舍，我说："你怎么来了？"

他说："你先别问，我很困，我想先睡会儿，我已经三十多个小时没睡了。"

我给他打来水，他洗了洗脸，就和衣倒在了床上。他用脚蹬掉鞋子，黑乎乎的袜子冒出一阵一阵的酸臭气，顿时把整个房间都弥漫了。我皱皱鼻子，踢踢他的脚，说，"你给我先去洗洗脚！"他哼哼唧唧地动也不动，不一会儿就传出了有规律的打鼾声。

他一觉醒过来已经是晚上八点多了。我看到他睁开了眼睛，就合上了书本。"你在看什么？"他揉着眼睛坐了起来。我没有回答他。我说："怎么样？睡好了吗？""睡好了。"他羞涩地笑了一下。"我真是太困了，三十多个小时几乎没有合眼。"他一边洗脸一边说。

"怎么回事？"我给他递过去毛巾。他接过擦了。"我没有买到火车票，只好买了站票，就三十多个小时站过来了。"他说。

"你怎么来也不打声招呼？"我说。

他嘿嘿地笑了，没有说话。

我领着他向单位外的一个小饭店走去。每次来客人我都带他们来这里吃，好像还没有人高出过这个档次。我们在学校时也经常在学校旁边的一个小饭店吃饭，我们把它叫做湖滨大酒楼，而它事实上只有一层，并且只有两个小小的能放下六七张方桌的空间。

"怎么样，湖滨大酒楼还在吗？"我说。

"你不知道？"秋生惊奇地抬头看了我一眼。"早拆了。"他说。

"是吗？"我吃惊了起来，但是转而就安然了，这也是意料中的事。

"我们当年毕业时还说十年后要在那里聚会呢！"我苦笑了一下。"真是人是物非事事休呀。"我篡改了一句名诗。

秋生也苦笑了一下。在酒杯的遮映下我突然发现他的脸很苦。

你到底怎么回事？我问。

他沉默了半天，没有说话。我也没有说话，两个人默默地对坐着，默默地喝酒。我突然感到面前的秋生很陌生，那么应该是物非人非事事休了。

"我主要是想来看看你。"他喝下一杯酒后说。他的头埋得很低，我看不清他的面孔。我只有仔细地听着。"我心里很烦，但是我没有人可以倾诉，当然我也从来没有倾诉过，除了你，你是我这么多年唯一的一个朋友，但是你不在我的身边。"他停顿了一下，然后对着面前的空气冷笑了。他说，"我在他们心目中是个疯子，神经病，哼！"他喝下一大口酒。

我无话可说，虽然我和他是朋友，事实上我也只是欣赏他的才华，而对于他的人我同样很难置评，他的确很奇特（请允许我用这个词），我不反感但是同样也不认可。对于大家叫他神经病我表示理解。但是我不敢在他的面前说，我怕任何一句可能在我看来是好意的话都会损害我们的友谊。他过分的敏感，这对于一个诗人来说也许是必要的，但是它不可避免地会损害他正常的生活。

我看着面目痛苦的他不知道该说什么。我想他这次来可能又要跟我谈宗教和诗歌了，我不知道该如何应答他。如果谈到诗歌我恐怕只能说我已经很久没写了。我在内心里默想着各种各样的措辞。我突然发现在这个小我几岁的师弟面前，我充满了只有在家长和老师面前才会有的不安，就像一个没有按时写完作业的孩子一样感到惊慌失措。秋生就是让我感到惊慌和不安的压力所在。

我尽量回避和他谈到诗歌，然而令我奇怪的是他竟然没有提，一直到他走。这让我大为疑惑，我几次想问他都在临张嘴时失去了勇气。我们在这短短几天里像一切酒肉朋友一样，热衷于吃饭和喝酒，偶尔逛一下我工作的这个城市。我发现秋生都没有过多的兴趣。

我们那几天谈的话如此之少让我感到了不安，我猜肯定有什么秘密存在，但是我像一个寻宝的家伙一样搞不清楚机关所在。直到很久之后我才知道秋生之所以来找我是因为他失恋了。这个消息让我更加感到吃惊。

这个消息是秋生后来亲自告诉我的，他说他喜欢一个女生已经很长时间了，但是他一直不敢告诉她。他曾经给她写过几首诗，当他最终鼓足勇气送给她时，她表现得很兴奋。然而同时她也告诉他，她已经有男朋友了。

"我知道她男朋友。"多年后秋生仍旧如此气愤地说，"一个很俗气的家伙，凭什么？她怎么可能喜欢上他那样的人？"他不解地问。

我笑笑，"萝卜白菜各有所爱嘛！"

秋生痛苦地摇了摇头说，"不可能。"

我不再说话，我知道事情的原因，但是我不能告诉他。我想这个女孩子真是聪明，她欣赏他的才华，但是知道生活本身就很世俗。

那时秋生也已经大学毕业了，他同样没有读研究生，而去了一所中学教书。这让我大吃一惊。我问："你当初不是还劝我读研究生吗？怎么自己倒不读了？"他的脸一下子就红了，支支吾吾地说不出话来。后来才知道原来他家在农村，家里很穷，他上大学的钱都是家里一点点凑起来的，而他下面还有一个弟弟和一个妹妹。他要挣钱还债，还要挣钱供弟弟妹妹上学。这时我才第一次知道他家里的情形，而以前我们是从来不谈家庭的。

我在工作了几年之后渐渐对自己的工作产生了厌倦，当我看着自己的小肚腩一天天大了起来，而自己还不过是一个小科员时，我开始着急了。我对自己的未来产生了一种强烈的恐惧感，难道我这一辈子就这样过去吗？天天跟一些数据、文件打交道，朝九晚五，虽说清闲却也无聊。一个月一千多块钱，工作一辈子才能还完房贷的款。这时再想起秋生在我毕业时说的话，才算悟出了其中的道理，我真是自己把自己毁了。

就在我寻找着机会跳槽时，秋生却辞职了。我听到这个消息时大吃一惊，他不是挺喜欢做老师的吗？怎么也辞职了？给他打电话却又联系不上他，他只给我留了他办公室的电话，他辞职了，办公室的电话就没有用了，打过去，问他的同事他的联系方式，却没有一个人知道，问他搬到了哪里，也没有一个人知道。原来他在学校还是一个朋友也没有。

但是我知道我不用去找他，他一定会来找我的。半年过去了，他却一点消息都没有，倒让我不时地惦记起来。我找工作的事一直没有着落，很多好一点的单位都要求研究生以上文凭，这时我才真正后悔起来，我决定先不找工作了，先考研究生。

就在这个时候，我突然收到了秋生寄来的一个包裹，我先看地址，地址却不详细，然而可以肯定的是还在那个城市。我心中稍安，打开包裹，却是一本诗集，我的心猛一激灵，秋生啊，他果然出诗集了。我打开诗集，纸张有点粗糙，但是散发着浓浓的油墨香。在扉页上我看到一行题诗：这秋后的枝头/谁的影子让我疲倦？

我不知道他这是什么意思，谁的影子让他疲倦呢？但是我分明看到了秋生那张蜡黄而疲倦的脸。他也许太累了。

诗集并不厚，里面收的诗都是他这几年精选出来的。在后记里他讲了这几年发生在他身上的一些事，讲了他的诗歌观的变化，话从他的笔下流出，无端地多了几分沧桑。在他的诗句里我读到的除了精致，还有穿透心扉的力量，像一把穿透时空的剑，深深地刺破人的心脏。

我没有想到他真的出了诗集。他从哪里弄的钱？我敢肯定这本诗集没有两万块钱是出不来的。然而秋生依然没有消息。

就在我研究生考试结束后不久，我接到了秋生的电话，他告诉我他准备来看我。说完他就匆匆挂掉了电话。三天后他已经站在我面前。

我当时正在办公室整理材料，猛一抬头，就看到他正站在我面前瞅着我笑。把我吓了一跳。我说："你怎么进来的，无声无息的，跟个猫似的。"他就笑了。我看看手表，说，"你先坐一下，再有几分钟就下班了，我把这几份材料整理一下。"

他就乖乖地拉了把凳子坐下，看着我忙活。过了一会儿，突然说，"卓尔，你真是胖了。"

我抬起头，笑笑，"可不是嘛，生生比在学校胖了二十多斤。"

他就不再说话，一只手在口袋里摸着什么，似乎犹豫了一下，最后还是把手放回去了。

"你在摸什么呢？"我问。

"没摸什么?"他尴尬地笑笑。说着却掏出一盒烟出来。烟盒可能在口袋里放的时间长了,已经皱成了一团。

"你吸烟了?"我惊奇地问。

"偶尔吸一根,"他说,然后又急忙解释道,"主要是烦的时候。"

我们照旧去了那个小饭店,饭店虽小,生意却好,我们猫着腰在二楼一个临窗的角落才找到位置。

"不错嘛!"落下坐后我说。

"什么?"他把目光从菜单上拿了起来。

"竟然出了诗集了。"我说。

他笑了笑,"收到了?"他问。

我说。"嗯。"我有心想问问他花了多少钱,但是又怕伤害了他的自尊心。我犹豫着,不知道该不该问。

"你那句题诗是什么意思?"我最终还是没问。

"我也不知道,"他停下了筷子,"也许是一种感觉,也许是一个文字游戏。"他说。

我没有听明白,但是我没有继续问下去,我知道再问下去,我就会显得很傻。

"你不想知道我为什么辞职吗?"吃了一半饭,他把筷子放下了。

我也放下了筷子,看着他。

"我不是辞职的,我是被开除的。"他说。"我不知道该说些什么,但是我只能告诉你事实。我挪用了班里的班费,五千多块钱,有同学举报了,我又拿不出钱来补上,所以就被开除了。"他笑笑,喝了口酒。

我目瞪口呆地看着他,我没有想到事情会是这样。

"当然也不完全是因为我挪用班费。"他接着说,"我知道他们早就想赶我走了,不只是那些老师和校长,似乎所有的人都看我不顺眼。我在学校没有一个可以说得来的,我从来也不参加学校组织的集体活动,当然每周一次的班会我还是参加的。我给学生上课从来不会拘泥于课本,更不会拘泥于教学大纲。我不想把他们教成一群只会背书的考试机器。但是他们对此并不认可。"他又笑了笑,"我的学生告了我，当然还有他们的家长，他们都希望自己的孩子能够考上一个好大学，而不在乎他接受的是什么教育。"

我听着他说话，感觉那声音是那么的遥远和缥缈，我几乎恍惚了起来，我不知道自己在哪里，最后我们都醉了，我们相互搀扶着走了回去，第二天我对昨天的事几乎回忆不起来，直到多年以后的一个下午，我正在一个人备课时才突然想起那个晚上，想起那个晚上他所说的一切。

然而直到那个时候我还没有注意到他已经开始吃素。那年我考上了研究生，我又要回到我上大学时的那个城市了，而秋生还待在那里，他作为一个有点名气的诗人待在那里。他没有告诉父母他已经失业，只能靠发表一些诗歌，以及给一些杂志写点小文章赚钱。他租住了偏近郊区的一个很小的民房，房间里除了一张床和一张桌子之外几乎没有任何东西。唯一的一个电器是房东留下的一个几乎报废了的电冰箱。他从不看电视，他认为那是一个低智商的人才干的事，唯一的娱乐就是看书，另外还有一只猫。

他越来越自闭，大部分的时间都花在了读书和写作上。我注意到在他最近的诗歌里越来越多地出现了动物的名字，老虎、狮子、狼、猫头鹰、麻雀、乌鸦、猫，一切的一切。在动物的背后盛开着几束菊花。一切动物在他的笔下都充满了温情和孤独。他说这才是动物的原生态。

我对他的原生态并不怎么理会。我偶尔会去他那里一次，有时晚了，出去吃饭不方便，我们就在他那里煮点泡面。他那里有一个旧式的煤球炉，房子的一角堆放着一些房东没有用完的煤球。后来泡面吃腻了，就开始自己做饭。我没有想到他和我一样都会做饭。他颇为自豪地说他十一岁就开始做饭了。

然而渐渐地我发现每次做肉、鱼他都不动一下筷子，只吃蔬菜。刚开始我还没有多想，时间长了就纳闷了。我说："你怎么不吃肉啊?"他说，"我改吃素了。"

"改素了?"我笑道，"是不是准备出家了。"

他笑笑，没有说话。但是依然坚持不吃。这样也好，我们算是各取所需。

但是我总认为这不过是他一时的冲动，时间久了就又会吃了，然而他却始终没有再吃过。终于，后来，连在他那里做肉菜都不愿意了。

"你搞什么？"我生气地说，"神经病呀你！"一次在忍无可忍之后我终于发火了。

他的脸一下子青了起来，但是仍旧一语不发，坚持不肯再在他那里做肉菜了。

"为什么？"我说。我渐渐地冷静了下来，为刚才的暴怒而感到后悔。

"没有为什么，我只是突然不喜欢看到杀生。"他说。

我扑哧笑了一下，"你真以为你是和尚呀？"我说，"你总得告诉我一个原因吧，你不会说是可怜那些动物吧？"

"正是。"他说。

我一下子愣住了，我没有想到他竟然真的这样回答。

我不知道该怎么说才好，我想明白他是不是在开玩笑，但是我看不像。我试图说服他。我说："那你有没有想过这些东西即使我们不吃也会有其他动物吃的，比如说大鱼，比如说狮子、狼、老虎。而且它们不会感到可怜。并且假如老虎见到我们，它们也会毫不犹豫地吃掉我们，只要我们没带武器，同样它们也不会傻着去可怜我们。"

"但是老虎只有在饥饿的时候才会去袭击人类呀！"秋生争辩道，"它们捕食只是为了生存，而人类呢？他们可以只是为了乐趣。他们可以为了吃猴脑在猴子的脑盖上生生凿一个洞，往里面浇上滚烫滚烫的热油，而他们就在猴子痛苦的挣扎中兴高采烈地啖食。他们还可以为了吃一盘鸭舌而宰杀无数只的鸭子。凭什么？动物和人一样都有生命，都有尊严，凭什么动物就必须成为人类的一盘菜，并且受尽凌辱？"

"凌辱？"我说不出话来，我想笑但是始终不敢笑出来。"你怎么会有这种想法？"我说，"你说的的确是事实，但是只是少数，大多数的人还是只是为了生活的需要……"

"可能吧。"他叹了口气，"但是我还是不喜欢。"

"那你有没有想过这样一个问题，"我突然打趣道，"植物同样是有生命的，比如说草呀，麦子呀，水果呀。它们的生命和人一样的珍贵和平等。你为什么还去吃麦子和蔬菜呢？你有没有想到过它们折断时流出的汁液也是它们的血，它们的泪？"

他一下子愣住了，显然他没有想到我会说出这样的话。

"那不一样……"他想争辩。

"怎么不一样了？"我说，"种子如果没有生命怎么会发芽，植物如果没有生命怎么会生长。只不过它们的生命方式和我们不太一样，以至于人们不太注意而已。"

我本来只是说笑而已，没想到竟然把他说住了。他愣愣地站在那里，不知道该如何回答。

"所以呀，我们该吃还是要吃。"我说，"你有没有听说过一句俗话，叫，鸡，鸡，你别怪，谁让你生下来就是一盘菜。"我说完就自己先笑了。

秋生咧着嘴笑了一下，没有说话。

自那以后我便发现秋生经常陷入沉思之中，饭也吃得少了，人也明显瘦了起来。然而他仍旧不吃肉。

那段时间他开始准备去西藏了。他很久前就跟我说过他想去西藏，但是一直没有去，他说那里是最适合诗歌生长的地方，并且他期盼着旅途中的浪漫奇遇。

他开始为去西藏做准备了。有一天他问我去不去。我说我怎么去呀，快要考试了。他叹了一口气，说，"不去真是可惜了。可惜呀。"我没有说什么，但是内心里竟然没有感到有什么可惜。

然而他起程的日子一直拖了又拖，他在等待着一个最好的日子。我那段时间开始准备期末考试，慢慢地少去他那里了，并且我也不想再在他那儿吃什么素菜。然而我没有想到的是我再一次见到他时，他已经在另一个世界了。

他的尸体是房东发现的。房东说他月底去收房租，敲门却没有人应声，他就推门进去了，结果就看到他已经死去了，看样子已经死去

紫杉棺木

几天了，如果不是冬天的原因，我的朋友可能已经腐烂掉了。

这个消息让我很受打击。我没有想到才不过一个多月他竟然就死了。法医的诊断结果是他是饿死的。在他的胃里没有发现任何的东西。他的身体少有的瘦弱，面孔蜡黄而苍白。

在这样一个年代，并且房间里还有那么多面粉和蔬菜，一个年轻人能饿死，这让那些法医们大感吃惊和疑惑。只有我知道他是怎么饿死的。我没有想到我的一个小小的玩笑能产生这样一个结果。

他不是说他要去西藏吗？怎么会去了另一个世界呢？我感到说不出的悲哀。

几个月后我收到了他的一封来信。他说，"你收到这封信时我已经在西藏了，这里真是一个适合诗歌生长的地方，并且在路上我邂逅了许多美妙的爱情。在这里没有污尘，只有无边的纯净的天空，连阳光都是纯净的。你知道吗？"他在信中以玩笑的口吻说，"我给冰箱里最后的那条鱼做了个墓冢，你知道它已经死去多日了，但是我一直没有扔掉它。我决定在离开之前给它立个墓冢。可笑的是等我离开家门时，苗苗——就是我家的那只猫——它竟然躲过了我的视线，刨开了鱼的坟墓，把鱼挖出来吃掉了。"

毕竟那只猫太饿了。

我们的身体

上 篇

A 幼儿园老师

你问我？我叫曹彩云，是苏小玫的邻居，也是她的幼儿园老师。我最后一次看到她是昨天晚上六点多，我下班回来晚了点——有一个孩子老是没人去接——我走到小区门口的时候就看到她正慌慌张张往外走，看到我也没来得及打招呼，还是我先跟她打的招呼，我问她，"小玫，干什么去呀，这么慌张？"她听到我说话，才停了下来，定了定神笑了，说，"原来是曹老师呀，真不好意思，刚才我没有看到你。"然后她就跟我说她去给一个客户送货，那个客户说很急，要是八点钟之前送不到就不要了。她就对我说，"你说刚好我手里没有现货了，还必须先到公司去一趟，这不急能赶得上吗？"我说，"小玫，再急你也得小心点，现在路面上不干净，听说最近抢包的很猖獗，电视上天天报呢！"我这完全是为她考虑，谁知道我这乌鸦嘴，竟然说中了。她就笑笑说，"我会小心的，谢谢你，曹老师。"我们没有说多久，因为她急着要往公司赶，我也要赶快回家做饭，所以说了几句话就分手了。没想到这一分手竟然就是永别了。唉——

你们不知道小玫这孩子有多么好，我教过那么多小孩子都没有见过像她那么乖的，人又长得漂亮，不管是幼儿园的老师还是小区里的邻居，没有一个不喜欢的，可惜了——要说这孩子吧，当然了，也不能说一点缺点也没有，比如说她有个怪癖，从来不肯在别人面前换衣服，甚至连老师面前也不行。有时衣服不小心湿了或破了，老师要给她换，她就哭啊闹啊，坚决不肯换，弄得老师们都束手无策，问了她父母，才知道她在家也一样。还好，她竟然能够自己换，这也真是难为她了。但是这又算什么缺点呢？

B 父母

我们是苏小玫的父母……对不起，我们实在是太难过了，你要知道小玫是我们唯一的女儿，没想到她就这么走了。

小玫在结婚前一直和我们住在一起，她这孩子很乖巧的，从来不会在外面胡闹。她结婚后才搬了出去，但是偶尔还是会回来和我们住一住。

她是昨天下午五点来的，她说刚好小华——就是我女婿——昨天晚上要加班，就过来陪陪我们，我们当然很高兴。谁知道没过多久，她就接到一个电话，挂掉电话后她显得有点不好意思，说，"对不起了爸妈，我有点急事，要出去一下，可能没办法和你们一起吃饭了。"我们两口子就显得有点生气——其实主要是心疼她——我说，"有什么事不能吃完饭再办？"她说，"真是没办法了，太急了，一个客户需要一批货，让她赶快给他送过去，如果晚了，他就要从别人的手里拿货了。"她还说，这是一个很有钱的客户，她在他身上已经下了不少功夫，如果现在不给他送过去以前的一切努力都白费了。说着她就开始穿衣服，我们想拦她，但是想想也不知道该怎么拦，就只能叹口气让她走了，现在想想要是能拦住她该多好啊，就算丢掉了这个生意又怎样！

其实我们一直以来都是反对她去做化妆品推销的，我说这跟传销有什么区别？是犯法的。她就笑着说，"什么呀？这可是国际知名大公司，还说什么时候也给我们带来一点用用。"我没好气地说，"我们才不用呢，一块香皂就要八九十块钱，这不是坑人吗？"我们习惯用的都是两三块钱的香皂，你想想她那样一块香皂就够我们这种香皂用一辈子了，我就纳闷怎么会有人去买？据小玫说买的人还挺多。

小玫在大学的时候学的专业是文秘，出来后就在一家公司做秘书，要说也挺好的，坐办公室，不累，冬天有暖气，夏天有空调，多好呀，可她就是不满足，说什么工作太死板，挣的钱也少。你说挣多少是个够？结果她的同学一拉拢她，她就辞职不干了。

我们小玫性格是很温顺的，就是这件事上她不听我们的话。要说这也是有原因的，你虽然看她一天到晚都是笑笑的，好像没个脾气，其实一旦倔起来谁也拉不住。就说小的时候给她洗澡吧，她死活都不要别人给她洗，还不准别人看，连她妈都不行，那个倔，不知道她是害羞还是怎么的！换衣服也是，而且连穿衣服也从来不穿裙子，天天把自己包得紧紧的，夏天也是。她老师曾经跟我们交流过，说这是一种怪癖，说白了，也可能是一种精神方面的障碍。我们仔细回想了，也没感到在什么地方障碍了她呀！她的老师建议带她去看看心理医生，看看能不能从心理上去解决这个问题。我们答应了，也真想带她去看看，但是怎么跟她说呢？说她有精神病？这不是刺激孩子吗？所以就一直拖着，再看看除了这一点也没见到她有其他方面的问题，就不再去想这个问题了，更何况女孩子这么谨慎小心对她可能还有好处！

只是没想到她竟然这么不幸，这么年轻就走到了我们前头。现在想想我们真是后悔，我们后来怎么就没有再给她打个电话？她出门的时候跟我们说，她要是时间太晚就不回来了，让我们过了十点就不用等她了。我们竟然就没有放在心上，看十点过了她还没有回来，就去睡觉了。啊——呀——我们真是对不起孩子呀，那时我们怎么还睡得着觉呢？

C 同学

我叫李芳，是苏小玫的同学，也是她的好朋友。我们从初中到大学一直都是同学，这点可能连你们都想象不到。大学毕业以后她去公司做了文秘，我去一个政府机关做后勤。做了一段时间我感到没意思，就听从一个朋友的话辞了职，做了一名化妆品推销员。后来我也把苏小玫发展成了我的下线。

要是早知道是因为做推销员才导致她死的，打死我我也不会拉她做这个。

因为我们是朋友，所以我从来不抽她的成，这一点她也知道，所以我们关系很好。当然了，我们的关系一直都很好。

昨天晚上六点多的时候她给我打了一个电话，说她久攻未下的一个客户终于给她打电话了，说现在就要货，但是她那里没有足够的现货，问我有没有。我问了数量，发现我那里也不够，就让她去公司取。她给我打电话的具体时间我可以在手机里查一下，哦，是六点四十二分。

那时我正和几个朋友吃饭，所以也没有过分在意这件事。等我吃完饭已经十点多了，我给她打电话想问一下生意的情况，谁知道手机竟然关机了。我很奇怪，她平时是从来不会这么早关机的呀，我又一想，可能是手机没电了，就不再去想，洗了洗就上床睡觉了。

我怎么也没有想到会出这样的事。

这种事发生在小玫身上真是不该。我和她做过那么多年的同学我对她了解特别深，她是一个特别特别善良的女孩子，从来不会主动伤害人。她待人也很热心，我们同学都很喜欢她。她那时特别喜欢穿白色的衣服，她皮肤好，人也长得漂亮，穿上白色的衣服就显得更好看。那时暗地里喜欢她的男生很多。

但是她有个怪癖，从来不在公共浴室洗澡，初中和高中还好，还可以回家，到了大学我们就必须住校。大学里大家都要去公共浴池洗澡，她不去，我说她不去那怎么办呢？她说她宁愿不洗。她就果然连着好几天也不洗澡。真的受不了了，她就跑到外面开个钟点房，就为了洗一个澡。后来我们看看这也不是长久之计，就凑钱在校外租了个房子，这样就解决了洗澡的问题。换衣服也是一样，她从来不会像有些同学当着大家的面就可以换，她要趁大家都不在宿舍的时候才敢换。我说："你有什么秘密见不得人的，非要躲着大家换衣服？"但是她就是这个样子。有时为了换个衣服，她能把大家全部撵到楼道上，自己一个人躲到宿舍里换——现在想想也是挺逗的。

你说就她这样的人怎么就会死了呢？这个歹徒太凶狠了，让我抓到他，我非把他千刀万剐不可！

D 丈夫

我是苏小玫的丈夫。咱们应该已经见过面了吧？

我没有想到会出这样的事，我从来也没有想到过，小玫，她怎么就会死了呢？

我们昨天上午还在一起，中午也在一起吃的饭。下午的时候我跟她说晚上轮到我值班，问她怎么办。她笑笑说，"怎么办？凉拌呗。"我现在还能想象出她说话时面部的每一个细节。她跟我说她晚上就去爸妈那里住。她经常这样，我一值夜班她就去爸妈那里。但是也不一定，比如有时她心情不好，就不愿意去，她说让我去强颜欢笑，我又装不出来，耷拉着一张脸，又惹得老人不高兴。她就是这样的人，干什么事情首先想到的都是别人。

昨天晚上她曾经给我打过一个电话，我电话没带在身上，所以就没有接到，等我看到时已经是深夜十一点多了，我就给她回了过去，结果电话关机了。我就纳闷了，她平时没有睡这么早的呀，再说她平时晚上睡觉也很少关机。可是我没有多去想，你说谁会动不动就往歪处去想，那不是自寻烦恼吗？

谁知道这时她可能已经不在人世了！想想我真是痛恨我自己，我咋就不多留一个心眼呀我！

我和小玫是在一个舞会上认识的。那次好像她是跟她一个朋友去的，她不会跳舞，就坐在一个角落里看。我在旁边就注意到她了，心想这个女孩子还挺清纯的嘛。不要误会，我没有其他的意思，只是觉得她的样子很可爱。我就过去请她跳舞，她的脸一下子就红了，连连摆动着双手拒绝，说她不会。我说，"没事，不会可以学嘛。"她还是很紧张，一边推脱着一边斜眼看她的朋友，好像是想让她帮着解围。谁知道她的朋友"出卖"了她——后来我知道她叫李芳——李芳也说不会就学一学嘛，不学怎么会呢？我就继续邀请她，她才埋怨着瞪了李芳一眼，接过了我的手。

其实她会跳的，或者她不会跳，但是她看得多了，就知道了基本的步子，加上自身的天赋，一圈下来就已经很熟练了。我夸她，她就很害羞地笑。我当时就被她迷住了，我没想到现在还有这么害羞的女孩子。

但是我们真正的认识还要等很久，说实话这还要感谢她的朋友李芳。我后来从李芳手里买了一些化妆品，她就帮我把她约了出来。再后来我们就互相有了感情。

我和她是年前结的婚，那时她已经开始做推销员了。说实话对她辞去工作做推销员我是不大情愿的，但是既然她高兴，我就不好去阻拦。但是假如知道她今天正是因为这个而死掉的，说什么我也不会让她去做。但是谁知道呢？

小玫这个人真的特别好，我和她在一起之后我就暗暗下定决心这辈子一定要对她好，让她幸福和快乐！但是谁能想到竟然……

要说小玫有哪里不好，我还真想不出来，可能有的时候她比较偏吧。还有她很害羞，也可以说是保守，就是在我面前也一样。比如说我们结婚前她最多就让我摸摸她的手，连接吻都很难的。但是我不怪她，这反而让我对她更有好感。结婚后……说出来不怕你们笑话，我们行房事的时候她总是要把灯关掉才肯脱衣服。还有，和我在一起她从来不肯穿太暴露的衣服，她也不肯当着我的面换衣服。我不知道她是怎么了，可能是不好意思在人面前暴露自己的身体吧，但是我是她丈夫呀！有时我也禁不住猜想她会不会是身上有什么东西？但是我也只是想想而已。

只是，她这突然的离去让我怎么也接受不了，我都不知道我以后的日子该要怎么过……

并且，她死得还那么惨！

E 客户

我是黄钟明，台湾高雄市人。

我肯定会认真配合人民政府的，这点希望各位放心。我绝对有什么说什么，绝不隐瞒。

政府的政策我是知道的。我们台湾人来大陆经商之前都会认真学习大陆的法律和政策的。台湾和大陆都是中国嘛。

听说苏小姐死了，我很伤心，也很难过。像苏小姐这么年轻漂亮的女孩子就这么死去很是可惜。

我知道政府对我有怀疑，这点我也完全可以理解，毕竟昨天晚上是我叫她到我那里去的嘛。

我和苏小姐认识已经好久了，是在一个朋友的酒桌上认识的。那天苏小姐打扮得很漂亮，但是看起来好像不太爱说话。我就问她是做什么的，她说是做化妆品推销的。我说："哦？我们公司刚好准备要买一批化妆品。"她就显得很惊喜，说，"真的吗？"

其实我是骗她的，这一点我现在向人民政府坦白，我这人虽然也算有点钱，但还不至于花一大笔钱买一堆对我们来说毫无用处的化妆品。我当时主要是想逗她玩一玩，也没有什么别的意思。

那天我们互相留了电话，再后来就有过几次交往，主要是我请她吃饭。但是每次她都只关心化妆品，我说这个可以慢慢谈嘛，她就显得有点不高兴，我就对她说，"苏小姐，你老是这样一张臭脸，谁还敢买你的化妆品呀！"她听了就笑笑，但是我看得出她是装出来的。

她后来见我一直不买化妆品好像就起了戒心，再邀请她出来吃饭，她就找各种各样的借口不来了。我看这样不行，就给她打了个电话，说要买了，让她带着化妆品到我的公寓里来。

我和她约好的时间是八点，她果然在八点前就赶到了。我看着她气喘吁吁的样子，就夸她做事挺有效率！她笑了笑，把化妆品拎到我的面前，说，"黄老板你看一看吧。"我没有看，请她坐到沙发上，然后我给她倒了一杯红酒，我问，"苏小姐，想喝什么饮料？"

她说"不用了。"

我说"怎么能不用了呢？"

她就说"那随便吧。"

我就笑了笑，说，"苏小姐有没有听说一句话，男人不能说不行，女人不能说随便。"

她的脸唰地一下就红了。

我把酒杯放到她面前，她抬起身子拿了一下，又放下了。

我感觉得出她有点局促不安。

过了一会儿她抬起身子，说，"黄老板——"

我摆了个手势示意她暂停，她就住了口莫名其妙地看着我。我说，"苏小姐，你稍坐，我给你看个东西。"

我就从卧室拿出一套衣服出来递给她。

"看看漂不漂亮？"

她迟疑地看着我，说，"黄——"

我又摆了个手势，"好了，先打开看看。"

她就把衣服打开了。那是我在法国按照她的尺寸定做的。你一定会问我怎么知道她的尺寸，我可以毫不夸张地告诉你，只要经过我眼的女孩子，我都能透过她们的衣服看出她们的尺寸。不信？哈，那就没有办法了，要不找个人来我给你试一试？

好，好，我接着讲。那套衣服设计得很性感，我问她漂亮不漂亮，她点点头说漂亮。但是我感觉她说话时有点心不在焉。然后她就把衣服又叠起来塞到了盒子里递给我。

我摆了摆手，我说这是送给她的。

"送给我的？"她显得很吃惊，然后就又摇了摇头，说，"我不要。"

我说，"为什么不要？不是我说你，苏小姐，你穿的衣服也太保守了，你看现在大街上还有谁像你那样把自己包得那么严的。你这样也太对不起你那副好身材了！"

我说着就起身想帮她脱掉衣服——我承认我这人有点好色，并且那天晚上我的确也有一些不良的企图，但是我都没有实现呀——我说，"苏小姐，来，我帮你把衣服换上。"

她一下子就跳了起来，脸涨得通红。她厉声说，"你，你干什么？"

我说，"苏小姐，不要那么激动嘛！你只要答应跟我在一起，别说你的那些化妆品，我还可以给你买个大房子，还有汽车……"

她还是显得很生气，脸都气绿了，跺了一下脚，就开始收拾脚下的化妆品准备离开。

我赶上前想去拉住她，她狠命地推了我一把就打开门跑掉了。

以后的事情我就不知道了，我这绝对都是实话，要是有一句不实，政府可以随意处置我。我也是第二天才知道她死了的。对于这一点我感到很遗憾也很吃惊，但是这个可真的不关我的事呀——

F 犯罪嫌疑人

对对对，我是叫王重武，外号叫"黑子"。

我保证以下讲的都是真话，希望政府能够给予大处理。

7 月 19 日晚上的事我记得很清楚，那天晚上我和"老六"，也就是张新中，还有"大个"三个人在"水上人家"喝酒。三个人从六点多一直喝到八点，喝掉了 17 瓶啤酒。本来还想喝，"大个"说他还有事，就先走了。我和老六就继续喝。喝了一会儿觉得没意思，老六就跟我说，"黑子，要不再去弄一票？"

我看看外面，说，"现在太早了吧？"

黑子笑笑说，"早不早要看啥地方，去南湖那一带现在就不早。"

南湖就是指南湖新区，那一带是新开发的楼盘，住进去的人少，路面又没有完全修好，有几个地方还没有路灯，所以晚上行人就少。但是那一带房子贵，所以只要碰到一个大部分都是有钱的，有钱人又都怕死，被抢了怕丢面子又不敢报案，所以那儿的确也是个抢包的好地方。

我想了想说，"那好吧。"

我们两个就打了辆出租车去了。坐在车上我还在盘算，要是今天晚上没有找到生意，那坐出租车的钱可就赔了。你别笑我！你别看我们经常偷啊，抢啊，其实都没抢到几个钱。谁的包里会动不动放几万块钱？也有，那要么是暴发户，要么是傻逼！包里能有个千儿八百块的都已经算很多的了。前几天我好不容易从一个妇女手里抢了一个包，被人家追得几乎累死，最后掏出来一看，一包卫生纸，一把雨伞。没把我气死！

好好，我老实，我继续讲。那天晚上我们两个就打了车赶了过去，躲在树丛后面躲了半天，还没看见有人经过。就是有也是坐在车里的，嗖地一下就过去了。我们两个就拿出烟来点着聊天，说再这么下去不如抢个出租车司机算了。但是说归说，我们还是在那儿等，心想再等一会儿还等不到的话就撤了。你不知道那树丛后面的蚊子实在他妈的太多了。

好好，我不说脏话。也怪那女的倒霉，我们正准备撤的时候她就出来了。那时估计也就九点多吧。我当时没有看手表，我也没有手表，我们都是估摸时间的。就见她慌慌张张地从一个小区里跑了出来，一边跑还一边回头看，好像是谁在后面追她一样。我和老六就把烟头揉灭了，盯着她看。她又跑了几步，就停下了，弯着腰大口地喘气。过了一会儿才又直起腰来，这时她已经不再跑了，开始站在路边往左右看，估计是想找辆出租车。

但是你说这种地方哪里会那么容易找到出租车？她就掏出手机在那里打，估计是没有打通，就把电话又收了起来，继续左顾右盼地在那儿等车。

等了一会儿没有等到，她就向前后左右看了一圈，有点犹豫地拎起地上的东西向我们这个方向走过来。

我们本来是只想抢她的东西的，真的，我们从来没有想过要杀人。

刀？你说我们身上的刀？那只不过是用来吓人的。不过一般来说都用不着。

她走到我们面前时我们就跳了出来，她一下子就傻了，我们没有费吹灰之力就把她的包和手里拎着的那个袋子抢了过来——其实可以说是她送过来的。

我看她的样子很可爱，就问，"这个袋子里是什么？"

她说是化妆品。

我正想着要不要把化妆品还给她，突然看到老六的眼神变了。老六对我说，"这个小妞长得还不错嘛。"

我敢说在那之前我从来没有想到过强奸，你说街上两百块，哪里没有漂亮的小姐可玩？

是，是，我思想不对，我继续说。那个女人一听到老六的话，立刻紧张地抱住了胸口，开始往后退。但是她哪里有老六跑得快，一下子就被老六拉了回来。然后两个人就开始撕扯。老六一直想把她的衣服撕开，但是怎么也撕不开，她的身子扭动得很厉害。

我站在旁边都愣了。我没有想到这个女人反抗起来竟然那么凶狠，说句不好听的话，就跟我妈一样。我妈和我爸打架的时候就是那样，连我爸都招架不住。这个女人比我妈还要厉害，双手不停地捶打老六，手指在老六的脸上乱抓。

我站在旁边不知道该怎么办，我没有想到事情会演变到这一步。老六招架不过来了，就叫我，说，"你按住她的腿呀。"我听了就急忙按住她的腿，她的腿可真有力气，我按了好几次都被她挣开了。

老六好不容易把她的衣服脱光了，那个女人就哭了，像死了人似的哭，并用手狠狠地抓着老六的脸，老六的脸被她抓出了一脸萝卜丝。老六被她抓恼了，骂她，"你他妈的活腻了！"随手掏出刀子在她身上刺了两下。她扭了几下就不动了。

看她不动了，我和老六都吓坏了，说，"不会是杀人了吧？"摇晃摇晃她的头，还是不动，再看她的身上，都是血，我们就害怕了，脸都白了。

我问老六，"怎么办？"

老六说，"那还能怎么办？跑呗。"

我们就拿了她包里的钱和手机跑了，别的我们都没有动。

我们顺手把刀子扔到了南湖里。我们埋了沾血的衣服，就埋在我们住的那个院子里。

真的，老六去哪儿了我也不清楚，第二天早上我醒过来的时候就看到他不见了，不知道什么时间走的，也不知道他去哪儿了。他以前在很多地方待过，他认识的人也很多，弄不清楚。我跟他认识也没多长时间，总共也就半年吧。

下 篇

马法医赶到现场时现场已经围满了看热闹的人群，靠派出所的民警开道他们才挤了进去。尸体就在南湖新区外面的一片树丛里。树丛靠近公路，是进出小区的必经之道。据小区的居民讲，这个地方最近经常有人被抢包。他们已经多次向派出所反映过了，但是派出所好像没什么反应。派出所民警就说："你们给谁反映了，我们怎么不知道？你们被抢有没有谁报案？"小区的人就支支吾吾地说不上来了。

民警介绍说这个地方有人被抢倒的确曾听说过，但是很少有人去报案。最近一段时间他们已经很注意加强对这一带的巡逻了，但是不知道昨天晚上怎么回事，还是发生了这样的案子。

法医从民警口中得知死者名叫苏小玫，本市人，今年26岁。这是从她身边的一个包里的身份证上看到的。包里的钱已经不见，估计是抢劫引发的杀人，当然也不一定，也有可能是强奸杀人之后故意制造抢劫的现场。在死者身边还有一大袋子的化妆品。至于她的亲属，已经有民警去通知了。

尸体还没有人动过。死者裸体，上衣被撕裂，长裤以及内裤被褪至脚踝的位置。有搏斗痕迹。死者胸口有一锐器伤。脖子有被勒掐痕迹。

马法医看着尸体叹了一口气，这真是一具美丽的尸体，他做法医这么多年还是第一次看到这么漂亮的尸体。尽管尸体的一个部位被血给染脏了，但是她的确是美丽的，乳房是那么地坚挺，皮肤是那么地细腻，腹部是那么地平坦，而大腿是那么地修长，甚至连臀部都那么地结实和性感。马法医想要是她没死该多好。但是假如她没死，他也就看不到她的裸体了。

他指导着技术员先给尸体拍了照，每个细节全部都拍了照。拍照的时候他突然想到这些照片以后都是要在法庭上出示的，不知道照片中这个漂亮的裸体女人对此有何感想，想到这里他不由暗暗摇了摇头。他等着技术员赶快把照片拍完，但是技术员仿佛突然变得迟钝起来，动作慢腾腾地，每个镜头对着尸体都要对焦很长时间才能按下快门。他注意到当这个年轻的技术员对着死者的乳房和大腿对焦时，他年轻的喉结在悄悄地滚动。这一发现令他不由在内心暗笑。技术员是个刚毕业不久的大学生，估计这是他第一次看到异性的身体。他想起自己第一次看到异性的身体是在医院里，也是一具新鲜的尸体，那具尸体远没有这具漂亮，但是他当时也是强忍着，但还是不由自主地咽了几口唾沫。

照片拍完，他开始检查身体，给死者量体长，毛发的长度（她的头发真柔顺）。他用手按揉死者的头部，拨拉着死者的头发。死者的脸在他的手里转来转去——他注意到死者的眉目很温顺。他又去检查她胸口的伤，伤口刚好在她的乳房中间，就像在一个小山沟里。他用钢尺测量了长宽。他又顺着乳房往下看，滑过腹部，阴部，一直到大腿、小腿和脚。他用钢尺拨弄着她的阴毛（她的阴毛又黑又密），然后把一个棉花棒探进了她的阴道，他将收集起来的阴道分泌物以及可能的精液收进了瓶子里。他又将死者翻了个个，她显得似乎有点重，他用手扳着她滑腻的背和结实的臀部才把她翻了过去，然后指导着技术员给她的背部拍了照，并做了检查。

等他检查完，他站起身把手上的橡胶手套脱掉扔在了地上，然后他看到不远处站得密密麻麻的人群。那些好奇的人们正瞪大了眼睛踮着脚尖贪婪地凝视着那具美丽的尸体。在凝视的间隙，他们嘻嘻哈哈地相互指点着、议论着，像一群唧唧喳喳的麻雀。

"怎么样?"一个民警问。

"胸口有个锐器伤，脖子有被掐过的痕迹，至于具体死因要看解剖后的结果。"马法医说。

"那这尸体?"民警问。

"我给殡仪馆打个电话，让他们先收起来冷冻着。"

半个多小时后殡仪馆的车开来了。下来几个民工模样的收尸工，他们麻利地把黑色的塑料袋子铺开，然后摊上厚厚的黄麻纸。在抬尸体的时候他们迟疑了一下，仿佛有点惊奇地注视着尸体，他们的喉结在迅速地滚动，可以听到很响的咽唾沫的声音，然后他们就笑了，是那种带有得意和淫邪的笑。这让注视着他们的马法医感到略略的不舒服。然后收尸工仿佛很不情愿似的，依依不舍地把尸体包扎了起来，抬上了车。在他们把尸体抬上车后，马法医从他们的脸上又看了到一种会意的神秘的笑，这让他心里更不舒服，但是他抑制着自己什么也没有说。

解剖定在第二天上午举行。这次除了分局的法医之外还有市局的法医，再加上负责拍照的技术员，一共是五个人。他们赶到解剖室的时候尸体已经准备妥当。

他们把包裹尸体的塑料袋解开，市局的那几个法医一时都惊呆了，说，"这女的身材不错嘛！"

马法医说，"不是不错，是很好。"

"可惜了，可惜了。"几个人一时都在摇头叹息。然而很快他们的不快情绪就过去了。

他们从死者的乳房讲到现在的隆胸，又讲到现在怎么会有那么多的平胸。你说是为什么嘛，现在营养这么好都吃到肚子和屁股上去了？就是胸部没有肉。又讲到哪本杂志上看到如何鉴定真胸和假胸。说是要看锁骨，千万不要被某些女人给骗了，现在的乳罩也是五花八门。又从死者的阴毛讲到性欲，说是听说女人阴毛浓密就说明性欲旺盛等等。

要解剖了，几个人互相推让着，最后还是让市局那个秃顶的法医主刀了。秃顶用刀在死者阴部上方腹部下端的地方落了个点，然后开始往上切，切的很直，也很深，到肚脐的地方就打了个弧线绕了过去。

刀直到脖子上端下巴下面才停住。秃顶收了刀，定定地注视着自己的作品，露出了一副满意的笑容。大家也纷纷称赞，"不错，不错，刀下得又稳又准。"

后面的工作就快多了，他们把自己的工作和医生作了区别，认为二者最大的不同是医生下刀必须准，因为他们是在救人；而法医则不同，他们是破坏性质的，他们不用担心会伤害死者的神经和血管，因为死者已经死了。他们只是要找出死因。

当然这些情况外人都不会知道，就像正等在解剖室外面的苏小玫的父母和丈夫。当他们再一次试图闯进解剖室时，工作人员再次拦住了他们，并正告他们法医正在里面工作，不能进去影响他们的工作。至于他们的女儿和妻子，他们会在适当的时候看到她的。

彩　民

　　早上刷牙的时候，老周又在厕所里蹲了很长时间。出来的时候他一边吸气一边用手托着腮帮子。老陈关心地问，"牙又疼了？"老周没有回答，但脸上明显增加了几丝痛苦的表情。他皱着眉头站了片刻，脸上的表情才慢慢缓和下来。他拿毛巾擦掉了脸上多余的牙膏沫，说，"今天真得去医院把这颗牙拔掉了，要不以后简直都没有办法刷牙了，一刷牙心里就抽筋地疼。"

　　吃完了早饭。老周就出门了。他习惯性地在楼下站了站，然后向右走去。在门首的右边大约两百米的地方有一个体彩投注站，老周每天吃完饭第一件事就是先到投注站看看前天的成绩，然后买下明天的希望。他走的步子不疾不徐，就像一个正常的老人在饭后散步。然而当他迈出第二步时他突然停住了，他想起今天是要去拔牙的。这让他犹豫了片刻，然而他又往前走去。

　　投注站的人很多。在门口的广告牌上写着上期和上上期的中奖号码。在门内的墙上张贴着几张大大的体彩开奖走势图。在右边的墙上张贴着几个所谓的专家对本期走势的预测。老周看到在走势图前挤满了仰视着的头颅，那份认真一度让他感动。他想，这要是拍张照片应该挺有意思的，名字就叫"希望"。在打注机前有几个人正在排队。老周听到一个人在叫，"这十注你都买一样的呀！"老周抬头望去，是一个年轻人。另外一个有点秃顶的年轻人笑着说，"买还不买一样的，要中就全中，不中就不中。你没看上一期有个人中了四注吗？两

156
紫杉棺木

千万呀!"老周笑笑,没有说话。他先在门口把上一期的彩票拿出来,一个号码一个号码地对,对的很认真,生怕错看或漏掉一个号。一个一个地对完了,他又看了一遍。这次他顺便连日期都看了,没错。他叹了一口气,轻轻地把彩票撕掉了,撕得很碎。没有中的彩票他都是撕掉的,只有刚开始买彩票的时候他才把它们留着,然而等到有一天老陈看到那么厚厚的一叠票根时不由地惊叫了一声并且禁止他再在这个上面浪费钱时,他就不再保留了。老陈当时惊叫道,"你一个月多少钱工资呀,你都花在这个上面!"其实他花得并不多,每期他都只买一注,不管奖池里累积的有多少。然而老陈不知道,她只知道那么多的票根就是那么多的两元人民币。她可惜钱,在儿子上了大学后她就更可惜了。

对完了彩票,老周也挤进了人群里看走势图。他抬头看了一会儿脖子就酸了,眼也开始花了。走势图上花花绿绿的数字让他感到有点头晕脑胀。他不由地吸了一口冷气,然而牙齿又开始疼了,他不由地呲了一下嘴。说实话,他是不大相信这种所谓的走势图的,还有那些所谓的专家的预测。他刚开始买彩票的时候曾经跟过几次,然而每次都只能中一个到两个号码。后来他决定不看了,那一期他却中了五十元。尽管只有五十元,他却十分高兴。回家的时候,他不由地往商店里瞄了几眼。他想要买点什么东西庆贺庆贺,也许从此以后就改运了。其实他以前也中过,但都是六块六块的,从没有像那天那么多。他决定把那天买彩票的那个投注站命名为他的"幸运1号",而把他以前中六块钱的地方命名为"幸运2号"。然而等他置身商店的时候他却又犹豫了,他看看手里的五十块钱,想了想说,"等中了五百块钱再庆贺吧。"

他看看前面的人,队伍一直没有移动。大家都在耐心的等着正在投注的人。老周看到投注员漂亮的手正在键盘上轻盈地飞舞。键盘噼里啪啦的声音突然让他心情烦躁。他深深地吁了一口气。他感到平静多了。他欠过身子将桌子上的纸和笔拿了过来,然后小心翼翼地就着自己的手心写下了八个号码。写完之后他瞅着号码看了半天,终于确定了,他就把纸和笔重新放回原位。写着号码的纸握在手心里,他突然有一种很温暖的感觉。他知道这是他的希望。也许到明天，它就变成了一捆一捆的钞票。这个想象让他有点激动难捺。

今天的队伍似乎不大顺利，好不容易第一个人买完了，第二个人又卡壳了。老周知道他们都买的很多，第一个人出去的时候手里拿着一长条的彩票，彩票没有完全断开，就那么藕断丝连地连结在一起，成了一长长的链条。第二个人好像是替别人买的，拿着一张纸一张纸地念。老周听到前面两个人说，"买这么多!"一个人"呵"了一声。一个问，"怎么了?"一个说，"你有没有替别人买过彩票?"一个说，"没有。"一个说，"最好不要帮别人买，也不要让别人帮你买。我们小区有个人，让别人帮他买了一张彩票，结果中了大奖，人家非要分他一半，他不肯，结果就打起官司了，替他买的那个人说，钱是他帮忙垫付的。哼，还是好朋友呢!"老周听了默不作声，心里却不是个滋味。说别人的，却仿佛是在说他。

前面两个人买完，已经快九点钟了。老周有点焦急起来，再晚赶到医院都要下班了。站在他前面的这个人很快。他买的是复式的，几千块钱多买了几个号。打注的小姐乐得眉开眼笑，打趣道，"你这是下定决心要把五百万搬回家了。"买复式的人说，"要中就中五百万，要不岂不是很没意思?"终于轮到老周了，老周把钱和纸条一块递上去。纸条在手心里攥的时间太久了，已经有点发皱。打注的小姐抬头看了老周一眼，"就一注?"她问。老周点了点头。打注的小姐迅速打好了。他接过来，认真地看了一眼，看清楚没错后他就装好了。走出投注站的门，他抬头看看天，太阳已经老高，他不由又吸了一口气，牙齿却又钻心地疼了起来。

坐在公交车上，他一路想的都是和彩票有关的事情，他想起那次中了50元他跟老伴发过的誓言，他说，"等我中了五百万，我就带你去周游世界，去香格里拉。"老陈撇了撇嘴，说，"行了你，也别带我去香格里拉了，你带我到老街吃碗冬粉鸭就行了。"老周就急了，说，"那怎么行，吃冬粉鸭还不容易，我现在就带你去!"老陈说，"行了吧，别做你的白日梦了，还是省点钱供孩子上大学吧。"现在孩子大学已经毕业了，如果现在中了五百万，老伴会要求他做些什么呢？他有一年除夕的晚上，曾就这个问题征求过家里人的意见。正在上大学的儿子说，"要是我就买辆奔驰。"他姐姐白了他一眼，说，"要是我就买栋大别墅，咱们全家都住在里面，再买辆汽车，不像小弟那样奢侈，桑塔纳的就行。"老伴却什么也不说，只是看着孩子在笑。他就怂恿她说，老陈别不过，就说，"要我说呀，只要咱们家平平安安、和和气气地在一起就行了。"老周听了很感动，然而儿子和女儿却同时白了母亲一眼，说，"老土！"

正在这个时候老周听到邻座有两个年轻人也在谈论彩票的事。一个说，"他妈的，竟然中了两千万，两千万呀！也不知道他是怎么买的。"老周就知道他们正在谈论的也是今天报纸上的内容，说广州一个人买了四注一样的彩票，结果全都中了特等奖。另外一个说，"运气真他妈好！听说，还是分了两个投注站买的，还只买了一样的。"这个说，"你说他会不会已经知道了结果？"另一个迟疑地说，"不会吧？"说完两个人就陷入了沉思和憧憬之中。过了一会儿，一个叹了口气，说，"不知道这么多钱他怎么花？"另一个笑着说，"要花还不容易，先买栋别墅，再买几辆奔驰、宝马，剩下的钱就存到银行里吃利息。"这个说，"要是我，就拿这个开公司，做生意，挣更多的钱，说不定哪天就成了比尔·盖茨了。"另一个说，"行了吧你，就你，要不了几天就赔得连内裤都没有了。要是我，就先把咱们局给买下来，然后让局长去当保安，二十四小时值班，还不能睡觉。"这个说，"让他隔三秒钟要打一下卡，累死他！"说完两个人就大声地笑了起来，笑得死去活来的，以至于等到他们安静下来却已经忘掉了刚才的话题。

老周也笑了笑，他没有想到还有人中了彩票之后这样想，看来那个单位的领导很不得民心，不过也说不定，也许是这两个人自身的问题。但是这个想法却让老周联想到另外一件事，想到这件事他就也不由地笑了起来。

有一次，正在上大学的儿子给他讲了一个他们班同学的事情。这个同学也经常买彩票。有一天晚上大家都躺在床上聊天，纷纷幻想着中了彩票之后怎么办，只有这个同学说，"要是我中了五百万，明天早上我就不吃稀饭和馒头了，我吃方便面。"结果大家第二天早上就看到他正一个人在吃方便面，大家就哄了起来，让他请客。他说："凭什么让我请客？"大家说，"你不是中了五百万吗？"老周还没听完就乐开了，心想真是每个人有每个人的想法。然而他却有一点疑惑，"他早上怎么能吃方便面呢？"儿子说，"我们学校早上卖煮好的方便面，上面放鸡蛋，很多人买呢！"老周却唏嘘起来，最后教育儿子，"你千万不要去买，那东西火气又大，又没有营养，没钱的话打电话回来。"

老周赶到医院的时候医院还没有下班。挂完号，老周找了半天才在四楼的一个小角落里找到牙科的牌子。进去发现几个医生护士在聊天，老周就恭恭敬敬地对着人群叫了一声医生。人群就静了下来，几个人你看看我，我看看你，没有说话。过了一会儿，靠门的一个女护士打量了他一眼，问，"你，干什么的？"老周说，"看牙。""我牙疼。"他接着又补充了一句。那个女护士往里面看了一眼，正坐在桌子上的一个男医生就从桌子上下来，穿过那些女护士，接过老周手里的病历本翻了一下，然后还给了他，带着他向另外一个办公室走去。走在过道上，老周突然听到身后传来一个男人的声音，"我要是中了五百万，就他妈辞职不干了，天天瞅着一堆烂牙早他妈腻歪了！"屋里接着就发出一阵女人的暴笑。老周的心里突然就咯噔一下，就像被谁抽打了一下一样的疼。牙齿接着就也开始疼了。

拔完了牙，老周感到好受了许多。但是令他感觉不舒服的是老感觉牙齿漏风，感觉凉飕飕的。他知道是没牙的那个地方还没有补上。医生让他几天之后再过来镶补。他还感到了一种缺少一颗牙齿的别扭，以至于他不停地在那个漏风的地方舔来舔去。

老周回到家的时候已经准备吃午饭了。老周看到女儿也回来了，带着小外孙。女儿看到爸回来了就让儿子叫外公。老周顺势抱起了小外孙，在他的脸蛋上亲了亲，然后回头问女儿，"他还没有回来？"女儿知道父亲问的是谁，就说，"听说还得几天。"老周沉思了一下，说，"出去这么长时间！"老周放下小外孙，走进厨房。老陈正在忙活，看到老周进来了，就问，"牙拔掉了？"老周就张开了嘴。老陈看了一眼，说，"什么时间镶？"老周说，"下周吧，医生说，下周什么时候去都行。"老陈转过身继续切菜，"那你准备装颗什么样的牙齿？"老周说，"还能什么样！"老陈回过头嘱咐他，"你可千万别学老李头，装颗大金牙，像个什么样子，又俗气又恶心。要装就装颗原色的。"老周嗯嗯地答应着，顺势就用舌头又在漏气的地方舔了一下。老陈用手打了他一下，说，"别舔，什么时候养成的坏毛病？"老周笑了笑说，"突然没牙了，不得劲！"

老周从厨房出来，看到女儿正拿着一张报纸冲他招手，说，"爸，今天的报纸你看了吧？广州一个人中了两千万！"老周没有吭声。女儿还在读，说："这是目前全国最高的记录。"儿子突然从书房拿着本书出来，说："这算什么，前几天电视上还在报，美国一个老太婆一不小心中了一亿多美元，钱都要用卡车来装。""结果呢？"女儿反驳道，"还不是雇了几百个保镖来保护她，连脸都不敢露！要说呀，有那么多钱也的确挺让人害怕的！"儿子不屑地挥挥手，"有钱肯定有风险，现在治安这么差，看报纸上说，有个人中了一个什么大奖，结果当天晚上就被灭门了。"儿子做了个杀头的动作，"为什么现在去领奖的都要化妆，还不就是怕这个！"老周的心里又不由自主地咯噔了一下，过了一会儿感叹道，"还是没钱好呀，贼也不牵挂，心里也轻松。"儿子又说，"这个社会没钱也不行，你看就像咱们现在没钱就只能住这样的小房子，别说别墅，连楼中楼都买不起。没钱咱也就只能坐公交车，看着人家开宝马。"儿子撇了撇嘴，不再说下去，继续看他的书。

老周心里有点不好受。他知道其实儿子对他有点情绪，但是这又能怎么样呢？说实话，他一个高中生能把两个孩子都培养到大学毕业已经很不错了。他是没钱，但是他也没有让孩子受多大的苦，看电视上，那些农村的孩子，连大学都上不起。他让他们因为钱的原因不上学了吗？没有。他让他们因为钱的原因没有饭吃了吗？没有。甚至他还挤出不多的钱给他们过生日。要知道他只是一个普通的职工，除了工资和奖金没有其他的收入。他们的母亲也是一样。他们省吃俭用就是为了让孩子过得更好一点。当然他们也没有让他们过上那种富裕的生活。但是他认为对于一个孩子，那并不是必要的。

他把这一辈子几乎所有的嗜好都戒掉了，从孩子出生之后他就不再抽烟，也不再喝酒。他唯一保留下来的嗜好可以说就是买彩票了。他买了好多年，每期只买一张，从来不多，也很少忘买。只有在老伴发现他的那一大叠票根时他才停过一段时间，然而不久他就继续买了。买的时间长了，他就慢慢培养出了一种心境，这种心境使他从这两块钱一张的彩票里获得了极大的乐趣。他的乐趣已经不多了，也早已破灭了所有的希望，除了他的儿子。他对儿子充满了希望，然而那只是一时的，只有彩票才让他感觉到每天都是新的，每天都充满了似乎看得见的希望。到这个时候与其说他是在盼望那五百万的大奖，倒不如说他是在品尝那种因为希望而带来的愉悦的感觉。

吃过午饭，老周照例睡了个午觉。午觉的习惯已经养了很多年了，后来单位曾经风传要实行朝九晚五制度，这让他一度很紧张，当午睡成为习惯之后他已经很难去除了，他曾经看过一篇文章，抨击中国的午睡制度，理由是外国人从来不午睡，他们利用这段时间工作，所以他们的工作效率很高。老周看完，说了句"狗屁"就放下了。他不需要什么效率，他只想舒舒服服地活着。幸好后来这股风声就过去了，老周照样睡他的午觉。等到他退休之后他就更有理由睡午觉了。

然而这里的冬日中午已经迅速变短了。老周起床后就坐在客厅看报纸。他又把今天大家都提到的那个新闻看了一遍。看完之后他没有说话。他不知道那个人是否真的幸运，还是冥冥中有什么声音在指点他。为什么他不多不少刚好买了四张彩票呢，并且还分两次，在两个不同的投注站买。老周认为不能简简单单地用幸运来评价他。他有过这样的体验，有一次他正在睡午觉，突然梦到了几个号码，然而等他醒来后他就只记得其中的四个数字了，他用这四个数字去买，果然就中了六块钱。后来他把这件事告诉了儿子，儿子着急地说，"你怎么不全记住呢？"老周有点惭愧，说，"我醒过来的时候就已经几乎全部忘掉了。"

但是不管怎么说，这个人的命运已经彻底地改变了，每天不知全国有多少个人因为彩票而改变了命运呀！但是肯定也有一些因为买彩票而倾家荡产的，恐怕也有债台高筑的，这都可能。老周相信第二天早上老周吃完早饭下去散步的时候遇到了张大头。张大头是老周他们给他起的外号。张大头笑着说，"我头大聪明。"老周很佩服张大头的豁达和开朗。张大头一见到老周就神神秘秘地把他拉到一边，说，"你昨天晚上去老李头家了吗？"老周说，"没有，我昨晚很早就睡了，怎么了？"张大头说，"老李头家昨天晚上又闹地震了。我听见他们在那里嚷嚷着什么美元的事。""美元？"老周疑惑地问。

"你不知道？"张大头说，"老李头一个哥哥解放前去了台湾，现在在美国，听说给老李头寄了不少美元，两个儿子为了争这些美元几乎打起来了。"

老周听了叹息不止，说，"怪不得老李头有钱镶金牙了。"

张大头说，"还不是钱闹的，你说，当年老李头为了他哥吃了多少苦呀！"

散完步回来，老周又听到儿子跟他母亲商量他买房子的事。儿子说，"小灵说了没房子就不结婚。"老陈愁着脸说，"咱们家的情况你也不是不知道，为了你们姐俩上大学钱已经花得差不多了，你姐前几天还说孩子上幼儿园的事……"儿子说，"她儿子上幼儿园她能没钱？她是骗你的，她老公一个月挣的比我两个月还多。"老陈说，"哪里有你说的那么多？要是有钱，她能找我要？"儿子还要再说，看到父亲进来了，就不再说了。

老周没有看他，自顾自地坐下了。儿子看了父亲一眼，跟母亲说，"我们现在只是借一下，以后肯定会还。"老陈看看老周，面露难色地说，"这孩子说这种话，我们要是有能不给你们？"

老周也没有想到谈话会如此不愉快。家里现在的事情的确复杂了，表面上看起来平平静静的，底下却已经潜藏着暗流。然而他却不想再管了，他的确还存有一万多块钱，但是那是他们用来防备万一的，现在孩子已经长大了，他们应该有自己的自立能力了。更何况他们现在还在吃他的住他的。

这一天过得是如此地不顺心，是老周没有想到的，静坐在书房里，他什么也看不下去，看着窗外是长满了白云的天空，有几只小鸟偶尔飞过。小鸟现在是很少见了，而在他的老家，他记得小的时候鸟那才叫多。

过去的一切现在想起来却是那么富于诗意的美。他又看着夜幕一点点拉了下来，一直拉到他的窗前，终于把他的窗口全部糊上了。

第二天早上他照例吃完早饭下了楼，在门口他习惯性地站了站，然后开始往门右边走去。他的步子不疾不徐，就像一个正常的老人在安详地进行饭后散步。在投注站的门口，他看到一群人正围在广告牌前，他挤了进去，原来这个投注站出了一个特等奖。他想，又有一个人的命运被彻底改变了。然后他开始对号码，他一个一个地对，对得很认真，他对完了，又重新一个号码一个号码地对，顺便把日期也对了。然后他的心脏就像被重创了一样停止了跳动。他感到手心里的彩票已经发粘，手心里的汗把彩票揉腻了。他不动声色地重新对了一遍，不错，是特等奖。他中了特等奖！他感到无法呼吸，没有补上的牙正在漏风。他不知道该如何移动步子，头开始眩晕。"我这是怎么了?"他想。他看看天，天正在飞快地转动。他想，"我这是晕了。"他扶着墙根站定了，他强迫自己深深地吸气，呼气。过了良久他才又重新把彩票拿出来。"我的确是中了特等奖，"他想。他看看面前的人群，他们的脸上充满了因失望而带来的沮丧以及因希望而放出的光芒。他想，"我真的中了特等奖了！我等这一天等了多久了呀！"他再次把彩票展开，然而没有一个人知道他手里拿的就是五百万。五百万，他想起老伴老陈，想起儿子、女儿、小外孙、小灵、老李头、张大头。他想起那次中了五十元的情景。我真的中了五百万。老周想。他感到眼睛模糊了。他用手背擦了擦眼睛。他把彩票重新打开看了一眼，"明天早上可以吃方便面了，"他笑着想。他轻轻地叹了一口气，然后把彩票慢慢地撕了，小心翼翼地，撕得粉碎。他想，"下周一定要去镶牙，要不老漏风，真是不舒服。当然要镶就按老陈吩咐的，不镶金牙。"

他走进投注站，他看到今天前面的人很少，他递过去两元钱，然后报出一串数字，这串数字是他昨天晚上就想好的。走出投注站的时候他看看天，天还很早，他遗憾地想，"要是中的不是五百万，而是五百块钱那该多好。好了，下个星期补完了牙就带老陈去香格里拉，就用那一万块钱，说了一辈子了，总算可以实现了。"

可笑的事

上周末我去 N 市出差，事情办完，还有一天时间，闲着也是闲着，就去了位于市中心的一个风景区。逛了半晌，正觉得无趣，突然听到有人在背后喊我。一开始我以为听错了，但还是立刻扭回了头，然而没人。街上是熙熙攘攘的行人，我不认为会有哪个行人走着无聊，突然石破天惊般地叫我的名字，所以猜想是自己的幻觉，于是掉转头准备回去。然而又听到了一声，这声比刚才那声清晰多了，也坚定多了。我听得分明，的确是我的名字，于是我又立住，循声看去，这次才发现不远处停放自行车的地方有一个女人，她正笑吟吟地瞅着我看。看到我注意到她了，就挥挥手，让我过去。

我迟疑着不知道要不要上前，一边大脑里快速地搜索这个女人的形象，她长得不算漂亮，但是气质还好，衣服得体，三十多岁年纪，头发在脑后梳了一个髻，人显得很清爽。我不知道在哪里见过这个女人。她见我还在迟疑，看了看左右的车，快步走了过来。

"老同学，你不记得我了？"她拍了一下我的肩膀。

我一下子想起来了，脸像朵花一样绽放了开来。"是你呀。"我咧着嘴笑着，"一下子还真没认出来，谁知道你在这个城市呀。"

"再说也有十多年没见面了。"

"可不是？一开始我也不敢认你，但越看越像，心想这家伙怎么也跑到这里了，你不是在 M 市吗？于是就试探着叫了一声你的名字，没想到你还真回头了，这才敢相信。你倒是没怎么变，就是有点胖了，当年你多瘦呀。"

"是呀。"我跟着她发出感叹。但是我没有说出的是"当年你的脸多嫩呀，就像用了一半的香皂，但是现在呢，皱纹都出来了。"

"你来N市干吗呢？出差？"她没有看出我内心的话，脸上依然挂着笑。

"是。"

"现在呢？忙完了吗？"

"完了。明天的机票，闲着也是无聊，就出来转转。"

"那，到我家坐坐？我家就在附近。"她在身后随便指了一下，我跟着她的手指看过去，一片高楼。

"方便吗？"我有些迟疑。我觉得有些唐突了，再说两手空空。

"没事，我一个人住。"她不由分说，过去取了自行车，开始带路。

没走几分钟，就到了她家楼下。楼房有点破旧，特别是夹杂在一大片正在茁壮成长的新楼群中间，显得格外刺眼。她看我在打量楼房，就解释说，"单位分的房子，不要白不要。不过也快要拆迁了，虽说房子不怎么样，但毕竟位置还不错，一拆迁就不知道迁到哪里去了，再想在这个地方买房子，做梦，寸土寸金。"一边说一边把自行车在楼道停好。

我跟着她上了楼。她在我前面，屁股不断地在我面前左右晃动，被裙子勾勒出来的轮廓让我的心里有点发热。她打开门，把我让进去，房间里摆设很简单。我要脱鞋，她拦住了，说："在我家不用脱鞋。"然而，她自己却弯着腰换了一双棉质拖鞋。

我没有再推辞，说心里话，我倒的确不喜欢换鞋，这并不是说我有脚气，而是真的不喜欢。我在客厅的沙发上落座，看着她进了厨房，几分钟之后，她端了两杯咖啡出来。

"咖啡，怎么样？"她一边往茶几上放杯子一边问。

"随便。"我说。我的眼光还停留在墙上的一幅镜框上，里面夹了一些照片，有她现在的，也有她以前的，有一张照片我见过，那是她高中时的照片，我家也有一张，是高中毕业时她送给我的，当然，我也送给她了一张，当时毕业生之间流行这个。在那张照片里，她笑容灿烂，仿佛根本不知道这个世上还有什么烦恼似的。镜框里还有一张小女孩的照片，小女孩的眼睛很像她，又大又黑又亮，我当时就是被这双眼睛迷倒的。

"我女儿。"她站在我身后说。

"很像你。"

"是吧？大家都这么说。"

"上学了吧？"

"刚上幼儿园。在她爸那里。"

镜框里没有男人的照片，我一直疑心着，但是不敢讲。这时见她主动提到，就问，"她爸呢？"

"离了。"她淡然笑了一下，回到沙发上坐下。

我不知道该说什么，有点后悔不该忍不住好奇去问。

"不好意思。"

"没什么。"她又淡然笑了一下，"很正常。"说着又像补充似地叹了一口气说，"太正常了。"

我突然感到气氛有点压抑，又想到两个人孤男寡女，于是想找点轻松的话题。

"你什么时间来 N 市的呢？我问过几个同学，大家都说不清楚，高中毕业后就很少联系了。"

"大学毕业后就来了。一开始还想过跟你们联系，可是后来想法就变淡了。有时也上校友录上看看，可是看着你们一个个活得那么热闹，就感觉自己像个尴尬的圈外人，于是就懒得说话，也实在找不到话说。"

"你以前可不是这样。"我说。

"我以前什么样？"她笑了笑，脸上露出一丝狡黠。

"聪明、活泼、开朗。"

"还有呢？"

"美丽。"

"真的吗?"她歪着头笑着看我,像抓住了我什么把柄似的,我的脸突然一下子热了。

"真的,"我说。我不自然地扭动了一下脖子。在我的脑海里浮现出一个蹦蹦跳跳的小女孩。我记得,那天上午,她就是这样蹦蹦跳跳闯进我的记忆的。那天阳光很温和,从树叶的间隙里撒下了点点光斑,光斑随着树叶在摇动。我站在三楼走廊上,眯着眼,突然就看到她蹦蹦跳跳地穿过光斑,从远处跑了过来。她的身姿是那么地轻盈,就像一束阳光一下子把我的眼睛刺疼了。

"你不知道,当初有很多人暗恋你。"我说。是的,我想说,我也是其中之一。从那以后我的目光就经常追随着你的身影。

"是吗?"她又笑了。

"你还记得那次'五四青年节'吗?"我问,"就是高一那次,那时你还没有跟我同班,学校组织活动,轮到你们班时,你就蹦蹦跳跳出场了,你们跳的是一曲现代舞,你领舞。节奏很强劲。然而我只看到了你脸上洋溢着的骄傲和自信。那时你无论如何也不会注意到,有一个普普通通的小男生正夹杂在人群中,目不斜视地盯着你看,他的胸腔里充溢着喷薄欲出的热浪。"

"那次呀,呵呵。"她笑了起来,"别说了,说了丢人。"

我也笑了,"但是当时让我很震撼呢。"

"是吗?我不知道,我当时也是鸭子赶架——逼上去的,一上去,看到台下那么多人,头一下子就懵了,做了什么都不知道了。我当时不会很丑吧?"

"不会,很美。"

"美?是可笑吧。"

后来我们就成了同班。然而我并不敢接近她,偶尔说句话,脸也是红红的,一个人的时候,就拼命责怪自己。

"你那时文章写得很好,我还记得你写过一篇文章,写的是什么'雾舞',我印象很深刻。"

"瞎写。"

"现在还有没有写?"

"偶尔写一点，不多。"

"哪天拿给我看看，记得当时作文本发下来，我总是第一个拿你的作文本看，写作文时，我苦思冥想，笔头都咬断了，还是不知道怎么写，看你，早就趴在那里唰唰唰地写起来了，你不知道，那时我有多羡慕你……"

"那有什么好羡慕的！"我说。

"不，真的，当时我真的很羡慕。你不知道吧？告诉你一个秘密，你知道我们女生在一起最经常谈论的人是谁？"

"谁？"我的心里一阵战栗。

"你。"

"是吗？"我笑了。虽然猜到了，还是有点不敢相信。

"但是大家都觉得你比较傲气。"

"会吗？"

"后来交往多了，我知道不会。但是你当时也的确喜欢做出一副沉思者的样子，独来独往，好像谁都不爱搭理。"

我内心叫了一声惭愧。

和她在一起的日子似乎过得特别快，那年的冬天很快就到了。下第一场雪的时候，教室闹翻了天，课间的时候大家都在打雪仗，校园里、操场上、教室里，到处都是笑声，都是你追我逐的身影，我们就像回到了童年一样放荡无羁。我也被感染了，跟在同学们后面把一个个雪团抛了出去，到后来，开始往女生脖子里塞雪花，刚开始我还有点犹豫，然而很快就加入了进去，于是我把一团雪花塞进了她的脖子里。

"你那次真坏，把雪花塞到我脖子里，害得我衣服都湿了。"她说。

当时她哇地一声就尖叫了起来。她正躲在一个角落里笑，可能没想到有人会把战火引伸到她身上。她赶忙弯下腰，抖动着衣领，试图把塞进脖子的雪花抖出来。然而，慢慢地，她停住了。直起身子，我看到她的眼角噙着一丝泪花。

我呆住了，手里的雪花无声地化成了水，顺着手指流了下去。我的手依然微张着，很红，但是我没有感觉到冷。我想走过去向她说些什么，但是又不知道该如何表达。我看着她默不作声地回到座位上。那天的后半段时间，我也一直沉默着，压抑着，后面那几节课我没有听好。

"别说了，丢死人了。"她笑得快流出泪了。

再后来，有个男孩子老来找她，每次来了，就站在窗户外面，用手敲敲窗户，她就红着脸出去了。慢慢地有了关于她的流言。当舍友们热火朝天地谈论着她时，我总是保持沉默。有一次，我去旧书摊，看到她和他正从公园里走出来，经过我身边的时候，我把身子背了过去。他们嬉笑着从我身后走过，没有看见我。

再后来，她又恢复了一个人，很是沉默了一段时间，直到快要高考，才像又恢复了过来。那个男孩子我在校园里又见过几回，身边换了一个女孩。

她的笑凝固住了，不再说话。

高考结束，我们就再没见过面，发榜那一天，我去得比较晚，到学校的时候，天已经昏了。我看到榜上没有自己的名字，也没有她的。后来听说她去了一所学校复读。

"有时候，想想过去的事，感觉很可笑，觉得自己当初怎么会那么傻，那么天真，你说呢？"听完了，沉默了半晌，她说。

"是呀，"我心不在焉地回答，"的确很傻，很可笑。"我看到墙上的时钟已经过去了几个小时，我告诉自己该走了。但是我的身子没有动，我想找一个合适的机会开口。

"有时候想想，我都怀疑那个人是自己，那些是自己做下的事，恨不得就像一张纸一样把它撕掉——你说要是真能撕掉那该多好！唯一的办法就是遗忘，但是真正想把它忘掉的时候，它却又表现得无比顽强，异常地清晰，甚至还强行进入你的梦里。最近我就经常梦到我又回到了高中年代，你呢？你有没有梦到过？"

"有，哦，没有。"我迟疑着，"好像是有，记不得了。"我搔了搔头，难为情地笑着，我这人记性很差，经常做过的梦，一醒过来就全忘光了，做梦的时候还记得特别清楚。

紫杉棺木

"我也是。但是最近这些梦我总能记住。我也不知道是为什么？"

"可能是你最近老是回想那段时光吧……"

"但是有时我不想也会梦到。梦醒了，我就想笑，但是笑着笑着就又莫明其妙地想哭，经常这样，还好，没有人看到，要不人家还以为我是神经病呢！"她说着笑了起来，但是我看到她的眼里突然蒙上了一层雾。

"你怎么样，过得好吧？"她突然问。

"也就那样。"我说。

"一定很好。"她说。

"好什么？时间长了，都是那样。"

"你老婆很漂亮吧？"

"不，一点都不漂亮。"

"你骗人。"

"没骗你。"

"有小孩子了吧？"

"对，一个男孩。"

"几岁了？"

"六岁。"

"上小学了吧？"

我点了点头。我又抬头看了看墙上镜框里那个小女孩，她的眼睛真像她妈妈。我禁不住看了看她的眼睛，没想到她也正注视着我。她的眼睛还是那样又大又圆，但是眼角已经出现了几道深深的刻痕。

"你们男的真好，怎么长好像都没怎么变，而我都已经老成这个样子了。"她叹了口气。

"你哪里会老？"我说。

"你别安慰我了，我自己最清楚。"

"真的不老。"

我不能算违心，虽然一见面时我真的被她吓了一跳，但是比起我老婆，我觉得她还算是风韵犹存。

"真的吗？"她笑了一下，笑容拉扯起几根皱纹，抬起身，往远处的镜子里张望了一下，然后用手抚摸着脸说，"还是老了。"

我无语。

又沉默了片刻，我站了起来，"我该走了。"她像突然从梦中惊醒了似的，慌忙站了起来。"再坐一下吧，"她一把拉住我的手说，"十几年没见了，多说会儿话吧，难得！刚才只顾说话，忘了给你做饭，我这就给你做去。"说着，她又像难为情似地看了我一眼说，"不知道你会来，没有准备什么好吃的！"

"不用了，"我想阻止她，然而她已经进了厨房，忙活起了。我只好继续坐下，我感到刚才被她拉过的手一阵烫热，看着厨房里她若隐若现的身影，我的心里突然一动。我立刻脸红起来，一边内心里骂着自己卑鄙无耻。为了转移那肮脏的念头，我站起身走到书柜前面。书柜里书不多，我随手抽出一本，书页有点发黄，然而刚翻开没看几页，突然从书缝里滑出一张照片，照片跌落到地上，翻了个滚正面贴到了地板上。我弯下腰捡起来，翻过来一看，一个帅气的男人跃入了我的眼帘，他正在冲我笑。

我看着出了会儿神。听到厨房门响，赶忙把照片塞回书里，放回了书柜。

吃完饭，她给我削了个水果。一边吃着一边继续聊。阳光从窗户斜射了进来，躺在沙发上，我突然有一种错觉，仿佛这就是我的家，我一直躲在这个房间里，从来没有出去过。街上的喧嚣就像是另外一个世界，而 M 市是一个我从来没有去过，甚至没有听说过的陌生地名。

这种感觉让我惬意的同时也让我感到恐慌，我们继续聊着我们的高中时代，一旦超出这个范围，我们就像电线短路了一样无法继续下去，仿佛摆在我们面前的是一个无限的虚空。每当这个时候，我们就陷入了令人尴尬的沉默，有好几次，我都发现她也在默默地注视着我，碰到了我的目光，就迅速地不自然地溜走了。

我们开始继续聊高中时代，但是我的心里始终有一种预感，我猜想接下去一定会发生点什么，甚至莫名地我有一种兴奋，仿佛正在期待着那件事提前到来。终于我们又不约而同地沉默了。她开始不住地起身倒水。我觉得也许我还是走得好。

"我得走了，"我说，"打扰你一天了……"

"真的要走了?"她注视着我。

"真的得走了，一天了。"

她没有再说话，默默地向门口走去，替我打开了门。

"下次再来 N 市，给我打个电话。"

"好的。"我说。

走到门口时，我回过头，向她伸出了手。"再见。"我说。

她好像不习惯似地迟疑了一下，伸出手握了我一下。"再见。"
她说。

我感到她的手仿佛在颤抖，收回手，手心里还残留着她的手温。
我转身走出去，她站在门边，手臂伸开着，仿佛准备着我一走出去，
就把门关上。

然而就在我快要完全走出门的一刹那，突然一只手拉住了我的胳
膊，我还没回过神，一个散发着燥热的身体已经拥入了我的怀里，一
个喘着粗气的声音在我耳边轻声说："不要走。"

尽管作过种种预期，然而事后我还是没有反应过来事情是如何变
化的。躺在我的怀里，她呢喃着的都是她的丈夫，我听明白了，是她
的丈夫背叛了她，我听得无动于衷，这种事情司空见惯。

那天走的时候她要了我的电话，她说有空让我给她打电话。我
说："好的。"

"你没有敷衍我吧?"她盯着我的眼睛问。

"怎么会?"我说。

然而就在飞机场，我突然接到她的短信，她说，"还是不要打了
吧。昨天晚上我想了一个晚上，虽然高中时那些事情很可笑，但是你
不觉得昨天那事更可笑吗?"

我心里暗暗笑了笑，想，"真的是更可笑。"我将短信删除掉，
关机，看看手表，再有几分钟就要登机了。下次再来 N 市不知道是
猴年马月了。

猫的故事

忘记话题是怎么引到猫身上的，可能是吃完饭，看到还剩一桌菜，就有人可惜，说让打包带回去，可是大家谁都不肯带，推来推去，就有人提到王晓，说要是王晓在就好了，这些菜足够她家的猫吃几顿了。王晓是我们的朋友，典型的软心肠，家里养了三只猫，还在外面喂了一大群野猫。她的猫我们见过，属于典型的帅哥美女型，天天被她伺候得舒舒坦坦，比很多人家的孩子还享福。我们对此有点看不惯，说她太娇宠它们了，这样不好——而且它们还脏。说它们脏只能说明我们没有真正养过猫，王晓就是抓住这一点进行反击的，她说："哪里会，我一天要给它们洗两次澡的！"

但是她家楼下的那些野猫就没有这样幸运了，但是说来也怪——可能是喂的时间长了——那些猫掌握了规律，平时该哪儿去哪儿去，一到她下班的时间，齐刷刷地聚在她家楼下，等着她喂食，吃完，它们就又该干嘛干嘛去了。他们相处得甚是融洽。

"你干脆加入爱猫协会算了。"有一次我们打趣她。那是一次她谈到有两天下去喂猫，发现少了两只，心里紧张得跟什么似的，到处找，找了好长时间才找到，原来那两只猫正在谈恋爱。猫看到她似乎还有点羞惭，都不作声地贴着墙边走，让她看得又好气又好笑。

我们经常在一起吃饭，吃完饭剩下的菜就都被她搜罗走了，包括啃剩的鱼骨头。有时，我们也会自觉地把吃剩的菜带给她，她也总是一声不吭地接过去，没有一点不好意思。

说到猫，大家的兴致突然又来了，我们买了单，上车，准备找下一个场地。在车上，大家顺着刚才的话题继续聊。在我们中间，大多数人小时候都有过养猫的经历，所以谈起来很有话讲。我也讲到我小时候养过的猫，但说句实在话，我不是很喜欢猫，总觉得猫太诡秘，让人心情沉重——如果你在夜间看到过猫的眼睛，估计你会赞同我的观点。但是我还是养过好几只猫，严格说来，是我们家养的，不过到最后喂养的任务总是责无旁贷地落在我的头上，谁让我们家就我一个孩子呢。我们那时养的猫可不像现在城里人这么娇气，一开始我是学奶奶的样子，把馒头嚼碎了，用手指抿到它的嘴里，跟喂小孩子一样。等到后来它可以自己吃东西了，我就打麻雀给它吃——那时麻雀还没有被列为保护动物——每次喂它前，我都要把麻雀的毛拔干净，免得被它识破，破坏它和我们家小鸡的和睦关系。然而有一天，小鸡还是不可幸免地开始神秘失踪了，这时我就会气势汹汹地找到那只小猫，而它往往会装出一副很无辜的模样，吃惊地瞅着我，看到我的脚踢了过去，就顺势打个滚，哀凄地惨叫一声跳墙跑掉了。这时我往往还不解恨，把脚上的鞋子脱下来，狠狠地往它逃跑的方向砸过去，同时嘴里骂道："死猫！"

"啧啧啧，你的心也太狠了吧。"大家佯装责怪我。我笑笑，不以为然，继续讲。猫离家之后，往往有好几天见不到它的影子，有时就此失踪了。不过大多数都会在几天之后突然又神秘地出现，而且表现得就像什么事也没有发生过一样，继续依偎在你的脚边，或用前爪洗着脸，或眯着眼睛打盹。偶尔跟你对视一下，眼神也是极其哀怨，让你于心不忍，甚至不免自责。它做母亲时你就不大容易看到它了，偶然你会碰巧看到它嘴里叼着一只小猫从屋子里悄无声息地跑过，看到你了，就停下来，扭着头看着你，目光显得很温顺，但又像充满着心事，让你一时琢磨不透，还没等你回过神来，它已经又悄无声息地走了，把你一个人留在空荡荡的房间，感觉像做了一场梦……

话还没说完，到了，是一间酒吧，我们进去，乐队正在表演，很吵。我本想把关于我家猫的那点事讲完，可是声音太吵，我们几乎没办法说话，于是大家开始玩骰子喝酒。可是越喝我的心情越沉重，我知道都是刚才那只猫闹的。我说的是我刚才讲的我们家那只猫，我刚才没来得及讲完它的结局，其实它的结局很悲惨，它最后死在我母亲的脚下。母亲站在凳子上搭衣服，不知道什么时候猫跑了过来，就卧在凳子腿边，一副无精打采慵懒的样子，母亲下地时没有注意，一脚就踩在了它的身上，它惨叫了一声，立刻起身跑掉了，然而，不久，它就死了。

我不知道为什么时隔这么多年，想到这一幕时我的心还是揪了一下，然后那种感觉就再也没有离开我的身体。又喝了一会儿，越喝越觉得没意思，就提出要先走，大家不让，我只好撒了个谎，说老婆今天不舒服，大家才勉强放行了。然而小唐，我朋友中的一位，突然也提出要走，他们又开始起哄，说，"你们这是干什么呀，说走一块走，是不是有什么想背着我们呀。"

我说，"哪里有。"我讪笑着。其实我跟小唐不是很熟，她是朋友的朋友，大家只是见过几次面。但是平时在一起，我们还是不大说话。不过，讲老实话，她长得不错，虽然称不上很漂亮，但是让人看着很舒服。我听到她也讪笑着反击："说什么呢，去死吧！你没看到人家小张的脸都红了。"说着，她笑眯眯地瞅着我，于是大家一把目光全部集中在我的脸上。

"哪里有？"我着急地辩解道，然而不知道怎么回事，我感觉到脸突然一下子热了起来，于是立刻住嘴了。

"还说没有！"大家又嘻嘻哈哈地取笑起来。

我终于还是和小唐一块解脱了。走出酒吧，一股清风拂面而来，我一下子凉爽了下来。

"你不会生我的气吧？"我正想问小唐她怎么走，没想到她这样问我。

"怎么会。"我说。

"跟你开个玩笑。"她又说。

"我知道。"我想掩饰一下自己，但是有点手忙脚乱。

"你怎么不多玩一会儿？"我没话找话。

"我不喜欢酒吧，"她说，"太吵。"

"我也是。"我表示赞同。

我看到远远一辆出租车开了过来,扬了扬手。

"你怎么走?"我回头问她。

她没有回答,仿佛有点心不在焉,过了一会儿,突然问:"你刚才的故事好像没有讲完,那只猫最后怎么样了?"

"死了,被我妈踩死了。"我说。我把刚才没能讲完的那个结尾讲给了她听。讲完之后我感觉胸口一松,心里舒服了很多。

她听完后怔怔地没有说话,过了好一会儿,才低声感叹道:"真惨!真的是被你妈踩死的?"

"是啊,"我回答道,"从那以后,我们家就再也没有养过猫。"

又一辆出租车过来了,我伸手拦了下来,打开车门,又回头看了她一眼,她站在那里没动。

"你去哪里?我送你。"我说。

她抬起头看了我一眼,迟疑地往前走了两步,我以为她要上车了,没想到她突然说:"你老婆真的生病了?"

"哦……"我沉吟着,不知道该不该跟她讲真话。

"假的吧?"她突然调皮地扮了个鬼脸。

我无奈地苦笑了一下,算是承认。

"那你去陪我喝杯咖啡怎么样?我不会占用你太多时间的。"

"这……"我犹豫了,我没有想到她会提出这样的要求,想起刚才朋友们的玩笑,我有点胆怯。

"你,不会是怕了吧?"她的眉梢往上挑了挑,笑着说,一副挑衅的样子。

"哪里——"我立刻改变了主意,算了,要说就让他们说去吧,身正不怕影子斜。"去哪里?"

最后我们去的是鹭江旁边的一家咖啡馆,我从来没有来过这一带,没有想到在我生活的这个城市还有这样好的地方。我们在江边的露天咖啡座坐定,要了咖啡。从她点单的样子可以看出,她对这里很熟悉。

"你经常来?"我问。我听到我的声音里有一丝软弱,太久没有单独和女孩子喝咖啡了，我感觉到自己有点慌乱。我悄悄扫了一眼周围，还好，没有熟悉的面孔。

"偶尔。"她说。她的脸对着旁边的江水，江水因为夜晚的原因显得很暗，只有近处和远处在霓虹的映照下泛出了一片片光亮的水纹。

我不知道该跟她再说点什么，自从说了那句话她就不再吭声了。我感到有点尴尬。还好，咖啡上来了，她回过头冲服务生道了一声谢谢，就又把头扭过去了。

我一个人默默地喝着咖啡，内心感到有些恼火，我想她要是再这样下去，喝完这杯咖啡我就回去。我可不会像傻瓜一样陪着她，她把我当成什么了，她男朋友？

我暗暗冷笑着，她突然回过了头，双眼紧紧地盯着我的眼睛，吓了我一跳。接着她又噗哧笑了出来。

"没吓着你吧？"她说。

"哪里会？"我掩饰着，同时看了一眼咖啡杯，还好，咖啡没有溅出来。

"其实，我不喜欢猫。"她又说。说着端起咖啡杯啜了口咖啡，杯子在手里停留了半天，才慢慢放了回去。

我愣了一下，立刻明白了。

"是吗？"我说。

"我今天晚上约你到这里其实就是想告诉你，"她看了我一眼，拉长了语调，仿佛故意要吊我的胃口，看到我充满期待的样子，才把下半句话说了出来，"就是想给你讲一个关于我和猫的故事。"

我注意聆听着。

她看着我的眼睛，又半天没有说话，仿佛在等待我的反应。她终于还是说下去了："刚才，我一直没有说话就是在想，我这样做是不是有点太荒谬了，就为了给你讲一个关于我和猫的故事，就让你来陪我……"

说到这里，她又看了我一眼，我还是没有说话。

"但是我很想把这个故事讲出来，特别是刚才你们都讲到猫时，但是酒吧太吵了，我不知道为什么今天晚上特别想讲这个故事，我都感觉有点憋坏了，憋得刚才我都没心思做别的什么事——这你能明白吗？"

"能。"我说，我本想说"我也是"。

"但是我又怕讲出来大家说我神经病，所以我觉得最好还是找一个能够理解我的人讲，刚才听你说话，我就觉得你能理解我，所以，一听说你要走，我就觉得这是一个机会。呵呵。"她笑了。

"你为什么觉得我能够理解？"虽然已猜出了答案，我还是问。

"我感觉，你知道女人的感觉都是很准确的。"她又笑。

我也笑了笑，算作认同。

"这个故事怎么讲呢？你不知道，我不怎么会讲故事。要说这也不算什么故事，是真事。就发生在我和我最好的朋友阿敏之间。"

我认真地听着。

"阿敏是我最要好的朋友了，你知道我们女孩子往往一个阶段都会有一个特别贴心的朋友，什么话都敢讲，就跟你们男孩子说的哥们儿一样。阿敏就是我工作之后认识的最贴心的朋友。但是我们两个有一点特别不同，这也是我后来才知道的，那就是她喜欢养猫，而我则特别害怕猫，你想象不到吧？呵呵。

"我也不知道我是怎么会害怕上猫的，反正从一开始我对猫就没有好感，以前我们家也养过猫，我总觉得猫又懒又脏，动不动就钻到你的被窝里，烦死了。最好笑的是有一次——"

小唐突然看了我一眼，脸微微红了一下，似乎欲言又止。

"说起来真是丢人，"她又说了下去，"那还是我上小学时，我们家养了一只猫，那只猫又懒又脏，那时我们用的还是炉火，冬天天冷，谁想到那只猫为了取暖，竟然钻到炉灶里，结果第二天早上我妈捅炉子，火炭一下子落到它身上，把它的毛都烫焦了，肉都快烫烂了。后来也一直没有长毛，变得特别难看，我就更不喜欢它了。谁知有一天早上我上学，突然发现鞋子找不到了，怎么找也找不到，我记得前一天晚上睡觉前明明放在床前的，怎么会不翼而飞了呢？但是我爸我妈我奶都说没有看到。全家人一块帮我找，都快要迟到了，总算找到了，你猜弄到哪里去了？"小唐突然狡黠地闪动着眼睛看着我，等待着我的回答。

我摇了摇头："弄到哪里了？"

"猜不到吧，竟然被我家那只猫当成了厕所，拉到了里面，又被它衔到了床下最里边。那双鞋可是我当时最好的鞋子了，我一看立刻大哭起来，我妈怎么劝都不行。最后我妈一生气就给我一巴掌，我就更恨那只猫了。

"最可恨的是它还在家里面吃死老鼠。有一次我看到它拖着半只死老鼠在房间跑，把我都快吓死了，我跟我妈讲，不要养它了，但是我妈怎么都不听。不过那时我虽然不喜欢它，却还不至于怕它，有时生气了，也还敢使劲地踢它两脚，往常这时候它就尖叫一声夹着尾巴跑掉了，但是有一次，我又要踢它，它突然回过头，恶狠狠地冲我叫起来，最后还跳起来，在我手上狠狠抓了一下，当时血一下子就流出来了……"说着，小唐伸出手给我看，在微弱的灯光下，我看到她的手上果然有一条若隐若现的疤痕。

"我当时就被吓哭了，好长时间都没有回过神来，后来还发了一段时间高烧，我爸说是细菌感染，但我奶奶始终认为是吓的，总之，从那以后我见到猫就感到恐怖，我们家就再也没有养猫了。后来我才知道，那天那只猫刚刚生了小猫，它还以为我是要抢它的小猫……"

小唐苦笑了一下，接着说："你看跟你讲了这么多，还没有讲到正题上。虽然我跟阿敏关系很好，但是说实话，我并没有去过她家，虽然她曾经多次邀请过我。不知怎么回事，不是碰巧有事就是懒得动弹。终于有一天，我抽了个空，决定好好去她家拜访一下，去之前我还为给她带什么礼物踌躇了半天。然而到她家，我才发现她家竟然养了一只猫。

"我当时就被唬住了，站在门口不敢进去。阿敏说进来吧，没事，Molly 很乖的。Molly 是她家猫的名字。但是我就是不敢进去。我看到那只猫站在不远处，紧紧地盯着我。阿敏见我不敢进去，就走去把猫抱在了怀里，一边用一只手不住抚摸着它的毛，一边还冲我说：'看吧，它一点都不可怕。'这样我才胆战心惊地进了房子。你是不是觉得我很可笑?"

"没有。"我勉强憋着笑。

"我看到你笑了。"小唐说,"不过,现在想想,我可能真的很可笑,不过当时我的确很害怕。也许是我太长时间没跟猫打过交道了,有时在路上走着,突然从身边跑过一只猫,我都会吓得惊叫起来。

"当时阿敏看我坐下了,趁我不注意就把猫又放到了地上,当我看到猫突然又在我身边出现时,我吓得一下子跳了起来,鞋子都没脱,就蹦到了她家的沙发上。

"阿敏也被吓了一跳,等她明白过来,就赶忙又把猫抱了起来,同时也有点责怪我的意思,说,'你也太胆小了'。我说,'你知道我怕猫的。'她说,'我哪里知道你会怕成这个样子,这只猫可温柔了。'但是不管她怎么说,我还是不行。她没有办法,又不能抱着猫炒菜吧,最后只好把猫关进了卧室。

"这样我的心才慢慢安静了下来。那天阿敏家里就只有她一个人,但是她还是准备了不少好吃的,甚至还煎了两只螃蟹。我要和她一块下厨房,她不让,说,'你去看电视吧。'我拗不过她,就去看电视。然而那只猫被关进了房间,似乎特别不高兴,一直在那里抓门,一边抓门还一边嗷嗷地叫,一刻也不停,把我听得都快烦死了。

"我还注意到阿敏做菜的时候,几分钟都要跑出来一趟,除了陪我说几句话,就是进到那间关猫的卧室,也不知道在里面鼓捣什么。然而她一出来,那只猫还是在那里不住地抓门。

"吃饭的时候,还是这样。我注意到阿敏跟我说话的时候有点心不在焉,脸一直不由自主地往猫叫的那个方向看,但是仿佛又怕我不高兴,故意努力克制着。说实话,看着她那个样子,听着猫抓门的声音,我心里也不好受,我也想要不就让她把猫放出来吧,但是一想到猫出来的样子,我就又害怕起来,所以想了想还是没有开口。

"那顿饭可以说是我这辈子吃得最难受的一顿饭,我一直盼望着赶快吃完,然而那顿饭又仿佛吃得特别漫长,吃了老半天才吃下了一点点菜。我早就想放下筷子,又怕阿敏看了不高兴,说我怪她招待不周。所以我勉强地吃着,刚开始我还跟她说点话,然而看着她心不在焉的样子，慢慢地我就也懒得开口了。我们两个就闷闷地吃饭。房间里一下子显得很静，这时只听到猫爪子抓门的声音，抓得我毛骨悚然，就像猫爪子抓的不是门，而是我的心、我的肺一样，我感觉我的心肺都被抓烂了，流了一滩的血，血糊糊的一片……

"饭终于吃完了，我长长地舒了口气。我抢着帮阿敏收拾碗筷，阿敏推让了两下，就不再推让了。然而在收拾碗筷的时候我一直在考虑要不要收拾完就走，还是坐一会儿。我的脑子里面在打仗，最后我终于下定了决心，收拾完最多再坐五分钟就走。

"收拾完，阿敏问我要不要喝杯咖啡，我慌忙拒绝了。我想要是喝咖啡那五分钟就走不了了。我说来一点鲜橙多就好。她就给我倒了一杯鲜橙多。我一边喝着鲜橙多，一边盘算着一会儿该怎么跟她讲，当时感觉一切都像是在做戏。然而我没有想到我刚一讲，她没怎么挽留就答应了，我的心一下子酸酸的。

"她把我送到了电梯口，我让她回去，她说没事，然而等了一会儿电梯还没上来，我又让她回去，她就说，'那好吧，你回去小心点，'说完匆匆就转身回去了，进门时连房门都没来得及反锁。就在她关上房门的一刹那，我的心里突然感觉很凉，有种堵得慌的感觉。

"当然，我们以后还继续来往，像什么事情都没有发生过一样，只不过我再也不会去她家了，而她自然也不会再邀请我。而且，经过那件事，我总感觉我们两个的关系好像跟以前不一样了，像是有一个什么东西夹在我们中间，让我们心再也无法贴近。我们变得越来越客气，终于慢慢地疏远了。"

小唐的故事讲完了。最后她问我："你说两个人之间的关系怎么会就因为一只猫变成这个样子？"

我苦笑了一下，答不出来。但是我的眼前不时浮现出她们吃饭时的场景，我看到那只猫正在奋力地用两只前爪抓着门，发出刺耳的声音，就像正在用一个瓦片刮擦着我们紧张的神经，而那只猫的脸不断地变换，我终于认出，它就是被我妈无意中踩死的那只猫。

圈养爱情

1

梁小琪给我打来电话，我犹豫了一下，还是接了。手机盖刚翻开，梁小琪那熟悉的声音就扑了过来："你在干什么呢？怎么不接我电话？"

"这不正接吗？"

"我是说刚才……"

"刚才没听到。"我小声地说，说着看了对面马青一眼，马青正端着咖啡杯，一副心不在焉的样子，眼睛斜睨着窗外。

"有鬼！"梁小琪在话筒里说。

"什么呀？"我再次看了马青一眼，小声争辩道。

"那你老实交待，现在跟谁在一起？"

"跟一朋友，好久没见了，今天……"

"女的？"

我承认了，但是我接着说："老同学，就是马青，我给你提过的……"

"行了，不用跟我解释了，我才不管是谁，晚上你回来不回来吃饭？我已经做好了。"说完挂掉了。

合上电话我的心情很沮丧，我怎么又莫名其妙地输给她了。多少次我告诉自己她再这样，我要对她不客气，但是一到关头，我就乱了方寸和阵脚，真够窝囊。

"你女朋友？"马青把目光从窗外拉了回来。

"嗯。"我苦笑了一下。

马青不再说话，默默地喝着咖啡。我想找句什么话冲冲气氛，但是找了半天什么话也没找到，什么话到嘴边都感觉不合适，于是只好沉默了。我们默默地相对喝着咖啡，刚才的欢快气息一下子变得无影无踪。

"我该走了。"还是马青打破了沉默，她看了看手表，说："晚上还约了一个朋友。"我无语地站了起来，默默地替她拿起衣服和背包。"本来晚上还准备请你吃饭的。"把包递给她时我说。

"改天吧。"她笑着把手伸了过来，我轻轻地握了握。"改天我请你和你女朋友。今天你肯陪我这么半天我已经很高兴了。"

"你还是赶快回去陪老婆吧。"最后她说。

2

梁小琪不是我老婆，我们还没有结婚，但是已经同居。我们的认识很偶然，属于一见钟情那种类型。那时她在我的心目中清纯得就像一个玉女，而且，毫无疑问，她很漂亮。有一段时间我一直纳闷她怎么会看上我。每当我问她的时候，她总是说："傻瓜，你都不知道你有多优秀！"但是我到底优秀在哪里，直到现在我也没搞清楚。梁小琪总是教育我要自信。"你出去看看，有谁能跟你比？"她这句话让我获得了极大的满足，但是也让我感到不安。我指着电视上的梁朝伟说："我要是有梁朝伟的一半帅就好了。"梁小琪不屑道："切，梁朝伟有你帅吗？"可是我还是不安。我也想自信，可是连自己的优点在哪里都搞不清楚，叫我怎么自信呢。然而慢慢地我的缺点都暴露出来了，这时再问她，她说："谁让我当初没看出来呢？后悔也晚了。"我问她，"那你还爱我吗？"

"爱，当然爱！"她亲着我说，"我就爱你的缺点，只要是你的，我都爱。"

说实话，听到她这么说，我很惭愧，因为我没办法做到像她那样，特别是两个人在一起的时间一长，我就慢慢厌倦了。我讨厌她的懒，讨厌她的没有上进心，还讨厌她的小乳房。我说："你能不能有点事业心呀？"

"我有呀！"她一本正经地说。

"有？"我很惊讶，"是什么？"

"你呀。我的事业就是把你照顾好。哈哈。"她笑得在床上打滚。

我无奈。但是我知道我也爱她。真的爱，特别是当我想到抛弃她的时候，这种感觉就会像针扎一样明显。

我回到家的时候梁小琪正在看电视，饭桌上的菜都用碗扣着。她听到开门声回头看了我一眼。"回来了？"她说。说完又把头摆回电视机前了。

我没有理她，走过去打开扣着的菜碗，其中一碗是红烧猪蹄。这个菜她做过很多次，一开始特别难吃，然而现在几乎变成了她的招牌菜，每次都做。

"你能不能换个花样？"我说。说着手往菜碗里伸了过去。

"先去洗手！"梁小琪打开了我的手。

我嘟嘟囔囔地不肯去洗，我已经习惯了她的支使。不久之后她还会要求我洗澡、洗脚。这些都是我不习惯的事。我对她说上大学时我都是半个月洗一次澡，哪里像她，一天洗一次，浪费水。她听了咿咿呀呀了半天，表示不可思议，说那还不臭死了。我得意了，说这算什么？我高中时一两个月才洗一次，在我们村，都是春节才洗澡，一年就那一次，还有人怕花钱不舍得进澡堂子。她的鼻子已经扭起来了，说："你还得意了，那是北方，这是南方。"

最后还是她进去洗了毛巾，过来给我擦了脸和手。我的脸在她的手里像地震一样猛烈地晃动，热烘烘的毛巾压迫着面孔让我感到难受。刚坐下，她突然像想起了什么似的，歪着头笑了。一边笑一边诡秘地看着我。

"傻呵呵笑什么？"我被她笑得有点发毛。

"怎么，没有请女同学吃饭？"她揶揄了我一句。

"我干嘛要请她吃饭，"我说，"她请我还差不多。"

"得了吧，谁不知道你呀，是不是请人家，人家不肯给面子？"

"呵呵。"我冷笑。

"没话说了吧。"

"懒得跟你说。"我开始吃饭。

"你是心中有鬼。"

"我怎么心中有鬼了？就一大学同学，好久没见面了，约我出去聊会儿天，有什么鬼了？"我火了。

"没鬼，你火气这么大干什么？"她平静地说。

我被她气得突然一下子没脾气了。

3

我和马青的的确确只是普通的朋友，虽然大学时我曾经暗恋过她。但是在我们大学没有几个男生不暗恋她的。我和绝大多数男生一样，对她只是敬而远之，绝对没有妄想过癞蛤蟆能吃上天鹅肉。

但是有一段时间我们却过往紧密。那时我在校广播站当编辑，她当播音员。于是就有了接触，慢慢地话就多了，成了无话不谈的好朋友。然而奇怪的是，暗恋她的心却淡了，仿佛人近了心却远了，或者说我更加自卑了。毕业之后我们也联系过，但是不久就疏远了。但是我还是没有想到马青会来找我。

她给我打电话的时候我正准备出门，看了看号码，很陌生，然而还是接了，没想到却是马青，心突然一阵哆嗦。

"你现在有没有空？"她在电话里问。

"有，有。"我忙不迭地说。

我们约好了在中山路一家咖啡馆见面。透过咖啡馆的窗户刚好可以看到不远处的鼓浪屿。

"你怎么来了？"一落座我问。虽说有几年没见面了，但是马青和大学时并没有两样，只是看起来成熟多了。然而我同时就发现一点异样，她的脸微微施过妆，却无法掩饰底子里病态一样的苍白。

"你怎么了？"我紧张地问。

"没什么。"她淡淡地笑了笑，眼神里却流露出一丝忧郁。"来这里办点事，顺便看看你。"

我知道她绝对不只是看我这样简单，不久我就知道自己猜对了。

"那也是在这样一个咖啡馆，"她喝了口咖啡，犹豫了片刻说。

我目不转睛地听着。

"那时我经常在那个咖啡馆学习，我不喜欢去自习室。"她眨巴了眨巴眼睛看着我，"就是在那里我遇见了他。"

我仍然静静地听着。

"你不想知道他是谁吗？"她突然问。

4

梁小琪也喜欢问我问题，不过她问的是："你爱我吗？"

我说："傻瓜。"

她说："你说。"

我说："那还用说。"

她说："不嘛，我就要亲耳听你说。"

"爱。"我说。

她一下子扑到我怀里，头扎在我的胸口，我突然感到脖子上一阵刺痛。我一下子把她推开了。"你干什么？"我捂着脖子说。

她无辜地笑着，说："人家爱你嘛。"

"爱也不能咬呀。"我生气地说，"疼死我了。"

"嘻嘻。"她笑着，轻轻抚摸着我，"还疼吗？"

"嗯。"我仍然板着脸。

她开始用舌头舔伤口。我的心突然软了。

"你会不会爱我一辈子？"躺在我怀里时她问。

"会。"我说，接着补充道，"爱你一生一世。"

"你真好。"她亲了我一下，又问，"那你会不会这一辈子只爱我一个人？"

"会。"我迟疑了一下说。

"你发誓。"黑暗中她没有注意到我的迟疑。

"我发誓我这一辈子只爱你一个人。"

"骗我算什么？"

"骗你猪狗不如。"

她一下子笑了，说："你要敢骗我，我就杀了你！"她突然在黑暗中做了个杀人的动作。我的心一惊。

"然后呢？"我问。

"然后……我就自杀。"

然后她又趴到我耳朵边，轻声说："这一辈子我也只爱你一个人。"

我没有应声，静静地躺在床上，眼睛看着黑暗中的屋顶，任梁小琪在我的身上亲来亲去。我的心中说不出是感动还是沉重。

梁小琪不喜欢我跟别的女孩子交往，这我知道。她就喜欢我一下班就老老实实待在家里，哪里也不去。"你看，我就可以天天待在家里。"她经常拿自己做例子。

"那是你喜欢，"我说，"我可不喜欢天天憋在家里。"

"你就是喜欢到处发骚。"她特别喜欢用"骚"这个词来损我。

"你才骚呢。"我回敬她。

"哼，要是不骚你会天天往外面跑？你会天天跟女孩子打电话？"

"我哪有天天跟女孩子打电话？"我委屈地说，"都是她们给我打的。"

"你要是不骚，她们会给你打？"

我们就这样斗着嘴，斗来斗去，直到扭缠在一起。做完爱，她从背后紧紧抱着我的背，金橘一样的乳房努力地压迫着我。

"你以后不要再伤我的心好不好？"

"我哪有……"我无力地辩解着。

"我就是不喜欢你和别的女孩子交往。"

"我们只是普通的朋友……"

"普通的朋友也不行!"

"你也可以跟你的朋友交往……"

"我不要,我就只要守着你。"

我无语了。两个人就像一尊雕像一样在漆黑的房间里凝固着。

5

说实话,我不喜欢梁小琪这样管着我,我感到窒息。有两天,马青没有给我打电话,到第三天,我实在忍不住,给她打了过去。她接到是我的电话,显得很平淡,这让我很意外。

"是我,齐林。"我说。

"我知道。"马青在那边说。

"你这两天怎么样?"我突然有点语塞,一下子不知道该问什么。

"还好。"她的语气依然很平淡。

"还没走吗?"我开始发慌。

"还要过几天。哦,对不起,我要接个电话,改天再跟你联系。"马青突然把电话挂了。

放下电话,我突然感到了一丝深深的失望,前几天的事情仿佛一下子不真实起来。就在那天,马青告诉了我她这几年发生的一些事,这些事她对谁都没有说过。

"那你为什么要告诉我?"我问。

她笑了笑:"我相信你。"

她的这句话让我一阵感动。但是就在那天晚上我还是把她的故事讲给了梁小琪,我的目的很简单,只是想让梁小琪明白,我告诉她的都是真的,我没有骗她,我和马青只是普通的朋友关系。

"那她为什么要把这么隐私的事情告诉你?"听完后梁小琪问。

"她说她信任我。"我不无得意地把马青的话重复了一遍。

"骚货。"梁小琪总结道。

"你怎么能这样说人家……"我说。

"我是说你!"她气哼哼把身子转了过去。

6

那天马青告诉我,后来我又讲给梁小琪的是这样一个故事。马青说那段时间她经常在咖啡馆里发呆,后来就看到一个男青年经常有意无意地盯着她看,然后他们就认识了。他说他喜欢她。而她也就喜欢上了他。

"他长什么样儿?"我不由插嘴道。

"一米八几,挺瘦,至少比你长得帅。"马青开我的玩笑,但是我的心里还是酸溜溜的,不是个滋味。

"他叫杨兵,当然你也可以叫他张兵、王兵,没有关系。他开着一家酒吧,这是我后来才知道的,我曾经去他酒吧玩过几次,第一次去的时候,在吧台坐着无聊,跟一个留着长发、长得酷酷的调酒师开了几句玩笑,谁知道第二天我再去,发现那个调酒师已经不在那里了,我问他,他说,把他开了。"马青说。

"这人怎么这样?"梁小琪小声嘀咕道。

"对呀。"我说。"马青当时心里也不是个滋味,但是她也知道了杨兵是真心在乎她的。不过奇怪的是,他们从来都是保持着一种若有若无的关系,他不给她打电话,她也从不给他打电话,有时他们一周都见不到一面。所以那时我们很多人都搞不懂马青到底有没有谈恋爱。"

就这样一直到马青大学毕业。

"毕业之后你们工作了,我考上了研究生。到了北京,就在研一的时候,我母亲去世了,也就是在那个时候,我知道我父亲早已有了一个相好的……"

"是吗?"我惊诧地说,"这我倒没听说……"我觉得有必要表达一下我的同情和安慰,但是却不知道该说些什么,于是只好继续听她讲。

"这件事对我的打击很大,"马青惨淡地笑了笑,继续说,"杨兵知道后，就飞到北京去陪我，一陪就是半年。然后有一天，他突然对我说，咱们结婚吧。"

我不由一震。

"我当时也是一震，"马青继续说，"杨兵说我们结婚了，你就不用再向家里要钱了，也不用回家了。他知道我恨父亲，所以不愿意回父亲那个家，也不愿意向父亲要钱。杨兵还说，以后找工作不容易，你的性格也不适合找工作，结婚后，我养你。但是我当时的心很乱，于是我说，你让我考虑考虑吧。"

"他答应了。他问我考虑多久。我说一周吧，我要去丽江一趟。他就帮我买了去丽江的机票。然而直到半个月后我才回来。在这半个月里我们谁也没给谁打电话。回来后他也没来找我，他已经回去了。然而有一天，我却突然听说他已经结婚了。我不相信，然而不久他就打过来电话，在电话里他告诉我他真的结婚了，当然结婚的对象不是我。"

"他没有等我。后来我才想起他曾经跟我讲过，那一年他一定要结婚，当时我没有在意。然而我没有想到在那一年他真的结婚了，只是结婚的对象不是我。那个女的据说家里挺有背景，也很有钱。我们有一年没有再联系，但是一年后他却突然又到了北京，他说他在北京做事了。他还告诉我他和他老婆合不来，他老婆很风骚，到处勾引男人，据说连他的弟弟都勾引……"

"后来呢？"我看马青长时间不说话，忍不住问，然而我的心里隐隐约约感觉到了点什么。

"后来……"马青的目光婆娑起来，苦笑了一下，"后来他就经常来找我，偶尔也就留了下来。"

我无语，但心略略有点痛。

马青慢慢浸了一口咖啡，然后把目光移开，目光越过窗棂，慢慢射向对岸的鼓浪屿。

"那边是鼓浪屿吧？"她突然问。

"是。"我说。

"真美。真希望能在上面住一段时间。"

"上面有房子出租的。"

"真好，住在上面也许什么都会忘掉了。我现在经常在想，我当初也许就应该眼睛一闭把自己嫁了。可是，现在……"她突然苦笑了两声，"我真想重新开始我的恋爱生活，可是我知道很难了。"

我不知道该说什么好。一切的语言此刻看起来都是那么苍白。

"他嗑药的，你知道吗?"过了许久她突然冒出一句孤零零的话。

我猛地一震。

7

我对梁小琪说她要是喜欢完全也可以出去找朋友玩。其实我说这句话并不完全是真心的，说完之后我就感到有点底气不足。我想起有一次，梁小琪让我下楼去接她，我兴冲冲地去了，结果却看到她从一个男人的车里下来。我当时就甩袖走了。

"你这人怎么这么没意思，不过就是一普通朋友，听说我顺路，好心把我载过来的。你看你那个样子，让人家看了怎么想?"事后梁小琪数落我。

"他想怎么想就怎么想。"我气哼哼地说。但是我已经开始后悔了，我不知道当时怎么会做出那样的举动。也许仅仅是因为那辆车。

"这是你说的? 我想约谁约谁?"梁小琪一边对着镜子梳头发一边跟镜子中的我嬉皮笑脸。

"当然……必须是普通朋友。"我补充说。

"那当然。"梁小琪继续嬉皮笑脸，"那我从今天起就开始约了。一天约一个。"

"好啊。"我说着走出了镜子，我的心里已经开始腾起了一股火。

"亏你说得出口。"梁小琪突然冲着我的背吼，"让自己的老婆跟人家出去玩。"

"你说什么呢。"我的心放了下来，笑了，"这可是你自己不愿去的，不能怪我。"

但是梁小琪有时还是会给我汇报点让我心惊胆战的消息，比如她说："今天有一个客户约我去喝咖啡。"

我说："你去了吗？"

"当然没有。"她说。

我心放下了。

她又说："还有一个客户请了我好几次，请我吃饭。"

我说："这种人往往不怀好意。你可千万不要上当。"

她瞥了我一眼，说："人家哪里像你心眼那么多？人家都结婚有孩子了，不过就是想交个普通朋友而已。"

"结婚的男人更可怕，你没看报纸上包二奶的都是结了婚的。"我吓唬她。

"人家都说我被你管得太严了，一下班哪里都不去，真没意思，还说哪日要清讨你呢。"梁小琪故做委屈地笑着说。

我也做出一副委屈状："我真是冤枉死了。天地良心，我可从来没有管过你呀！"

梁小琪突然过来环抱住我的脖子，指点着我的鼻子说："傻瓜，我就喜欢被你管。"

8

两天后马青给我打来电话，说要请我和梁小琪吃饭。我给梁小琪请示。梁小琪一口回绝了："不去。"

"你说你这人怎么这样，"我说，"人家好心好意请我们吃饭……"

"谁知道你们两个唱什么双簧……"梁小琪截断了我的话，"要去你去。"

我和马青约在了一个西餐馆。一路上我都在替梁小琪想借口。然而一见面，马青看到只有我一个人并没有表示诧异。

"前天他来厦门了。"一落座马青就说。

"谁？"我的思绪还没有转回来。

"杨兵呀。"马青说，她的状态比前两天好多了。

"哦。"我说。我想起前两天给她打电话的情景。

"他昨天又走了。"马青笑了笑，"他只是来看看我。"

我没有话说，我想起那天晚上给梁小琪讲完马青的故事后，梁小琪的反应。

"照我说，不亏。"听完我的故事，梁小琪莫名其妙地评价道。

"你这人怎么这样？"我说。

"我怎么了？我是实话实说。人家都已经结婚了，还跟人家在一起，还到处诉苦，不是不亏是什么？"

"她哪里到处诉苦了？"我为马青辩解，"她不过就告诉了我一个人。"

"是吗？"梁小琪嘲讽地笑道，"那你赶快去安慰她呀，她不就是在等着你安慰吗？她不是你大学时的梦中情人吗？"

"你这人怎么这样？"我气急败坏道。

"我这人怎么样了？再怎么样，也不像你，伪君子，明明喜欢人家，还在我面前说什么，我已经不喜欢她了，我们只是普通的朋友，哼哼，就你那副德性，谁信呀！"

"不信拉倒！"我真的生气了，我最讨厌人家叫我伪君子了，再说我真的只是想和马青做那种一生一世的普通朋友，特别是当她告诉我这个故事之后。

我觉得我有必要保护她。

然而我也不能不承认，有那么一刻，大学时的感觉突然又回来了，特别是当马青讲到她和杨兵的感情时，我的心里不由酸溜溜的。那种酸溜溜难道不是一种嫉妒？

我嫉妒什么？嫉妒杨兵吗？为什么？只为他得到了马青，还是为马青对他的痴情？

想到这里，我看了看面前的马青，马青的脸依然为爱情燃烧着。

"谈谈你的女朋友吧。"马青突然说，"她一定很漂亮吧？"她一副饶有兴致的样子。

我突然感到对不起梁小琪了，她此刻可能正在哪一条街道上百无聊赖地闲逛，或者正在家里一个人吃饭。我感到了我对她的背叛。

"她……怎么说呢，"我在寻找词语，我突然发现要想描绘一下梁小琪并不是一件易事，"她没有你漂亮……"

"怎么会？"马青笑着说。

"……但是她很可爱。"我补充道。

马青突然不说话了。我不知道自己这句话有没有伤害到她。我把目光从她的脸上移开，小心地切割着牛肉。

"她很爱你吧？"过了一会儿，我听到马青的声音，这声音仿佛很遥远。

"怎么说呢？……应该说爱。"我艰难地把一块牛肉吞下，小心翼翼地说。我继续寻找着词语，我突然发现我的舌头开始流利了起来。我讲了梁小琪对我的管制。

"你不知道我都快窒息了。"最后我有点夸张地说。

"你很幸福。"马青沉吟了半天突然冒出这句没头没尾的话。我一下子愣住了。

"有这样一个女孩子爱着你，你应该满足了。"马青感叹着说。

"可是……"我结巴道，"她连我和普通朋友……"

"换作我，我也会这样的。"马青突然笑了笑。

"那么，"我突然口干舌燥起来，"那么，假如……假如你，哦，比如说杨兵，他不让你跟我交往，只是普通的朋友，你会愿意吗？"我吃力地把话说完了。

"只要他高兴，当然。"马青很自然地回答。

我的头一下子懵了。

9

那天下午我不知道我是怎么跟马青分手的。后来，她再没打电话过来，我也再没给她打过电话。

我们就这样失去了联系。

天要下雨

1

　　大年三十的晚上才真正有了一点过年的气象。天刚擦黑，村里就响起了清脆的鞭炮声，此起彼伏。刚开始还稀稀落落，到后来就万炮齐鸣，震得空气都嗡嗡作响。阵生就乐开怀了。他下午帮妻子包了一下午饺子，早就坐不住了，几次要溜，都被妻子叫住了，妻子指着他的鼻子骂："这么大人了，小孩儿心还不退，天天打牌还打不够！不是我说你……"接下去就唠叨个不停，说家里就那仨核桃俩枣，哪够你这么折腾，你没见那些赌钱的都财大气粗，几百块钱在别人眼里不算个啥，可咱有啥，还要供孩子上学，女儿都上初三了，要是考上高中，又是一大把钱，听说要是考不上，走后门都得几千块，你这当爹的想过没有？阵生的热情就冷了下来，一屁股坐在凳子上，又要掏烟吸，妻子就说："吸，吸，就吸不够，你算算你一个月吸烟钱够买几身衣服了，还天天抱怨穿破衣服？该！好衣服也给你烧成马蜂窝了！"阵生不耐烦了，说："你也不说说你天天涂脂抹粉，那么大岁数了，还臭美！"妻子就火了，一把将擀面杖摔在案板上，说："我臭美？我涂脂抹粉，陈阵生，你凭良心说话，我抹过你什么，搽过你什么？我穿过你什么，我戴过你什么？不就是涂了点雪花膏吗？还是过去你办代销店卖不完剩下的！你说，我搛过你什么？"阵生就再不言语，两眼盯着地干坐。僵了一会儿，妻子的气就渐渐消了，却不再理他，扭扭凳子，给了他一张脊背。直到要他下饺子时，才用擀面杖敲着案板恶声恶气地提醒他。

饺子滚过第一滚时，女儿小彩回来了，还没进门就听见一阵自行车瓦的哐当声。然后大门被咚地撞开了，一个轮子先露了进来，在空中飞快地旋转着。接着便听到小彩欢快的笑声，"妈！"秀云就应了一声，然后没好气地说："我还以为你屁股太沉走不了了，正要找人去拉呢！"话还没说完却噗哧笑了。屋里的气氛就缓和了许多。小彩是去大姨家送东西的，到那儿就长根了，看到天黑了才想起还要帮妈包饺子，于是不顾大姨的千般挽留还是回来了。说完小彩就环顾了一下屋内，问："弟呢？"妈说："除了玩他还会干啥，还没回来呢！你去找他一下吧。"小彩就"噢"了一声，然后看看爸，问："爸，今年不上坟了？"阵生就说："坟头都平了，还上啥坟呢？"到饺子熟了，却先盛了一大碗，沿着院子转了一圈，将汤都均匀地洒了，口里念念有词。小彩就奇怪地问妈："爸是干啥呢？"秀云翻了翻眼，说："让你爷爷吃的呗。"阵生敬过祖宗，回来就挖了点蒜汁蘸着饺子吃了。小彩就笑道："爸，你咋只让爷喝汤呢，自己倒吃稠的。"阵生不由得就有点尴尬，扯扯脸皮笑道："这孩子……"又刚要吃，突然"哎哟"一声，说："糟了。"众人都停下碗望着他，只有儿子还一个劲儿头扎进饭碗拔不出来。阵生又说了一句："糟了。"妻子就有点担心地问："怎么了？"阵生说："忘放炮了。"妻子就骂道："我以为啥要紧事呢，吓得人一惊一乍的。"阵生就冲儿子叫道，"好汉，把屋里的炮拿出来。"好汉把头从碗中拔出来，问："拿多大的？"阵生说："最大的。"好汉就屁颠屁颠地跑到里屋把炮拿出来了。阵生让好汉拿着放，妻子就喝道："别让他放，那么小，炸着咋办？"好汉道："我不怕。"妻子还是不肯，最后无奈，只得说那就还绑到棍子上放吧。好汉就找了根棍子，一头系上鞭炮，另一头握在手里。阵生点着后，好汉就在院子里到处打旋，弄得鞭炮声到处都是。后面猪圈里的猪就不安地乱哼，树上的鸡就咯咯地叫，往上飞，有几只飞到屋顶，惊恐地站在房檐上往下望。炮快放完时，一团炸碎的纸屑弹到了好汉脸上，好汉"哇"地一声就哭了，炮扔到了地上，噼里啪啦地独自闷响。妻子一步就蹿过去了，拖了好汉进屋在灯光下看，就见到好汉的脸上红红的一片，用手刚一摸，好汉就哭得更凶了。妻子就回头冲阵生说："跟你说了吧，你就不听，怎么样，怎么样，炸着了吧，这下舒坦了吧？"阵生不理他，蹲下去看好汉的脸，一边吹气一边问："疼不疼？"好汉说："疼。"阵生又问："怪爸不怪？"好汉想了一会儿说："不怪。"阵生就亲了一下好汉的脸说："乖儿子，一会儿爸带你去七叔家玩，好不好？"好汉说："好。"然后迟疑了一下，说："我也要像冬冬那样的游戏机。"阵生的笑就僵固了，想了一会儿说："好，爸给你买，明天就给你买，好不好？"好汉就笑了，泪水趁势钻进了他的嘴角。妻子就在一边冷笑："也不怕吹牛吹破肚皮，你去哪儿弄那几百块钱？"阵生不管她说啥就是不理她。

阵生回来时已经快凌晨了。家人还都没睡，在看春节联欢晚会。正赶上朱军抱着话筒说下面新年的钟声就要敲响了，骑在爸爸脖子上的好汉就冲屋里叫道："我们在七叔家看电视了。"秀云哼了一声，继续看电视。屏幕上几个年轻人、老年人正兴高采烈地抱着钟槌朝一口大钟撞去。随着钟声嗡嗡的脆响，村里就急急地炸响了。谁家长命的公鸡也不合时宜地引颈高啼。阵生朝电视看了几眼，说："今年的晚会没意思。"没人说话。阵生又说："没啥变化，还是那一班人马。"妻子就朝他白了一眼，说："你还真看电视了？"阵生赶忙说："真看了。"妻子就冷笑了一声："今儿个太阳咋从西边出来了？"

晚会之后是个喜剧片，秀云困了，就先去睡了。再一醒来窗纸已经发白。看看表才六点多。大年初一呢，该歇歇了。秀云就闭上眼想再睡会儿。突然感到胸前多了个东西，一摸是只脚，散发着丝丝臭气。秀云皱皱眉，"咋又不洗脚就睡呢？"秀云狠狠地将脚抬起丢在了一边。那边竟毫无动静，"咋今儿睡得这么死呢？"秀云又想。秀云合上眼却再也睡不着，生就的苦命呀！睡不着就瞎想，想今年冬天不下雪，过了年就要多浇地了。现在这天是咋回事呢，一年比一年暖。想好汉该上小学了，又要花钱，小彩该考高中了，考上又是一笔钱，看小彩那学习，恐怕还难考上呢。听说去年整所初中就考上了三个。其余的都是花钱买的。娘那脚儿，现在弄啥都得要钱，花着容易挣着难啊。不行就不让小彩上了，可孩子要强啊。想前街齐狗家的小儿子咋那么有本事，还没娶媳妇就办了好几个厂，怕有几百万了吧。想谁家的儿子去年考上了大学，连演了几场电影，谁家的女儿又没考上，几乎喝药死掉。又想到齐根，齐根啥时候回来的呢？只知道回来了，还是昨天阵生说的，说这家伙没好命，去给别人种了一个儿子，儿子大了，却被撵了回来。想齐根这人真是命苦，人长得排场又会木工，却摊上个坏成分，年轻时没人敢嫁，大了又都嫌他家贫，还不是缺个操持家务的？几年前吧，好不容易有人给他说了一家，却是倒插门，还是个寡妇，没有儿子。好歹总算有了个老婆，有人做饭洗衣服了，谁知那人只不过是想借他生个儿子而已。秀云想到这里唏嘘不已，越想越多，越想越睡不着。再看窗外，已大亮了。就踢阵生的脚，按规矩，今儿个该阵生起来做饭呢，忙了一年总该有几天歇歇吧。踢了几下，阵生却毫无反应，秀云就恼了，想："跟我装啊。"就掀开自己这边的被子，露出阵生的脚板，用手指轻轻地挠，挠了几下，自己倒先笑了。然而阵生还是动也不动，秀云就有点慌了，再摸脚却是冰凉冰凉的，没点热气，就爬到那头去看，摁摁阵生的鼻子，早没气了。

2

永生奶过来给秀云说媒已是四个月后的事了。永生奶进院子时秀云正一个人和煤。赤着脚站在煤窝里，身上到处都是煤灰。脸上也有几块，看起来像是舞台上的花脸。永胜奶就叹口气，说："这活你一个妇女家咋能干呢？你说一声我让贵过来替你干了。"秀云就说："不用了，不用了，我干得了。"一边说一边洗了脸从屋里拿出一把凳子给永生奶坐。又端出一杯茶。永生奶忙说："喝啥茶呢？喝啥茶呢？"然而说着还是接过去了。秀云又说："阵生去后家里就没人喝茶了，所以就放了点白糖。"永生奶说："糖就好。"喝了一口，然后问："阵生去了有四个月了吧?"秀云说："四个月零六天了。"说着眼眶就红了，背过脸偷偷抹了眼泪。永生奶说："唉，苦啊，这孩子咋就这么命短呢?留下你娘仨……"秀云听到这里泪水就禁不住扑簌着落下来了。永生奶又说："家里没个下力的就是不行啊——地都浇过了吧?"秀云说："浇了一块了，还有两块没轮上。"永生奶说："咋就没轮上呢?不是挺靠前的吗?"秀云说："轮是轮上了，可是得夜里浇，你想我一个妇女家，还有两个孩子，咋去浇呢?一个人我也怕，就隔过去了。只好等人家都浇完我再浇了。"永生奶就摇头叹息，夸说寡妇的难处，又说自己当初熬寡是怎么艰难，咋一把屎一把尿把贵拉扯大，咋给他娶了媳妇，看他有了孩子。然后总结说早知道这么难，还不如当初找个人再走一步。女人嘛，咋说也是离不开男人的。秀云听了，一声不吭，只一个劲儿闷着头和煤。永生奶又扯了一通，然后拍拍屁股，站了起来，秀云就赶忙放下了煤铲，说："不再歇会儿了?"永生奶说："不了，不了。"却不走，只一个劲盯着秀云看，秀云的脸就热了，说："永生婶，你是不是还有啥事?"永生奶就叹了口气，说："按说我也不该说，可是看着你这么受累，我也不忍心呀。"秀云就知道说的是啥事了。脸就红了，心也小鹿样地跳，低下头不吭声。永生奶看她不吭声，又说："这样熬着也不是办法，你还年轻，孩子也小，就是你忍心，你能看着孩子没爹吗?"看秀云还是不吭声，永生奶又说："你看齐根这人咋样?说实在话，人是憨了点，可老实，不吸烟不喝酒，不赌钱，哪样不比阵生强?长得也不赖，又会木工。说句不好听的话，要是在以前，人家不知看上看不上咱呢?"秀云实在忍不下去了，红着脸急道："永生婶!"顿了顿又

说："阵生才去了四个月!"永生奶愣了一下，说，"我知道，我也知道我这样做不大好，可谁让我心这么软呢，就看不得人家受苦……"

永生奶走后，秀云的心就乱了，竭力不去想。但拎起铁铲耳边就不由回响起永生奶的话，刚铲两铲煤眼前就又浮现出齐根憨厚的面孔。自己咋就这么贱呢?秀云恨恨地想。然后歇了下来，吸一口气，将脑中的杂念驱除干净，使劲地干活，可干着干着，猛不丁地就发现

自己不知什么时候又已停住了，又陷入胡思乱想之中了。直到小彩放学回来秀云还是没有和完那几百斤煤。

小彩一进家就嘟囔着嘴，见了妈也不喊一声。秀云就问："咋了？"小彩不说话，一个人搬了桌凳去写作业。秀云就说："先别写，晚上再写吧，饭还没做呢！"小彩就很不高兴地把桌凳往屋里搬，到门口时撞得门框咣当直响。秀云就忍不住了，说："你今儿是咋着了，使啥脾气哩？谁惹你了？"小彩就站住不动，过了一会儿说："没谁惹我。"秀云说："那你嘴噘得拴住个驴是咋着了？"小彩说："学校又收钱了。"秀云的心一下子就沉了："咋又收钱呢，前几天不是交过一百块了吗？""这次是资料费，还有报考费、体检费，还有毕业证费、照相费。""我的天，咋这么多费呢，资料费前一段不是已交过了吗？"秀云吃惊地问。"那是上次的，已用完了，学校又替我们订了一批资料。""这是喝人的血哩。"秀云说，"那得多少钱？""资料费一百五，报考费三十，体检费二十，毕业证五块，照相费十块，一共二百一十五。"小彩显然早已算好了，只等伸手要钱了。秀云不禁就又"妈呀"了一声，说真是吃人呀，然后问："咱不要他的资料行不行？"小彩的嘴就又噘了起来，说："不行。"秀云沉思了一会儿，说："彩，要不这样，你跟老师说说家里的情况，看能不能例外。"小彩满脸阴云，不说话，一个腿盘起，一只脚着地扭来扭去。最后说道："你去说吧！"然后一甩手进屋了。风门在身后撞得山响。

这个晚上吃饭时两人都没有说话，各自低头吃自己的饭。吃完饭小彩又写了一会儿作业便睡觉了。好汉挨了妈一巴掌，哭累了，也早睡了，晚饭都没有吃。睡着时还一咽一咽打着嗝。秀云之所以打他，是因为昨天才给他换的新衣服，今天就爬树挂叉了，撕裂了一个很大的口子。秀云本来还想过几天带他串亲戚就穿这身衣服呢。大人可以穿得差一点，孩子不行，那是父母的脸呢。大人穿差了不往人前站就是，小孩可不行，哪里人多就爱往哪里钻。让谁看到儿子串亲戚还穿件破衣服，这不是说明咱当妈的没本事吗？秀云感到自己是不是有点太虚荣了，最后的结论是——是，可谁又敢说自己就没有一点点虚荣心呢？吃过饭秀云就坐在灯下缝那件挂破的衣服去了，缝一会儿看一会儿子那还有点红的屁股，惊奇自己下手咋那么重，一巴掌下去屁股都有点肿了。

第二天早上好不容易说服小彩上学去了，小彩走的时候嘴噘得高高的，这刺伤了做妈的心。送走小彩后，她草草刷了一下碗，在刷碗的过程中将能借到钱的人家在大脑里过了一遍，那些借过的是不能再借了，阵生死时已欠下了一千多块钱的债，小彩上学又欠了几百块，数来数去，秀云发现能借的她几乎都去借过了。就暗想自己咋就没有个富亲戚呢，街上刘栓媳妇她姐一次借给她家两万元盖房子，到后来说不要了，只当是妹子家盖房当姐的一份心意。人家有钱呀！秀云左想右想最后决定去大哥家，大哥家有钱，可她不愿借。虽然大哥和阵生是亲兄弟，可亲兄弟，明算账，分家时大哥大嫂就使尽手段占尽了便宜，后来看到她家穷便很少往来。一次阵生要找大哥借钱，秀云一把拉住了，说："不去找他借！你没看他躲着咱哩？人家就怕沾上你的穷气，怕你借他的钱，你还瞎凑和。"所以秀云不管怎么着，不到万不得已，绝不登他家的大门。"人穷志不短呢。"谁知道人穷了腰杆就挺不起来了呢！秀云悲哀地想。

只有大嫂一人在家，看到秀云来了便堆起了一脸笑，说："今儿你咋有空过来了？"说着便倒水、让座。秀云谦让着，脸上也挂满了笑，但是感觉那笑是那么干，那么别扭和虚假，但是她只能硬撑着。寒暄了几句，秀云就迟疑着开口了。刚说明了来意，大嫂的脸上便闪过了一丝阴云，接着便又恢复了笑，说："按理说这当大哥大嫂的理应帮忙，就是不还也没啥（秀云忙说过几天一卖猪就还），不过这几天手头也紧，你要知道家里的生意难做呀。有货卖不出去，都压着，那都是钱呀。有点存款，是死期，不到万不得已也是不敢动的。你看看，要不等你大哥回来看他能不能帮你借借？"秀云的血一下子就冲到了脑门上，几乎晕了过去，忙说："不用了，不用了。"然后挣扎着就想走，大嫂就跟在后面说："那你不歇会儿了？那以后没事多来，我就不送了。"秀云走到门外，摇摇欲坠，大脑一片空白，像是经历了一场噩梦。"这是自取其辱呀！我咋就这么无能呢？"秀云的泪禁不住就流下来了。"阵生啊，你咋说走就走了，留下我一个妇女家带着两个孩子受罪?"秀云感到浑身燥热,抬头看看太阳,白晃晃得刺眼。这狗日的太阳咋就也这么毒呢!

　　秀云回到家后便病倒了。摸摸头有点烫,身上不住出虚汗。小彩回来后一看又没有做饭,再看看妈躺在床上一动不动,就一个人进厨房做起饭来。正做着饭,永生奶进来了,往厨房里探了探头,看见小彩在做饭,问:"你妈生病了?"小彩说:"你咋知道的?"永生奶说:"我半晌过来过,叫人没人答应,门又没有锁,就猜着不是睡着了就是病了。"说着就往里屋走,秀云却在里屋听到了,支起身子叫道:"小彩,谁呀?"小彩就扯着喉咙说:"俺永生奶。"话音刚落,秀云就看到永生奶一颠一颠到了床前。摸摸她的头,说:"烫手哩。吃药了吗?"秀云说:"不碍事,吃过了。"永生奶就问咋会生病呢?然后说:"你不知道吧?齐根做家具呢,做得又好又漂亮,不知在哪儿学的新样式,大家都忙着订呢。特别是那席梦思……"秀云就哦了一声:"席梦思?"永生奶说:"没睡过吧?"秀云就笑:"谁睡过那玩意?咱这一身土渣,只在电视上看过。"永生奶说:"做得就是好,往上一坐还弹呢——都是弹簧。我这把老骨头都有点动心了,想让贵也给我订做一个。"秀云说:"你老福气了,该做!"永生奶说:"你比我更福气呢,更该做一个。"秀云道:"我?你老别开玩笑了,孩子的学费都够我心焦的了。"两个人就不再说话,看着夜影从地上一点点爬起。永生奶又说:"该下决心就早点下,过了这村就没这店了。"看秀云还是不说话就又说:"不容易呀,这苦我都熬过了,我知道你心里咋想的,我也懂,所以说我才劝你。你想你婶会把你往火坑里推?齐根是好人,这你也知道,就是岁数大了点,不过也没大多少,男人嘛,大一点没啥,重要的是人好,会挣钱。"秀云把脸藏在阴影里还是一声不吭。永生奶等了一会儿,有点不耐烦了,说:"好歹你说一句话呀,你要是眼高看不上人家,我就好死了这条好心。"秀云终于抬起了头,说:"不是这样说,永生婶……"永生奶道:"那你咋说?"秀云说:"谁知俩孩子咋想的呢?"永生奶说:"咳,你管那孩子咋想的干啥?天要下雨,娘要嫁人,这是谁也阻止不了的事,只要齐根待他们好,他们会不愿意?"秀云沉默了一会儿说:

"还是跟孩子商量一下的好。"永生奶叹了口气说："商量就商量吧，不过我劝你凡事要自己有个主心骨，一辈子的事呀。"永生奶走的时候又说："哎，我听贵说了，明天轮到你家浇地了，你不用去了，我跟贵和齐根说了，他俩替你去浇。"说着就往外走。秀云急道："哎，永生婶，不要……"正要下床追，永生奶已走出门去了。

吃饭时小彩就问："妈，永生奶来说啥了，那么长时间？"秀云的脸就有点红，看看旁边正扒饭的好汉，说："没说啥，瞎扯呗。"又吃了两口饭，小彩放下碗，说："妈，老师说了，到明天再不交，就不准报考了。"秀云就愣了愣，没有说话。小彩又扒了两口饭，一推碗，竟睡觉去了。秀云直愣愣地看着女儿已明显发育的背影。

安排好儿子睡觉，秀云就一个人坐着发呆，这两百多块钱去哪儿找呢？是说找就能找来的吗？现在看起来大家都富了，可是真让谁一下拿出多少钱也是难着哩。可总得找啊，死马也得当活马医。秀云就想到永生奶，这老太婆好心，就是爱咋唬，谁知道她说的话有多少是真多少是假？可总是要碰碰吧，至少贵还是有点钱的。秀云就穿好衣服，锁上门朝永生奶家走去。

永生奶家还没吃完饭，饭桌上的饭刚吃了一半，但只有贵的小儿子还在吃，大儿子钻在里屋看电视。贵、贵媳妇以及永生奶却板着脸坐在一边。秀云就感到气氛有点不对劲，想退回去可脚已迈进来了，只好硬着头皮往里走。听到门响，三人都扭了一下头，但都没有吭声。贵媳妇脸上动了一下，但随即又僵硬了。还是贵先站了起来，勉强笑着："嫂子，过来了？"秀云点点头，说："我找永生婶……有点事。"贵和媳妇相望了一眼，秀云的脸立刻红了。贵笑着叫道："妈，阵生嫂找你呢。"永生奶还在生气，就硬邦邦地回道："你妈有眼。"说着就站起拉着秀云往她屋里带。到了屋，秀云小声问："咋着了，又生气了？"永生奶就哼了一声，说："生的孽子呀，贵没本事，娶了媳妇忘了娘，媳妇跟娘吵架他倒不跟娘一势，想想要不是娘他会活到现在？要是早知道这样还不如当初把他塞到尿罐里溺死呢。"又说有一次贵如何得了急病，她如何大冬天半夜三更背着他担惊受怕地往镇医院赶，才救了他的小命。这忘恩负义的孽子呀！说完了，永生奶

紫杉棺木

就抽泣着哭，说自己命苦，一辈子熬寡，熬到儿子长大娶媳妇了，却又受儿子、媳妇的气，还不如死了好。秀云就站在一边劝。好久永生奶才平静下来，然后抹了抹眼泪歪头看了看秀云，"你找我有啥事？"秀云说："没啥事。"就不想再提那件事。永生奶就冷笑道："还不好意思呢，你看到我刚才的样子了吧，他们不就是欺负我一个老婆子没本事吗？所以你一定得找，再找一家，别走我的老路。"秀云脸就红了，说真没啥事。看永生奶还是不信，就把要说的事说出来了。永生奶就惊叫道："这么大的事你咋不早说呢？孩子上学的事要紧。"然后又说："我这老婆子是没钱，让贵……哼，除非太阳从西边出来。"秀云就有点失望。永生奶又说："不过，我知道一个人有钱。"秀云问："谁？"永生奶说："你别管，你先在这儿等我一下。"不由分说把秀云按到床上，自己推门出去了。过了不多久，永生奶就又披了一身月光进来了。秀云一下子从床上坐起，说："借到了吗？"永生奶笑道："那还用说。"说着从衣襟里掏出个横条纹的手帕，一层层打开，掏出两张百元大钞和一叠十元面钞，递给秀云说："够不够？"秀云点了，说："多了，两百一十五就够了。"永生奶说："拿着，都拿着，以后事多，说不定就要用钱呢。"秀云只好全部收下，然后问："这到底是借谁的？"永生奶只是嘿嘿地笑，并不回答。秀云就猜出了一半，脸一下子红了，说："这……"永生奶笑道："还这什么这，我就等着喝你们的喜酒呢。"秀云默默无言，过了一会儿说："你给他说，猪一卖，我一定立刻还他。"

　　第二天轮到秀云浇地，秀云就起了个早，早早做了饭，喂了猪，打发了两个孩子上学，就换上胶鞋背着铁锹上地了。因为都刚浇过地，所以地里人很少，还没走到自己的地，远远地，秀云就看到有个男人弯着腰在自己地里干什么。赶忙过去，恰好那人听到脚步声抬头往回看，秀云就看清是齐根，脸就有点红。齐根的脸也唰地红了，有点语无伦次地说："你……你也来了。"秀云点点头，齐根又说地已经浇的差不多了，你不用再沾手了，过一会儿差不多就完了。秀云就问："你啥时候来的？"齐根说："昨夜最后一家浇完，我就来了，两三点吧。"秀云就很感动，然后往左右看看，说："贵没来？"齐根说："贵说他家今儿有事，不敢夜里不睡觉——其实我一个人就行。"说完继续铲垄沟、拨水，不敢看秀云的脸。秀云就也默默地铲垄沟、拨水。夏天天旱，水小，上得慢，要不早浇完了。浇着浇着齐根突然问："钱够吗？"秀云抬头看了他一眼，他的眼立刻避开了。秀云说："够。"然后又立刻加上一句："多谢你了，过几天就还你。"齐根笑了一下，说："还啥，还啥。"两个人又无话。秀云又浇了一会儿，看到路口过来一个人，心一下子紧张起来，赶忙紧走几步，离齐根远一点，蹲下来，背对着路，装作在整理什么东西。然而却有声音在背后炸响了："阵生家的，浇地啊？"秀云回头一看，有富媳妇正诡秘地冲着她笑。她的脸一下子红了，应了一声，问："你忙啥呢？"心里却不由恨起来。有富媳妇不回她的话，却瞥了齐根一眼，笑道："这不是齐根吗？来当活雷锋呀！"说完自己倒先笑了。齐根的脸就唰地红了，讪讪地笑着，回答不是，不回答也不是，回头看看秀云，正好看到秀云的目光射过来，两个人的目光碰上了，都是一震，然后都慌忙地躲开了。

<h2 style="text-align:center">3</h2>

小彩考高中到底没有考上，上自费得掏五千多。哪儿有钱呀？秀云有心不让她上，可不上吧，孩子还小，在家能干个啥？秀云就狠狠心让小彩又复习了。这时麦子早已割过，广阔的田野上到处是长长的麦茬。现在都时兴"康麦因"了，连割带打一势办了。打出的麦粒顺势就装进了口袋，只等晒过便可入仓了。秀云算过了用"康麦因"割一亩三十块钱，三亩四分地就是一百零二块，这可不是一笔小数目，就不想用。然而周围的人家却不满了，说"你不用，我地边儿上的麦就割不了，要不机器就要盘你的麦了。"秀云说："可我没钱呀。"那人就顿顿脚道："那你就先割吧，不过可要快点，我那一块熟得早，割得晚了，就都干了，怕一碰麦粒就落了呢，到来年就等着割满地的麦苗吧。"秀云就狠狠心，准备起早踏黑趁别人割之前先割

紫杉棺木

了——即使还不太熟也没法了。还没去割，村里就来了两台"康麦因"，问了，却是齐根领来的。招呼着到处去割，人人见了齐根都谦恭地说："根哥。"齐根就接过递过来的烟，却不吸，夹在耳朵上，夹得多了，就找个旧烟盒放进去，各种烟都有，再见到人就拿出来敬人，自己却一根也不吸。然后大家就说："根哥你看能不能先给我割，我那块熟得早，过几天再不割怕都割不起来了。"根哥就说，"好说，好说，乡里乡亲的。"那人的脸上就开了一朵花。根哥又说："谁交钱就割谁的，谁交得早谁就先割。"别的却不再多说，任你再让烟也不行。根哥说："这机器不是我的，我说了不算呀。"大家就都交钱，根哥就一把一把地收，过一会儿包便鼓了。在背后大家就都说："谁说齐根人老实，憨呢，透精能着呢！真是这时代啥都在变呀！"

齐根看到秀云时却没了那股能劲，脸就又有点红，秀云就想这才是真正的齐根呢。齐根却躲过她的眼神，回头招呼着开车的师傅该去哪块地了。说完回头看了秀云一眼，便走了。秀云突然感到心像是被谁掏空了一样有一种说不出的难受。

有富媳妇再见到秀云，就不无妒意地说："你今年有福了。"秀云装傻道："有啥福？"有富媳妇撇了一下嘴："有福就是有福，装啥傻呢？"秀云就不再说话，有富媳妇又说："齐根这下发了，才几天就推回来一辆新摩托车。"秀云还是不理她。

等到秀云赶到地要去割麦时，麦粒早堆成堆了。齐根看她来了，就说："割好了，拿布袋装吧。"秀云张口想说话却不知道说啥好，心里乱乱的，抬头就看见开车师傅正看着他俩偷笑，看到她看过来了，忙转过身，却更笑得要抑制不住了，赶忙弯下了腰。

秀云感到有必要跟小彩商量一下了。前几天永生奶又来跟她说："老这样拖下去也不是办法，人家齐根对你够意思了，你好歹表个态，免得人家天天提心吊胆，茶饭不思。再说人家也那么大人了，现在也有钱了，也不能老拖着，万一你这儿不行……"永生奶说着望了秀云一眼，不往下说了，秀云的心就咯噔了一下。

小彩自从上了复习班，功课更紧了，后来就不再回家，怕在路上跑来跑去浪费时间。就在学校找了间宿舍住下了，只有到周日才回来一次。有时没有钱了，也偶尔回来一次。这一次小彩在校的时间特别长，连着两个周日都没有回来，让秀云提心吊胆的，还以为出了什么事。问了另一个同村的同学才知道小彩她们班周日补课。

小彩再回来已是下一周周六傍晚了，刚一进门就嚷着饿死了，翻箱倒柜找吃的。后来找到了半碗中午吃剩下的面条，没有热便吃了。看着女儿狼吞虎咽的样子，秀云有点心酸，她问："中午没吃饭？""吃了。"小彩头也不抬，"没吃饱。""又不舍得花钱？"秀云问。小彩不吭声。"我跟你说过多少次了，在别的方面咱可以省，就是在吃饭上不能省，没有好的身体你学习再好有什么用！"小彩还是不吭声。秀云又问："没钱了？"小彩嗯了一声。秀云就不说话了，眼眶开始变红，急忙躲过了脸去。进了里屋从箱子里掏出五十元钱，想了想，又抽出了十元——家里也就这五十了，不管怎么说家里也得开销呀。出来她把四十元钱塞到女儿的口袋里，女儿停了碗看了看，没有说话。

吃完晚饭，小彩正要上床睡觉，秀云突然叫住了她，"彩——"她说。小彩疑惑地回头看了母亲一眼。"先不要睡觉，"秀云迟疑着说，"妈有话想跟你说。"小彩就又在饭桌边坐下了。秀云让好汉先去里屋看电视，等到里屋的门砰地关住了，秀云才收回了目光，然后盯在了小彩脸上。母亲从来没有过的郑重和严肃让小彩有点恐慌了，"妈！"她轻轻叫了一声，"怎么了？"秀云沉默了一会儿说："彩，你觉得跟着妈苦吗？"小彩惊奇地看了母亲一眼没有说话。秀云又说："妈知道你跟着妈受苦了。自从没了你爸，妈没给你买过一次新衣服。"小彩轻声说："我不要。"秀云说："你懂事，妈知道，可妈的心里难受呀！"说着眼泪就要流下来了。小彩轻轻咬了咬嘴唇，没有吭声。秀云又说："你爸去后，咱家欠了一屁股债，靠我恐怕是还不上了，你现在上学也越来越花钱，过了年你弟弟也该上学了，又是一大笔钱。这些钱去哪里弄呢？恐怕还得借，可是又能去哪里借呢？"小彩还是低着头不吭声，眼里却有了泪花。秀云摇着头流着泪说："你妈拼死拼活，累一点没啥，苦一点也没啥，可就是不忍心看着你俩跟着妈受罪。"小彩又惊恐地叫了一声妈，好像预感到什么一样，说："妈，你要说啥你就直说吧。"秀云就咬了咬牙，狠了狠心，说："妈也不想这样，可妈没有办法，要不……妈再给你们找个爸？"小彩的脸一下子涨红了，却不说话。秀云又说："我只是说说，看看你们的意见，你们要是不想要那就……妈只是不忍心看你们受罪呀！你还要上高中考大学，妈哪有钱供应你呢！"小彩仍低下头不说话，过了好一会儿，才冷冷地从牙缝里迸出来几个字："那我就不上学了。"秀云的头一下懵了，惊恐地看着女儿，然而女儿不再说话，低着头回屋去了。

"事情怎么会弄成这个样子呢？"秀云慌乱地想，想到女儿的神态都让她心冷。看来是不行了，她也突然怜悯起两个孩子来，不要就不要吧，可女儿还是要让她上学的。第二天她跟永生奶表明了态度，永生奶有点吃惊，听完她的叙述，说："你咋就那么听小孩的话呢？她才多大？你是她妈呀！"秀云说："可她是我的孩子呀！"说完就又流起泪来。

等到小彩再次回来，永生奶就找小彩谈话了，永生奶有点生气地说："小彩你就那么不懂事，你没看到你妈为了你俩累成啥样了，你非把她给生生累死？为了你俩你妈把心都操碎了，你看到你妈借钱的样子了没有？你们小孩子不知道当父母的难处呀。你肯受苦，你可以不上学，你就忍心看着你妈一个人干一家子的活，一个人种地，一个人割麦，一个人收玉米，一个人拉粪？你想想，你这样对得起你妈吗？"小彩就一声不吭，低着头也不知听了没有。到了最后眼泪却顺着鼻梁流下来了。

小彩总算答应了。秀云却还要再跟好汉商量一下。永生奶就生气了，说："你是不是疯了，那么大一点孩子你跟他商量个啥劲呢？"秀云说："这是给他找爹呀！"永生奶就没好气地说："找爹，找爹，看来你就只是想给儿子找个爹，不是给自己找男人呀。"秀云就沉默着不应声。

谁知还没等秀云开口，好汉倒主动提出来了，他问秀云："妈，你是不是要让齐根叔做我爸？"秀云惊道："谁给你说的？"好汉说：

"街上都是这样说的。"秀云就知道是有人在背后传她了。想到那些人的长舌碎嘴她的脊梁骨就有点发冷。她说："别听他们瞎说。"好汉就高兴道："我就说不会吧,今天他们说,我骂他们了。"秀云的心里就有点怅怅,然后试探着问:"如果妈真的要你齐根叔做你爸,你愿意吗?"好汉大声说:"不。"秀云的心被扎了一下,她故作平静地问:"为什么?"好汉说:"就是不嘛!"怎么问他就只有一个"不"字。任谁说都不行。

秀云再见永生奶就说:"这事就算了吧,孩子不愿意。"永生奶叫道:"你还真听他的,你要想好了,过了这村就没有这店了。"秀云不语,永生奶又说:"天要下雨,娘要嫁人,这是谁也奈何不了的事情,你咋就这么死心眼呢?"秀云还是不语,问得多了,秀云就幽幽一叹:"这是给孩子找爹呀!"

我们注将一事无成

"我们注将一事无成。"林小猛欠了欠屁股说,他说话的时候眼睛直盯着前方,就像对着一个具体的什么人。

他最近经常这样说,说得斩钉截铁,一点商量的余地也没有。他既然这样说我就不知道该说什么了,所以我只能沉默。我把自己埋在他家的沙发里一动不动,就像一只熟睡的猫。

他家的客厅很暗,没有开灯,窗帘全部拉了下来,只剩下一条细缝。从细缝里我看到外面的光线也在逐渐变暗。林小猛仍旧坐在黑暗里一动不动,背对着光线,光线打过他的脸,留下一条硬朗的阴影。我在一恍惚间有种不祥的错觉,这使我暗自心惊。

茶水早已变冷。我觉得此地不宜久留,也许我以后再也不会来这里了。我起身告辞,林小猛并没有挽留,他站起来挥了挥手,算是告别。走出他的家门,一下子扑进了光亮里,虽然是黄昏的光亮,但是依然使人心胸舒畅,我不禁要手舞足蹈起来了。

我和林小猛越来越没有话说,我们的见面在很大程度上已经渐渐演化成了一种仪式。我们只是想借此以表明我们的友谊仍在,但是我们都很清楚地意识到我们之间已经裂开了一条逾越不过的鸿沟。任我们再作努力,也于事无补。

我们是怎么认识的,我已经记得不大清楚了,仿佛是一个朋友请吃饭,我和他就在饭桌上认识了,结果是我和他倒交往了起来,和请吃饭的那个朋友倒疏远了。他是一个诗人,那时我也写一点东西。互相交换东西看了，他对我的文字很赞赏，我也认为他的诗歌还不错。总而言之，颇有一种惺惺相惜的感觉。事实上，这完全是一种错觉，后来我才真切地意识到，我其实是在骗自己。其实从始至终我都没有真正把他当作我的好朋友，我只是碍于一种情面，我不想说出来伤了他的心，因为他对我是那样的热情。

在他的介绍下我在本地的一些小报上发表了一些文字，然而日子仍然是不咸不淡的。上班、下班、吃饭、穿衣。虽有规律却难免无聊。在百无聊赖的时候，我就一个人去逛街，逛书店，或者躲在办公室里写东西。这时他的出现在某种程度上起到了一种调味品的作用，更何况我们的兴趣相似。

然而他总是喜欢发表一些灰色的言论，这让我颇不喜欢，跟他争辩，往往又互相说服不了对方。于是，我心下就慢慢地不以为然起来，以至于也渐渐地有意识地疏远起来——特别是在我交到了一些新的朋友之后。

林小猛属于那种极悲观的诗人，在他的诗中充满着沉重和压抑的气息。他喜欢一个人沉思，因为是独居，他就有更多的时间和空间来沉思了。他经常一个人静静地坐在沙发上，窗帘紧闭，也不开灯，把自己完全包裹在黑暗里。有很多次，我看到他静静地藏在黑暗里，只有一双眼睛在黑暗中闪闪发光，就像漆黑夜里的一只狼。这种景象深深地刺激了我，以至于有很多个夜里，我都是在梦魇中惊醒过来。

林小猛博学多识，他最大的兴趣和爱好就是买书。他的书零零落落地摆满了整个房间。说实话，我从他那里获益不少，他的很多书我都借看过。然而即便是书，除了诗歌，大部分也都是沉重的哲学、历史、美学之类。他在很多的书上都留下了用红笔写下的批语。

林小猛对他的书颇为自豪，他能从随手捡起的任何一本书的任何一页讲起，他的记忆力让人嫉妒。但是他对书并不怎么爱惜，我看到很多书上都有他笔记的痕迹。他对此不以为然，他说："书不就是用的吗？保养那么好干什么！"

然而很可惜，他对我们庸庸碌碌的生活充满了一种刻骨铭心的恨。我却对此不以为然，我认为生活本身就是如此，就是一切琐碎的集合。那种轰轰烈烈的生活只是文学的假想，是历史的一种偶然。真正的历史就是平凡。所以我们的历史其实并不全面，它舍弃了大部分，而只保留了其中的一小节。当然，我们追求那种生活本身并没有错，错就错在用想象代替了现实，用自己的意愿代替了大众的意愿。

林小猛不同意我的观点。我知道他有一种歇斯底里的焦灼感，他总想有一天能够功成名就。他多次跟我感叹道："你看，时光飞逝，白驹过隙。我已经年近不惑了。"年近不惑这个事实时时刻刻地折磨着他，让他寝食难安。他跟我讲谁谁谁像他这个年纪已经成功了，谁谁谁比他小都已经注定要写入历史了。"而我呢，"他伤感道，"我现在做出了什么呢？"

是的，他做出了什么呢？而我们又做出了什么呢？

林小猛为了不再浪费时间，决定不再上班。他本来在一家事业单位上班，工作还算清闲。但是就是这都让他越来越无法忍受了。他说那样的生活有什么意义呢？天天不是聊天就是开会，白白浪费时间而已。然而失去了工作，也就意味着失去了生活的保障。林小猛对此倒并不怎么担心，他说，"就我一个人，除了吃饭、买书，我一个月能花多少钱呢？"

林小猛原来住的是单位的房子，因为辞职，注定只能搬出去，只有这一点让他不能忍受。但是这与时间的浪费相比又能算什么呢？他从那个两居室里搬出去，住进了父母的家里。父母住的也是单位分的房子，也是一个两居室，一间是父母的卧室，一间是父亲的书房。他就搬进了书房。父亲对他辞掉工作的做法十分不满，他在林小猛搬进来的时候跺着脚气道："疯了，你真是疯了。"他年老的母亲只是一个劲流泪。林小猛对父母的做法十分不满，他暗暗跟我说，等他们将来看到他功成名就，他们就不会这样说了。

林小猛失去了工作之后就不大出门了，他天天把自己关在书房里。书房既是他的工作室又是他的卧室。等到要吃饭时，他就出来吃点饭。到后来，当他发现吃饭也是在浪费时间时，他就只有到饿得实

我们注将一事无成

在不行时才出来找点东西吃。他完全过起了饱一顿饥一顿的生活。我再次看到他，不由得大吃了一惊，他已经明显地瘦了下去，头发因为长时间没有梳理，变得又长又乱。然而他却显得很有精神，眼睛闪闪发亮，他说，他正在写一个长篇诗剧。"等这个诗剧写出来之后注定将一鸣惊人。"他兴奋地说。

然而他的父母对他却越来越不满，他们唠叨着他随处乱扔的衣物，他的衣服因为长时间不洗而发出了难闻的馊味。他的房间里开始出现了虱子，虱子成群结队地从他的房间爬了出来，它们骄傲的姿态和壮观的队伍把正在客厅看电视的林小猛的妈妈吓了一大跳，等到她确认了这是什么东西时她惊恐地叫了起来。她赶忙烧了几大桶的热水，把林小猛的衣服、被褥全部塞了进去，并且逼着林小猛到楼下剪去了过长的头发，洗了一个热水澡。林小猛对母亲的这一切行为充满了愤恨，但是他没有办法，谁让他住的是父母的房子呢？林小猛的饭量也越来越大，他经常在父母睡觉的时候翻遍整个厨房，把所有能吃的东西全部吃掉了。父母明显地感到收入越来越不够支出。当他们不满地向林小猛说明这一点时，林小猛表现得无动于衷，他说："我不是给过你钱了吗？"他的母亲气愤地回应道，"你那两百块钱够买什么?！而且还是几个月前。"

让林小猛的父母更不满的地方在于林小猛越来越经常地发火，他们看电视的时候他发火，他们说话的时候他发火，甚至连他们吃饭、睡觉的时候他也发火。他经常是突然就从房间里冒出来了，把两个老人吓了一跳。林小猛的父亲捂着心口说，"小猛，你能不能别这样，我的心脏病都快被你吓出来了。"林小猛不理会他的父亲，而是把愤怒的眼光转向电视，转向他们的嘴，转向饭桌和饭桌上的饭菜，转向他们正在睡觉用的床，用一种激烈的口吻说，"你们能不能不要天天看电视？能不能不要动不动就说话？能不能不要一天到晚就知道吃饭和睡觉？"

他的母亲被他训斥得有点摸不着头脑，她疑惑地问："小猛，我们不看电视干什么？我们不说话干什么？不吃饭、不睡觉干什么？"林小猛恨恨道："你们没有感觉你们这是在浪费时间吗？你们这样活着有意义吗?"说完,"啪"地关了门,又进去了。留下两个老人一脸茫然,相对无语。

他的父母经过他这么折腾之后,终于无法再忍受下去,他的父亲大声地叹气,说:"真是疯了!"他们在他的压力之下开始屏气息声,他们悄悄地吃饭,偷偷地睡觉,他们不敢再开电视,即使打开也不敢放出声音,他们说话不再用嘴,而是用一个个眼神,就连走路,他们也开始蹑手蹑脚起来,像两只小心翼翼的猫。他们开始躲开家,在外面闲逛,或者躲在房间的角落里,一动不动地枯坐。

他的父亲终于在一天放出了话,这个家不是他离开,就是他们离开。这个时候距林小猛成功的日子已经不远了,有一天他告诉我,他的诗剧已经临近剧终,在接下来的日子里他唯一要做的事情也许就是把它发出去。只要人们看到它,他信心十足地说,"他们肯定会被震惊。"

但是就是在这个时候他的父母向他下了最后的通牒。他对他父母这样的做法很不以为然。他希望他父母能够宽限几天。到那时,他对他的父母说,"你们就看着我的成功吧。"然而他的父母并不被他的这些话所动,他们依然态度强硬地请他出去。

"我是你们的儿子呀。"他最后恳求着说。

"我们没有你这样的儿子。"他的父母冷冷地说。

林小猛对他父母的绝情感到很失望,他警告他们道,"你们会后悔的!"

但是他的父母这次似乎是铁了心,他们冷笑道,"那就让我们后悔好了。"

林小猛在这个时候开始求他的朋友们,希望他们能够收留他几天,然而几乎所有人都以各种各样的借口拒绝了。林小猛最后想到了我,他有点不好意思地说,"你看,我能不能到你的宿舍待几天,你知道的,我的作品就快要完成了。"

我无法拒绝他,但是我含蓄地向他暗示我那里绝非一个适宜于写作的长久之地。他对我的暗示表现得无动于衷,他说,"我只要几天的时间就行了。"

我知道我们其实不适合住在一起，特别是在我看到他在他父母家里的情形之后。但是我没有办法，我只希望他能够迅速地写完他那伟大的诗剧——就像他说的那样——然后迅速地离开这里。否则，我害怕，我们两个之间的友谊将会因此而止。

但是他似乎并没有立刻就离开的意思。他把他全部的家当都搬了过来，堆满了我小小的宿舍。其中主要是书。对这些我说不上欢迎，也说不上反感。我热爱书，但是他的那些书大部分我都已经读过了，或者，即便我没有读过，我现在也早没有了那种兴致了。我承认跟他想比，我就是一个俗人。虽然我也写诗，写散文，写一切的一切，但是我的写只不过是一种兴趣，是一种乐趣，是花花草草，是生活的一种养分。不像林小猛，对于他来说，写作是食物，是空气，是生命。当然也有可能是工具。我不知道我们两个谁对谁错，或者根本就没有对错，只是两种不同的人。

因为有他在我这里，我没事的时候就只能去我女朋友那里。林小猛知道之后，表示了吃惊。"你有女朋友了？"他说。我点了点头。他又问："你不会还想跟她结婚吧？"我说当然。他听了表现出了一种不屑："你们是不会结婚的，即使结婚也会离婚的。"我对他的这种预言感到了不满，但是我没有理他。他看看我说："你不相信？那你走着看吧。我们这种人谈谈恋爱是可以的，但是结婚绝对不行，她不会理解你的，终有一天你们会互相厌倦。"我对此还是不置可否，因为那时我正在热恋，在我的眼中我和我的女朋友是多么幸福的一对呀。他看我还不信，又说："你就像我吧，就是这样。"

这是他第一次跟我讲他以前的事情，我从来没有听说过。我一直以为他从始至终都是单身——虽然我有时也曾怀疑过——谁知道他还结过婚呢？"那时候我们也是很相爱，"他说，"绝对不比你们现在差，那时我还是一个文学爱好者，在我们那个学校有着相当的知名度，她就是爱慕我的才华才跟我好上的。我们经常在一起看书、写诗，可是后来呢，结婚之后她就变得越来越俗不可耐，她开始抱怨，看到我写诗就把我的稿子撕掉，她恨我不能给她挣钱，不能买大房子，不能买车，也不能买大电视，呵呵，简直什么都不能。她开始后悔，开始怨恨，我们开始经常吵架、打架，终于，你看，我就又恢复到一个人的生活。这样多好！"他伸开手臂呼吸了一下空气，"多自由，想干什么就干什么，想写诗就写诗，没有人会阻拦你，写到多晚都没事！"

我看看他不由地笑了。但是我依然没有被他说服，我认为这只是一个意外而已，首先我女朋友不是他老婆，我也不是他，我怎么可能跟他一样呢。

林小猛的诗剧写了几天还没有写完，然而慢慢地他开始变成了我的一个负担。我要管他吃，管他睡，这样我的生活也就慢慢地拮据起来。本来自从我谈了朋友之后工资就明显感到不足了，两个人出去哪里不要用钱呀，但是现在又要养一个大活人。虽然他的要求并不高，但是毕竟饭量大，而且每次还要我给他端过来。吃完饭，我又要帮他收拾、洗碗。他的衣服刚开始我还不用帮他洗，但是堆的时日多了，慢慢地整个房间就弥漫了一股难闻的馊气。我受不过，又不好去说，就只好在洗自己的衣服时顺便帮他洗一洗。有时我的女朋友来，也会帮我洗洗衣服，我就拿过去让她帮着一块洗。她经常洗到他的衣服时就发出一声尖叫，说："这是谁的衣服？怎么这么难闻。"我说，"还能是谁的？林小猛的呗。"我的女朋友就皱皱鼻子，一脸的厌恶。这还不算什么，有一次，她洗着洗着，竟然洗出几只虱子出来，把她吓得半死。她一下子就把那件衣服扔远了。

我一下子变了脸色，我说，"你干什么？"

她用手指着衣服说："虱子。"

"虱子？"我吃了一惊。

我走过去捡起衣服一看，果真在衣领上看到几个虱子，虱子很肥，显得悠游自在。

我的女朋友赶忙把衣服堆里所有他的衣服都扔了出来。她又拉着我的衣服领子问："他没把虱子传给你吧？"我说："不会吧？"但是还是把衣服都脱了下来。

女朋友检查了一遍，没有检查到，但是她还是给我下了命令："以后衣服和他的衣服放开。"顿了顿又说，"赶快让他走——看看你交的什么朋友，还诗人呢！"

我对女朋友的这句话感到很羞愧，我心想好歹我也自称过诗人呢。

我把这个委婉地向林小猛表达了，他一听很生气，他说："你这是撵我？"我赶忙说："不是。"我说："你看，你在我这儿住我没意见，但是你至少经常洗洗澡吧，这不衣服上都有虱子了，把我女朋友吓得要死。"

他听了，突然开心地笑了，然后又严肃地批评我道："你怎么变得跟我妈一样。"我想说，我不是变得，我就是这个样子，只不过你不知道而已。

我想说的还有一件事情，因为他住在我这里，我的作息都无法保证了。我是有午休习惯的人，但是有他在身边，我都没法安心入睡了。晚上他又经常写得很晚，睡觉时又打呼噜。反正我觉得如果他再在这里住一个月，我肯定会疯了。

还好，没过几天他搬走了。

他搬走并不是因为他的诗剧写好了，而是因为他的父母搬到了他的妹妹家里去住，就把那个两居室让给他了。自从他搬走后我就没再怎么跟他联系。我也不想再跟他联系，我怕跟他联系久了，哪天我会不小心发疯。

但是他竟然也没再跟我联系。日子长了，我倒不由怀念起他来，他的诗剧写完了吗？他拿给别人看了吗？他成功了吗？其实最后一个问题我不用问，因为如果他成功的话我肯定会听说的。看他这样悄无声息，大半是还没有写完或者是没有成功。我有心给他打个电话，但是打了一次，竟然没有人接，也就没有再去想他。这个时候我已经跟我的女朋友分手了，这让我不由自主想起他那次跟我讲过的话，我不能不承认他有点先见之明。因为我在跟女朋友的交往中发现她越来越俗，我终于失去了继续跟她交往下去的兴趣。

然而有一天他给我打电话了，他问了我的近况，我说了跟女朋友分手的事，他没有说什么，而是说，"你要是没事过来坐坐吧。"

我就去了，敲门，看到门是虚掩的，推门进去，屋里暗咕隆咚的，我的眼睛过了一会儿才适应了屋里的光线，然后就听到他的声音。"来了？"他说。我吓了一跳，循着声音看去，他正坐在黑暗里，两个眼睛在黑暗里放光。我注意到窗帘，窗帘密闭着。

我找了个沙发坐下了。我跟他寒暄了两句，发现他兴趣不大，就不再说话。看他眼睛直盯着前方，就像在面对一个什么人一样。

"我们注将一事无成。"过了很久他突然说。他说得斩钉截铁，毫不犹豫。

我不知道他为什么会突然说起这个，我不知道该如何回答，就继续沉默着，想听他的下文。谁知道他又不说了。

"你……什么意思？"我看他不说话，就问。

他继续沉默着，过了一会儿才说："你没有看到我们这个星球转得越来越快了吗？"

他的这句话让我更摸不着头脑了。我说，"什么？"其实我倒是想问问他的诗剧到底写得怎样了，有没有拿去发表。

"你没有看到我们这个星球转得越来越快了吗？"他继续着刚才的话说，"你没有感觉到时间过得越来越快了吗？"

"这我倒有感觉，"我心想，"我现在老感觉时间不够用，怎么一会儿就是中午了呢，怎么一会儿就又是晚上了呢？"

"你没有感觉日子越来越短了吗？现在一年就像一个月，一个月就像一星期，一星期就像一天，一天就像一小时，一小时就像一分钟，一分钟就像一秒……"他继续说。

我愣愣地听着，不知道该说什么。

"你没有感到时间在跑起来了吗？我们就像置身在一股时间的旋风里面，我们还没有长大就已经开始衰老，花朵还没有开始绽放就已经枯萎，我们的人生还没有开始就已经结束……"

我听得越来越心惊起来。我不由地站了起来。"小猛，你怎么了？我说。"

我们注将一事无成

"你没有感到身子的疼痛吗？那是身子被时间摩擦的缘故，我们会慢慢地被时间的风磨损掉，就像旋刀剔除掉陶胎上的泥。我们会慢慢地发热、发光，终于燃烧，我们被时间烧着了……"

　　我目瞪口呆。

　　"最终我们将一事无成。"林小猛说。

　　我听说林小猛疯了，但是我经常会想起他的那句话，以及他说话时的神态。

　　他说："我们注将一事无成。"